Roland Schneidereit

Hinter den Sieben Zwergen

Roland Schneidereit in der Edition Noack & Block

Hilfe, nicht schon wieder Italien. Ein kurzweiliges Urlaubstagebuch, 2007, ISBN 978-3-86813-000-3
Bittersüße Geborgenheit. Ein Roman, 2009, ISBN 978-3-86813-001-0
Irritationen um Fräulein Simone. Eine Novelle, 2010, ISBN 978-3-86813-005-8
Stadt der toten Engel. Ein Roman, 2011, ISBN 978-3-86813-007-2
Heute komme ich dich holen. Ein Roman, 2012, ISBN 978-3-86813-011-9
Strömungsverhalten. Ein Roman, 2015, ISBN 978-3-86813-024-9

Roland Schneidereit

Hinter den Sieben Zwergen

Eine unterhaltsame Geschichte über Märchenstars

EDITION
Noack
Block

Umschlagabbildung: © Werner Brummack, Cottbus/Deutschland

ISBN 978-3-86813-044-7

Herstellung durch Frank & Timme GmbH,
Wittelsbacherstraße 27a, 10707 Berlin.
Printed in Germany.
Gedruckt auf säurefreiem, alterungsbeständigem Papier.

www.noack-block.de

Vorwort

Es war einmal … Mit diesen Worten beginnen unendlich viele Geschichten? Geschichten, die uns allen unter dem Begriff Märchen bekannt sind. Seit unserer Jugend glauben wir an Märchen, und dass diese Geschichten sogar wahr sein könnten. Illusion ist im Leben alles. Sie bewahrt uns vor den Enttäuschungen des Lebens. Nun ist die Zeit gekommen, eine, vielleicht **die** Frage zu stellen: Was passiert hinter den Kulissen der Märchenfabrik? Wie sind denn die uns allen bekannten Märchenstars so privat? Welche Marotten haben sie? Wer organisiert den reibungslosen Ablauf all dieser Märchen? Fragen, denen Sie sicherlich bisher keinerlei Bedeutungen beigemessen und die Sie deshalb nie gestellt haben. Der Erzähler dieser Geschichte will darüber berichten und aufklären. Sehen Sie ihm nach, wenn in dem einen oder anderen Fall Lücken auftreten oder seine Erzählung eine gewisse Unschärfe aufweist. Vieles mag ungewöhnlich klingen beziehungsweise dem Leben entrückt erscheinen. Aber halt! Diese kleine Geschichte, die vor Ihnen liegt, spiegelt das wahre Leben wider. Die Wurzeln all dessen, das sie gleich mit eigenen Augen bestaunen werden, liegen im Dunkel der Vergangenheit. Wir wollen ein wenig Licht in die Finsternis bringen und uns der Unterhaltungsindustrie nähern, die hinter all dem steckt.

Oft wird ja behauptet, Schauspieler seien verrückt, besäßen ein übersteigertes Selbstwertgefühl oder müssten jederzeit im Rampenlicht stehen. Sogenannte Rampensäue. Um es gleich vorwegzunehmen: Natürlich stimmen diese Vorurteile. Das ist der eigentliche Sinn des Schauspielberufs. Aber nicht allein den Schauspielern werden wir uns widmen. Schließlich, was wäre ein Schauspieler ohne Management, Regie, Drehbücher, Kameraleute und sein soziales Umfeld. Wobei wir davon ausgehen wollen, dass der Mime ein soziales Umfeld besitzt. In dem einen oder anderen Fall kann da die Meinung schnell auseinandergehen.

Folgen Sie mir nun in eine Welt, von der Sie vielleicht glauben oder womöglich meinen zu glauben, dass Ihnen diese Welt bekannt vorkommt. Und doch ist alles ein wenig anders und vieles erinnert Sie womöglich an Begebenheiten aus ihrem privaten Umfeld. Zufall oder Absicht? Wer weiß das schon? Ich wünsche Ihnen Spaß beim Lesen der kleinen Geschichte. Und noch eins: Alles, was Sie hier lesen werden, ist tatsächlich so und nicht anders passiert. Sie halten einen originalgetreuen Bericht in ihren Händen. Sie glauben doch an Märchen, oder? Denken Sie daran: Der Glaube versetzt Zwerge.

Jeden Morgen, sieben Mal in der Woche, ist Salvatore Salvataggio sehr früh auf den Beinen. Vor langer, nicht mehr zu bestimmender Zeit nahm er seinen Dienst in der wohl ältesten Künstleragentur der Welt auf. Er gehört zu diesem Unternehmen wie die Bommel zum Latsch. Seiner Chefin, Henriette Pöttchen, war er damals sehr willkommen. Fachkräftemangel! Seit jeher ein leidiges Problem. Finden Sie mal gutes Personal! Dieses Thema wird uns übrigens öfter begegnen. Salvatore stand damals ganz verschüchtert vor Fräulein Pöttchen. Seine Wurzeln, wie der Name vermuten lässt, liegen tief im Süden. Die Chefin bewies damals ein goldenes Händchen mit der Einstellung des jungen Mannes. Er ist zuverlässig und stellt überhaupt keine Ansprüche. In all den Jahrhunderten, die Salvatore für Fräulein Pöttchen arbeitete, war er keinen einzigen Tag malad. Geschweige denn im Urlaub. Der ideale Angestellte. Dafür verlieh ihm die industrienahe „Arbeiten ohne Lohn – das Leben kann so schön sein! Glücklich einmal anders“-Stiftung den Titel „Angestellter des Jahrhunderts“.

Unser Salvatore steigt soeben in den Keller, was ihm großen Mut abfordert, da er Angst vor Kellergewölben und den damit verbundenen unheimlichen Geschichten hat. Geschichten, die übrigens nichts mit Märchen zu tun haben. Seine Aufgabe besteht in diesem Moment darin, im Keller ein Feuer zu entzünden. Das Feuer heizt einen Kessel mit Wasser. Fachleute unter Ihnen werden sicherlich von einer Vermutung geplagt. Ihre Vermutung kann ich bestätigen. Salvatore bringt einen Kessel mit Wasser auf Betriebstemperatur. Genauer gesagt: eine Dampfmaschine. Die Aufgabe dieser Dampfmaschine besteht darin, die Büroräume und die Wohnung von Fräulein Pöttchen zu beheizen. Das ist aber nur eine ihrer Aufgaben. Gleichzeitig versorgt die Dampfmaschine die Computer in den darüber liegenden Büroräumen mit der nötigen Energie. Denken Sie jetzt bitte nicht, die Dampfmaschine würde einen Generator antreiben, der den nötigen Strom für den Betrieb der Computer liefert. Die Computer laufen direkt mit Dampf. Deswegen besitzt jedes dieser Geräte einen kleinen Schornstein aus dem mit einem leisen Pfeifen Überdruck entweicht, was dann die kleinen Deckel, die auf den Essen sitzen, lustig zum Wippen bringt. Das kann bei einzelnen Benutzern dieser Computer zu unangenehmen Nebenwirkungen führen. Vor allem dann, wenn einem die Müdigkeit einen Streich spielt und die Aufmerksamkeit der Meinung ist, sie müsste den täglichen Pflichten entsagen. Plötzlich ein Pfiff und die betreffenden Personen sind putzmunter. Oder besser gesagt: unangenehm aus ihren süßen Tagträumen gerissen. Eine Möglichkeit, den geliebten, jedoch in jedem Falle überbezahlten Mitarbeiter bei der Stange zu halten.

Wenn Sie nun der Meinung sind, ein gewisser Herr Zuse hätte den Computer erfunden, dann möchte ich Sie gern in dieser Unwissenheit belassen. Die in diesem Unternehmen eingesetzten Geräte sind bereits mehrere Jahrhunderte alt und trotz alledem auf dem neusten Stand der Technik. Ich verrate ein großes Geheimnis, wenn ich sage, die Computer sind der heutigen Technik um Jahrhunderte voraus. Diese Information haben Sie nicht von mir. Versprechen Sie mir, diese Nachricht niemanden weiterzuerzählen. Bitte! Das müssen Sie mir versprechen. Deswegen können die Geheimdienste dieser Welt nicht auf die Daten dieser Geräte zugreifen. Sie beschäftigen seit Jahren Scharen von Spezialisten – ohne nennenswerten Erfolg. Die Bilanz dieser Misserfolge sei an dieser Stelle kurz zusammengefasst: Zehn Geheimdienstchefs traten von ihren Ämtern zurück. Einer, ein ganz trauriges Beispiel, trat zum veganen Aberglauben über.

17
07
16

Seitdem sitzt er zu Hause und knabbert Möhren. Wobei sein linkes Auge einen leichten nervösen Blick aussendet. Acht männliche Agenten glauben mittlerweile, sie wären Mutter Theresa, zwölf bevorzugen die Anrede „Lieber Gott", 37 spielen Golf und sind der Meinung, sie würden Ostereier verstecken, und der Hausmeister eines befreundeten Dienstes glaubt, sein eigenes Ich abzuhören und geht fest davon aus, das Gute würde in der Welt siegen. Merken Sie etwas? Alle diese Trenchcoat-Fetischisten meinen, sie müssten glauben. Na, lassen wir ihnen ihren Glauben. Auch Geheimdienste müssen schließlich eine Orientierung, sozusagen eine Grundlage ihrer Geschäftstätigkeit besitzen. Warum sollte es nicht der Glaube sein? Da wären wir wieder bei den Zwergen. Aber zu diesen kommen wir später noch ausführlich.

Übrigens, einer Person, der solch ein Fauxpas – ein kleiner Büroschlaf – nie im Leben passieren würde, ist die Chefin unseres Salvatores. Henriette Pöttchen. Wer diese Henriette Pöttchen ist, werden wir im Laufe der Geschichte ausführlich erfahren. In der Zwischenzeit begleiten wir Salvatore Salvataggio auf seinem morgendlichen Rundgang.

Schnell, nach getaner Arbeit und mit argwöhnischen Blicken über seine linke Schulter hinweg, steigt Salvatore die Kellertreppe hinauf und verschließt mit einem Seufzer der Erleichterung die Tür zum Gewölbe. Sein nächstes Ziel ist das Büro von Henriette Pöttchen im ersten Stock. An der Milchglastüre steht in großen Lettern: „Henriette Pöttchen – Agentur für zauberhafte Geschichten – Grande Emozioni, Grande Protagonisti e Grande Teatro". Diese italienischen Worte als Zusatz in der Firmenbeschreibung, rühren aus uralten Zeiten her. Damals lag das Unternehmen von Fräulein Pöttchen, auf das Fräulein legt sie im Übrigen besonderen Wert, in südlicheren Gefilden. Nicht weit davon entfernt lag die Hauptgeschäftsstelle der Kirche von und zum Heiligen Tisch. Dazu aber später noch ausführlichere Gedanken von meiner Seite.

In den vergangenen Jahrhunderten verärgerte die Entscheidung, den Firmensitz in den Norden verlegt zu haben, immer wieder Henriette Pöttchen. Ein Fehler! Wäre sie damals lieber im Süden geblieben. Das Klima, der Kaffee, das Essen, das süße Leben, die südländischen, feurigen Männer und überhaupt … rrrr … Und das alles nur wegen ihres jüngeren Bruders Hans-Peter Pöttchen, den die Kälte magisch anzog. Einmal im Leben einen Schneemann bauen. Und jetzt der Klimawandel …

Von diesem Bruder wird im weiteren Verlauf der Geschichte eine Menge zu erzählen sein. Werfen wir nun unser Augenmerk wieder auf Salvatore Salvataggio. Sie merken, ich schweife gelegentlich ab. Das ist so meine Art. Dabei will ich Sie nicht in die Irre führen. Irren werden wir auf unserem Weg einer Menge begegnen.

Salvatore öffnet derweil im Büro die Fenster, lüftet, wischt Staub, kocht Kaffee, serviert das Frühstück, sortiert die Post, legt die Tageszeitung bereit und schaltet das Radio an. Aus dem Rundfunkapparat säuselt leise seichte Musik dahin. Wenn er über den Büroräumen ein klapperndes Geräusch hört, weiß er, Henriette Pöttchen wird jeden Moment aus ihren Privatgemächern nach unten steigen und an ihrem Arbeitsplatz nach dem Rechten sehen. In diesem Moment tritt Salvatore den Rückzug an. Alles sehr dezent und in absoluter Ruhe. Ein Vorbild für jeden Diener weltweit, dieser Salvatore! Vergessen Sie James! Der war gestern.

Kommen wir nun zu seiner Chefin. Henriette Pöttchen ist ein Fräulein unbestimmten Alters. Details über ihre Jahre auf Erden hält sie streng unter Verschluss. Henriette will mit diesem Thema nicht konfrontiert werden. Welche Frau möchte das schon? Sie darauf anzusprechen wäre eine kaum wiedergutzumachende Dummheit. In dem Punkt heißt die Devise: Taktgefühl walten lassen. Stets trägt Fräulein Pöttchen Hosenanzüge, die perfekt zu ihrer Figur passen. Das kann heutzutage nicht jede Frau, die in der Öffentlichkeit steht und diverse Hosenanzüge aufträgt, von sich behaupten. Für Hosenanzüge bedarf es einer besonderen Figur. Zumal wir hier speziell von Fräuleins in Hosenanzügen sprechen. Über aktuelle Beispiele wollen wir aus ästhetischen Gründen lieber schweigen. Wir befinden uns schließlich in einer heiteren und ausgelassenen Grundstimmung, und dabei wollen wir verweilen. Ästhetische Gruselbilder verbannen wir aus unseren Köpfen. Außerdem hält Henriette Pöttchen stets eine Lorgnette bereit. Die Augen! Nach so vielen Jahren beruflicher Tätigkeit ohne professionelles Gesundheitsmanagement ist das verständlich. Auf ihre Gesundheit achtete Henriette all die Jahre nie. Immer stand ihr Unternehmen an erster Stelle.

Henriette schreitet aus ihrer über dem Büro liegenden Wohnung, die Treppe hinab und betritt das Büro. Das ist ein Ritual, das sie jeden Morgen vollzieht. Darauf legt Fräulein Pöttchen besonderen Wert. Schließlich ist sie die Chefin der ältesten Firma der Welt! Ein wenig Gediegenheit ist dabei durchaus angebracht. Das Alter bringt diese Charaktereigenschaft, wir wollen nicht von Marotten sprechen, mit sich.

Beim Eintritt in das Büro umgarnt Henriettes Nase sogleich der gewohnte, feine Kaffeeduft. Auf Salvatore ist eben Verlass. Sie geht gemessenen Schrittes zum geöffneten Fenster, blickt hinaus, und genießt die frische Morgenluft. Ein schöner Tag, denkt sie. Das kräftige Licht des Morgens überflutet die Stadtlandschaft unter ihren Augen. Für ein paar Atemzüge entweichen die Gedanken von Henriette und schweben in die Ferne. Sie verlassen das Hier und Jetzt. Nach wenigen Augenblicken ist sie wieder in der Gegenwart angekommen und wendet ihren Körper dem Schreibtisch zu. Das Frühstücksbüfett lockt. Salvatore kennt die Vorlieben seiner Chefin. Vor Henriette steht ein wirklich fürstliches Frühstück auf dem Tisch. Mit all den Leckereien, die der Mensch zu einem ausgewogenen Morgenmahl hinzurechnet.

Genüsslich, die Lorgnette vor Augen und die Zeitung lesend, frühstückt Henriette Pöttchen. Nichts und niemand in der Welt kann sie jetzt stören. Das Telefon, das in einer Ecke des Büros steht, schweigt trotzig. Der Apparat befolgt in diesem Zeitraum ein freiwilliges Schweigegelübde. Er unterdrückt alle Anrufversuche automatisch. Brötchen mit guter gelber Butter, dick bestrichen, dazu Erdbeermarmelade. Was will der Mensch mehr, denkt Henriette? Eine kleine weiße Rauchfahne, verbunden mit leisem Zischen, das die Computer ausstoßen, erinnert Henriette an den nahenden Arbeitsbeginn. Salvatore ist ein Schatz. Eine gute Entscheidung, ihn damals einzustellen. Diesen jungen, leidenschaftlichen Typen. Sie lacht bei ihren eigenen Gedanken. So jung ist Salvatore nun nicht mehr. Das Alter, das seine grauen Schläfen ziert, hat ihn ruhiger werden lassen. Henriette blättert in der Zeitung. Gleich die erste Meldung beschäftigt sie so sehr, dass sie nach Salvatore ruft. Ihr Diener tritt ein und Henriette redet sogleich auf ihn ein: „Salvatore, guten Morgen. Haben Sie das gelesen? In Ägypten haben sie das Grab eines hohen Priesters gefunden. Vollkommen unversehrt. Sogar ein Töpfchen mit Honig fiel den Archäologen in die Hand. Und was soll ich Ihnen sagen, der Honig soll genießbar sein. Nach alle den Jahren. Sensationell!“

„Guten Morgen, Fräulein Pöttchen. Der Fund, wenn ich das bemerken darf, weist eher darauf hin, dass der Tote die Grabbeigabe nicht in Anspruch genommen hat. Und das nach all den Jahren.“

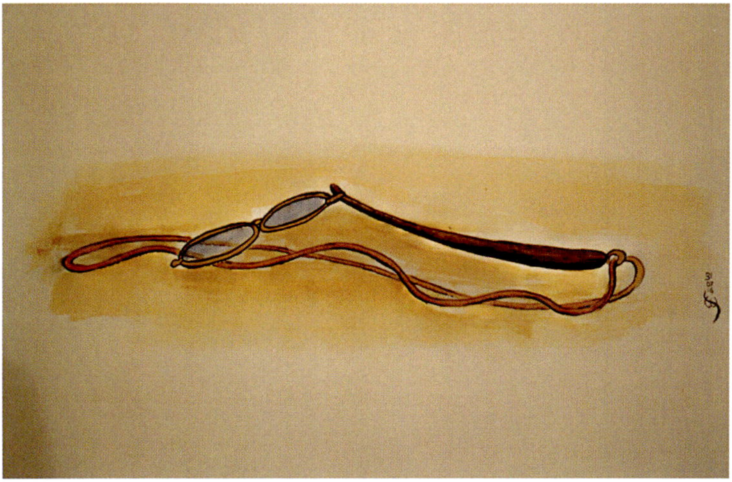

„Vermutlich fand er keine Gelegenheit, ein wenig zu naschen. Oder er ist vom Weg abgekommen“, gibt Henriette Pöttchen zu bedenken.

„Davon berichtet die Zeitung sicherlich nichts, Fräulein Pöttchen?“

„Nein, Salvatore“, sagt Henriette. Eine kurze Pause entsteht. Sie sucht mittels ihrer Lorgnette die Zeitung nach weiteren unterhaltsamen Meldungen ab.

„Ach hier, das ist ja interessant.“ Henriette rückt ihre Lorgnette vor den Augen zurecht.

„Was, bitte schön, Fräulein Pöttchen?“, fragt Salvatore höflich nach.

„Im Zwergenland haben sie die Regierung gestürzt. Und jetzt kommt die Erklärung. Die Zwerge haben eine Revolution gegen den obersten Zwergenrat begonnen. Alles verlief unblutig. Die Zwerge sind auf die Straße gegangen und haben ihre Regierung einfach ausgelacht. Selbst Polizei und Militär waren machtlos. Die sind ebenfalls von den Demonstranten ausgelacht worden. Sie hatten keine Möglichkeit gegen die Aufständischen anzukommen. Das Zwergenvolk hat solange gelacht bis selbst die Regierung und ihr Polizeistaat aus dem Lachen nicht mehr herauskamen. Allein die Lachattacken verursachten über 500 Verletzte. Magenkrämpfe. Alle Achtung! Das Volk macht seine Regierung lächerlich. Dagegen gibt es wohl kein Mittel auf der Welt. Sensationell! Aber auch höchst gefährlich. Wie finden Sie das, Salvatore?“

„Tja“, sagt Salvatore, „die Methoden der Demonstranten werden immer raffinierter und ausgefallener. Besitzen diese Leute überhaupt ein Gewissen? Wie sollen die Mächtigen gegen so eine perfide Art und Weise der Demonstranten auftreten? Die Demonstranten kämpfen mit unfairen Mitteln gegen die armen Volksvertreter, die sie selbst gewählt haben. Das ist wohl kaum die feine englische Art. Die Welt ist auch nicht mehr das, was sie einmal war. Früher rochen Revolutionen nach Pulverdampf und Blut. Die Revolutionäre sind mittlerweile alle zu Weicheiern verkommen. Essen womöglich kein Fleisch, weil ihnen das zu blutig ist."

„Da gebe ich Ihnen vollkommen Recht, Salvatore. Ach und hier, im Annoncenteil, nein, was die Leute so alles feilbieten? Ich lese Ihnen das mal vor: Natascha, 25 Jahre, brünett, Oberweite DD 115, kommt zu Auto- oder Hotelbesuchen. Ruf an unter 0169/696969. Hm? Na, die Telefonnummer ist ja eher was für Zahlenlegastheniker. Ich frage mich, warum diese Natascha in der Zeitung annonciert, dass sie Autos und Hotels besucht? Vielleicht ist sie eine Automechanikerin? Aber warum dann Hotels? Vielleicht im Zweitberuf Hotelfachfrau? Wer weiß. Stellen Sie sich das mal vor, Salvatore, diese Natascha, bei deren Oberweite, der plumpsen die Möpse, während einer Reparatur, auf die Motorhaube. Ob den Schaden die Versicherung übernimmt? Wer weiß? Ich wäre mir da nicht sicher."

„Fräulein Pöttchen, darf ich etwas einwenden?" Salvatore neigt den Oberkörper ein klein wenig zu seiner Chefin vor.

„Natürlich Salvatore, nur zu!" Henriette ist gespannt.

„Diese Natascha wird schwerlich ein Auto oder Hotel aufsuchen nur um des Inhaltes willen."

„Ach, nein, was Sie nicht sagen, Salvatore", unterbricht ihn Henriette verwundert.

„Natascha besucht eher Herren, die im Auto oder Hotel bestimmte Zeiten ihres Lebens verbringen."

„Der Sinn der Sache erschließt sich mir nicht, aber Natascha wird ihre Gründe haben. Eigentlich ganz nett, jemanden zu besuchen. Finden Sie nicht auch?"

„Wie man's nimmt, Fräulein Pöttchen.“ Salvatore verdreht leicht die Augen und blinzelt den Wandspiegel an. Der lacht leise zurück.

„Diese Natascha arbeitet bestimmt für eine Wohltätigkeitsorganisation. Sehr schön. Sehr schön. Notieren Sie die Telefonnummer. Vielleicht kommt Natascha mich besuchen, wenn ich einsam bin.“ Salvatore notiert alles auf seinem Notizblock und wirkt ein ganz klein wenig genervt.

„Danke, Salvatore, dass Sie mir zugehört haben. Sie können jetzt gehen.“ Salvatore verneigt seinen Oberkörper ein weiteres Mal und verlässt den Raum. Dabei verdreht er ein weiteres Mal seine Augen und der große Spiegel im Büro flüstert ihm zu: „Schmeiß ihn nicht weg, den Zettel meine ich, die Pöttchen wird ihn irgendwann einmal sehen wollen.“

„Ich weiß“, flüstert Salvatore niedergeschlagen.

Ganz nebenbei fällt der Blick von Henriette Pöttchen auf den Stapel Post. Jeden Tag das Gleiche. Unmengen von Briefen und Paketen überfluten das kleine Büro. Schließlich besitzt Henriette Pöttchen die Exklusivrechte an allen Märchen. Sie steht somit im Mittelpunkt der Weltöffentlichkeit. An dieser Stelle sei eine kurze geschichtliche Bemerkung angebracht: Wir treten einem allgemeinen Irrglauben entgegen, dass die Gebrüder Grimm die alleinigen Rechte an den Märchen halten. In Wahrheit waren sie um 1812 als Praktikanten bei Henriette beschäftigt. Henriette beschlich damals ein Verdacht: Alle jungen Männer waren zu der Zeit bestrebt, das Vaterland von einem kleinen Hutträger aus Korsika zu befreien. Selbst junge Frauen nahmen die Uniform an. Nur den zwei jungen Herren stand der Sinn nach Märchen. Und in dieser Situation tauchten sie vor ihrer Tür auf und fragten nach einem Praktikum. Das hätte sie stutzig machen sollen, denn beide waren grün hinter den Ohren. Von diesem ersten Eindruck sollte Henriette schnell ablassen. Die Gebrüder Grimm wollten alles wissen. Und fleißig waren die beiden Brüder. Im Nachhinein stellte sich heraus, sie waren mehr als neugierig. Ich sage nur *copy and paste*. Heute nennen wir das Wirtschaftsspionage. Der Vorfall hätte Henriette Pöttchen fast das Geschäftsmodell zerstört. Das wird sie ihnen nie verzeihen, dass die Brüder einfach ohne ihr Wissen die Kinder- und Hausmärchen in Buchform expedierten. Leider existierte zum damaligen Zeitpunkt kein Urheberrechtsschutz. Ist ein schönes Sümmchen gewesen, das unserer Henriette vor rund 200 Jahren verloren ging. Henriette trägt niemanden etwas nach aber sie kann auch nicht vergessen. Mittlerweile sind die Brüder tot. Ein schwacher Trost für sie. Nun sollten wir diese alten Geschichten ruhen lassen. Wir wollen nichts aufwärmen, was unserer Henriette den Tag verdirbt. Zu Henriette und ihren Abenteuern werden wir, wie bereits erwähnt, aus berufenem Munde im Verlaufe der Geschichte jede Menge erfahren.

Henriette Pöttchen beendet ihre morgendliche Zeitungslektüre und legt die Lorgnette beiseite. Sie schaut auf die große Uhr in ihrem Büro. Gleich würde die Sprechzeit beginnen. Sie läutet nach Salvatore, damit er den Frühstückstisch abräumt.

Salvatore tritt ein, verbeugt seinen Oberkörper vor Henriette Pöttchen und räumt stillschweigend das Geschirr vom Tisch.

Henriette fragt Salvatore während seiner Arbeit: „Salvatore, was steht heute auf dem Programm?“

„Nichts Besonderes.“ Eine kleine Pause entsteht. „Ah ja, das hätte ich beinahe vergessen. Sie bekommen am Nachmittag Besuch. Seine Inkontinenz IV. samt seiner, wie man hört, entzückenden Nichte, haben eine Audienz bei Ihnen.“

19
07
16

„Was will denn seine Heiligkeit von mir?", fragt Henriette verwundert.

„Nun ja, die Angelegenheit ist ein Stück weit diffizil. Offiziell ist die junge Frau, namens Antronette, seine Nichte ..." Salvatore fällt es sichtlich schwer das Kind beim Namen zu nennen.

„Aja, ich verstehe, mein lieber Salvatore. Ich könnte auch sagen, sie ist seine Haushälterin."

„Eine nette Umschreibung, Fräulein Pöttchen. Wenn auch ein wenig altmodisch. Besser hätt' ich die Sache nicht charakterisieren können. Jedenfalls besitzt seine Heiligkeit eine für sein Alter ziemlich junge Haushälterin. Und man hört so einiges. Sein Charisma in der Horizontalen sei für sein Alter ..." Salvatore macht mit der rechten Hand eine eindeutige Geste. „Die Umschreibung Nichte trifft den Kern der Beziehung, wenn wir davon ausgehen, dass das Verhältnis zwischen ihnen eine Beziehung ist, und wir nicht weiter nachforschen wollen, nur zu einem gewissen Teil."

„Kommen Sie bitte zum Anlass des Besuches seiner Heiligkeit, Salvatore. Die Zeit." Henriette blickt zur Uhr.

„Seine Inkontinenz IV. trägt ein süßes Geheimnis unter seinem Herzen", bemerkt Salvatore fast nebenbei.

Henriette stutzt einen Augenblick. „Er kann wohl schwerlich in anderen Umständen sein? Oder ist seine Heiligkeit ... Womöglich hat der Heilige Geist wieder ... Hm, der alte Schwerenöter?"

„Oh nein, Fräulein Pöttchen, in diesem Punkt sind Sie einem Irrtum aufgesessen. So wollte ich das nicht verstanden wissen. Er ist Antronette in gewisser Weise verpflichtet. Sie ist seine Muse."

„Sie wissen aber schon, Muse kommt von Museum. Sie ist hoffentlich nicht angestaubt?", unterbricht ihn Henriette.

„Nein, natürlich nicht, Fräulein Pöttchen. Zu alledem, wie man hört, ist seine Scheinheiligkeit keine Jungfrau."

„Um Gottes willen. Salvatore, sagen Sie so etwas nicht. Wenn sich das herumspricht! Bedenken Sie, wenn der Chef seiner Heiligkeit … nicht auszudenken … Diplomatische Verwicklungen, die Sache ist ganz weit oben angebunden. Womöglich stehen wir sonst kurz vor einem nicht absehbaren Konflikt zwischen Himmel und Erde."

„Ja, ja, ein Schwerenöter … Ich schweige. Jedenfalls will seine Inkontinenz IV. die Nichte im Show Business unterbringen. Als eine Art Freundschaftsdienst an ihr. Eine Hand wäscht die andere."

„Mein lieber Salvatore … Freundschaftsdienst …" Henriette blinzelt über ihre Lorgnette. „Was hört man denn über die schauspielerischen Fähigkeiten der jungen Frau?"

„Fähigkeit? Hm. Sie treffen das Problem auf den Kopf. Die einen sagen so, die anderen so."

„Sieht sie denn wenigstens schön aus oder besteht die Möglichkeit sie aufzuhübschen? Typ Prinzessin? Dann könnten wir mit ihr eventuell etwas anfangen."

„Nun, ihre Ausstrahlung ist ein klein wenig verblichen … wenn ich das frei heraus sagen darf. Und das in ihrem Alter. Unruhige Zeiten in so einem jungen Leben. Seine Inkontinenz haben Antronette über Gebühr gefordert … sagt man."

„Sagt man …Ihnen muss ich ja heute wieder alle Neuigkeiten einzeln aus der Nase ziehen, Salvatore."

„Fräulein Pöttchen, darf ich direkt sein …"

„Ich bitte ausdrücklich darum, Salvatore."

„Die junge Frau ist 19 Jahre alt. Ihre Schönheit verdankt sie allein den neusten Erkenntnissen der skalpellschwingenden

Kunstgilde. Ihre Anmut ist ein ausgereiftes oder besser gesagt aufgespritztes Kunstprodukt."

„Das genügt." Henriette winkt ab. „Salvatore ich habe verstanden. Das wollen wir den Kindern nicht zumuten. Für Horrorshows sind die Kollegen aus Übersee zuständig. Seiner Heiligkeit werde ich mit direkten Worten versuchen … Sie verstehen."

„Ja … da wäre noch etwas …" Salvatore zögert.

„Was denn?" Hinter der Lorgnette verdreht Henriette ihre Augen.

„Seine Heiligkeit wird Sie auf den alten Streit ansprechen. Von vormals als ihr Unternehmen seinen Sitz zwischen Olivenhainen und blühenden Zitronenbäumchen hatte."

„Alten Streit? Lassen Sie mich überlegen. Welcher alte Streit?"

„Den mit Rotkäppchen", ergänzt Salvatore höflich.

„Rotkäppchen?"

„Wegen des Tragens des roten Käppchens. Die Kardinäle benutzen ein rotes Käppchen und unser Rotkäppchen ebenso. Der alte Plagiatsstreit. Das Problem tragen ihnen die Kardinäle, im wahrsten Sinne des Wortes, seit Anbeginn nach. Einige von ihnen sollen bereits einen Haltungsschaden davongetragen haben."

„Stimmt, Sie haben recht. In der Angelegenheit liegen wir seit Jahrhunderten über Kreuz."

„Wenn Sie das so bezeichnen wollen, Fräulein Pöttchen."

„Gut, ich denke darüber nach. Halten Sie sich zu meiner Verfügung. Ich werde die Post sichten und Ihnen dann weitere Anweisungen erteilen."

„Jawohl, Fräulein Pöttchen." Salvatore verneigt seinen Oberkörper mit dem Frühstückstablett in der Hand und verlässt den Raum.

Einen kurzen Moment hält Henriette inne. Sie überlegt, ob sie zuerst die Post im Computer oder die Briefpost lesen soll. Henriettes Entscheidung fällt aus Gewohnheit auf die Briefpost. Immerhin gab es die lange vor der elektronischen Variante.

Auf dem Stapel Post, ganz oben, liegt ein feuerrotes Kuvert. Henriette ahnt Ungemach. Das Kuvert öffnet Fräulein Pöttchen zuerst. Sie hält ihre Lorgnette vor Augen und stößt beim Lesen einen Schrei aus: „Jesses Maria, ist der blöd. So alt und dann das. Wie oft habe ich ihm gesagt, er solle das sein lassen, aber nein, er kann ja nicht hören. Ich sollte mir einen neuen Darsteller suchen. Alles, was über tausend Jahre alt ist, muss ich demnächst aussortieren. Der ist ja total senil der Alte." Sie greift zum Hörer und wählt die Vorwahl von Finnland: +358. Den Rest der Telefonnummer können wir hier aus Geheimhaltungsgründen nicht veröffentlichen. Haben Sie bitte Verständnis! Henriette hört ein Knacken in der Leitung und gleich darauf vernimmt sie die tiefe Stimme der Zielperson. „Hier spricht der Weihnachtsmann." Mit seiner Rufnummernumleitung ist er jeder Zeit auf der Welt zu erreichen.

„Mein lieber Weihnachtsmann, ich halte in meinen Händen die neunte Beschwerde. Wie oft habe ich dir gesagt, du sollst kleine Kinder nur ansprechen, wenn deren Eltern dabei sind. Da hat eine Mutter aus Shanghai", Henriette stutzt, „sag mal, seit wann lieferst du auch in das rote China?"

„Nu … nu … nun", stammelt der Weihnachtsmann, „Henriette, wir müssen neue Märkte erschließen, du weißt ja, in Europa werden immer weniger Kinder geboren und damit gehen Marktanteile verloren. Der Ertrag, die Rendite, der Umsatz, die Steuer, die Börse … Mein Steuerberater schlug vergangenes Jahr Alarm. Gemeinsam haben wir das Geschäftsfeld China entwickelt. Ich sage nur Globalisierung."

„Verstehe, dann weiß ich was los war. Die Mutter kannte dich nicht und dachte du wolltest mit ihrem Kind … Du bist doch nicht etwa pädophil, alter Rauschebart? Ich dachte nach so vielen Jahren würde ich dich kennen."

Der Weihnachtsmann hört seit Jahren schlecht und der Begriff, der soeben gefallen ist, gehört nicht zu seinem Wortschatz. „Nein, ich bin kein Philatelist. Obwohl von mir Briefmarken existieren, sammele ich diese Dinger nicht. Aber wenn wir gerade beim Thema sind: Mir geht es nicht gut. Das Rheuma. Die vielen Jahre in Eis und Schnee. Das Einzige, was ich dagegen habe, ist eine Renntiersalbe … Oh", flüstert der Weihnachtsmann, „das darf ich nicht so laut sagen, sonst springt mir die Gewerkschaft der Viecher an den Hals. Hast du nicht ein Mittelchen für mich?"

„Nein, habe ich nicht. Geh zum Arzt und lass dir was Anständiges verschreiben", sagt Henriette genervt. Der Tag fängt ja gut an, denkt sie. „Und was mache ich jetzt mit dir, mein Lieber. Weißt du, dass du dir mit der Beschwerde dieser Mutter dein weltweites Geschäft zerstörst? Und meine Reputation ebenso? Wenn die Chinesen wegen der Sache einen Exportstopp für Spielzeug verhängen, na dann gute Nacht, mein lieber Weihnachtsmann. Frag mal deinen Steuerberater. Dein Geschäftsmodell steht auf der Kippe. In dieser Situation sollte uns ganz schnell etwas einfallen, sonst sehe ich schwarz für das kommende Weihnachten. Wie wäre es, wenn du als Mao den Kindern die Geschenke bringst? Schließlich habt ihr was gemeinsam: Du bist rot, von außen zumindest, und Mao war rot von innen. Ja, so machen wir das! Wir verkaufen die Nummer in der nächsten Saison als Innovation. Ich lasse für deinen Einsatz in China ein neues Kostüm schneidern. Ein grüner chinesischer Arbeitsanzug. Oder lieber in blau? Mal sehen. Damit kannst du die

Kinder in China beglücken und schenkst ihnen das Spielzeug, das ihre Eltern herstellen. Das wird deine Ökobilanz gleich aufwerten, denn die Geschenke werden nicht erst um den ganzen Erdball bewegt, sondern gleich vor Ort verbraucht. Kurze Wege sozusagen. Just in time."

Der Weihnachtsmann versteht von alldem nichts, antwortet seiner Agentin aber sehr höflich: „Ja, Henriette."

Mit einem: „Leg dich wieder hin" will Henriette das Gespräch beenden, um gleich darauf ihren Anwalt anzurufen. Eine Kleinigkeit hält sie zurück. „Sag mal, mein lieber Weihnachtsmann, was sind das für Geräusche im Hintergrund? Wo steckst du eigentlich?"

„Nichts, nichts … das ist nichts", stottert er in den Hörer. Henriette begreift sofort, dass ihr Angestellter lügt.

„War nur so eine Frage. Wir werden bei Gelegenheit über unseren gemeinsamen beruflichen Weg reden müssen. Ich melde mich bei dir. Tschüss." Henriette knallt den Hörer auf. Sie ist stinksauer auf den Weihnachtsmann. Einen kurzen Moment hält sie inne. Ruhe im Büro. Ihre Gedanken sind überall und nirgends. Ein Lied dringt plötzlich an ihr Ohr. Das Radio spielt im Hintergrund leise Musik. Sie lauscht zuerst, erschrickt dann und ruft gleich darauf in Panik nach Salvatore. Der tritt ein und erwartet einen Auftrag von seiner Chefin.

„Hören Sie das, Salvatore?", ruft Henriette in Panik.

„Was meinen Sie, Fräulein Pöttchen?", fragt der Diener höflich nach.

„Na das Lied im Radio?"

„Ja, ein Lied. Warum regt sie das so auf, Fräulein Pöttchen?"

„Das ist kein Lied, Salvatore. Hören Sie nur! Hören Sie nur! Die Sängerin schreit um Hilfe. Ein Atemkloß. Nein, warten sie. Sie ist atemlos. Nun tun Sie doch etwas! Rufen Sie einen Notarzt! Er soll zum Sender fahren und Erste Hilfe leisten. Machen Sie schnell, schnell, schnell. Es geht um jede Sekunde." Henriettes Inneres bebt. Ihre Gefühle für die leidende Sängerin gehen mit ihr durch.

„Dass die Mitarbeiter im Sender nichts davon mitbekommen, wundert mich. Offenbar hören die ihr eigenes Programm nicht. Na ja, kein Wunder beim dem Quatsch, den sie den ganzen Tag senden. Diese Dudelradios."

„Da stimme ich Ihnen voll und ganz zu. Das kann ich durchaus verstehen, Fräulein Pöttchen." Salvatore verbeugt seinen Oberkörper und führt die Anweisung von Henriette mit aller gebotenen Umsicht aus.

Damit wäre die Geschichte erledigt. Eigentlich! Salvatores Anruf in der Rettungsstelle führt zu dramatischen Entwicklungen im Radiosender. Mit schwerem Mundschutz, Außerirdischen gleich, stürmen der Notarzt und zwei Rettungssanitäter in das Gebäude. Der Pförtner, der von einem Überfall ausgeht, will soeben den Alarm auslösen und Widerstand leisten. Vergeblich! Ihn ereilt das Schicksal in Form einer Spitze, die mit Veronal präpariert ist. Das ist für den Pförtner eine durchaus unerwartete, aber schöne Entwicklung an diesem Tag. Den Rest seines Werktags schlummert der Türhüter, bei vollem Lohnausgleich, wohlgemerkt, und süßen Träumen dahin. Für die drei rot gekreuzten Helfer sind solche Zwischenfälle wie der Pförtner Alltag. Auf Störenfriede dieser Art sind die Gehilfen Äskulaps stets vorbereitet. Reine Routine, einen Pförtner auszuschalten, der ihnen bei ihrer Mission ein Menschenleben zu retten, im Wege steht. Schnell erreichen sie das Studio, in dem die besagte Sängerin um Luft ringt. Störende Redakteure und Moderatoren fallen einer Ätherattacke zum Opfer und bis auf die Sängerin ist jetzt Stille im Sender und damit herrschen die besten Arbeitsbedingungen für die drei Götter in Weiß. Wenn da nicht jene Sängerin selbst gewesen wäre. Mit Händen und Füßen wehrt sie jeden Angriff auf ihre Person ab, was sie erst recht außer Atem bringt. Ihre Atemlosigkeit ist für die Radiohörer die Gelegenheit, endlich einmal die Originalversion des Lieds, *The Show must go on*, hören zu können, das kurz zuvor noch von der Sängerin mit Atemnot interpretiert wurde.

Das Handgemenge endet vorläufig so, dass die Sängerin, nach langem Hin und Her von der weißen männlichen Dominanz überwältigt und in den Krankentransportwagen gezerrt wird. Dort schreit sie das Lied nun regelrecht aus Trotz in einer Lautstärke, mit der sie selbst die Sirene des Krankenwagens übertönt.

Das alles hört natürlich unsere Henriette im Radio mit an. Sie ruft mittels ihrer Klingel, die am Schreibtisch installiert ist, Salvatore ins Büro.

„Fräulein Pöttchen, Sie haben geläutet." Obligatorisch verneigt Salvatore seinen Oberkörper.

„Salvatore, haben Sie die schrecklichen Sekunden am Radio mitverfolgt?"

„Natürlich, Fräulein Pöttchen. Das Ganze ist so mitleiderregend. Die junge Frau kann einem nur leidtun. Ich habe um sie geweint. Zum Glück war die medizinische Hilfe im rechten Moment vor Ort."

Das Gespräch zwischen Henriette und Salvatore wird in diesem Moment unterbrochen, da der Krankenwagen unter dem Fenster des Büros vorbeirast. Zwischen Martinshorn und Motorenlärm ist die kräftige Stimme der Sängerin zu hören, die weiterhin tapfer und atemlos ihr Liedlein trällert. „Salvatore, Sie haben recht, wie schrecklich das alles ist. Senden Sie der armen

Person ein Blumenbukett und einen Präsentkorb mit den besten Wünschen von mir für baldige Genesung."

„Das werde ich sofort ausführen, Fräulein Pöttchen. Haben Sie noch einen Wunsch?"

„Nein Salvatore, das genügt fürs Erste. Vielen Dank für ihre Unterstützung, Sie können gehen."

Salvatore verneigt sich und tritt ab. An dieser Stelle der Geschichte verlassen wir für kurze Zeit das Büro von Henriette Pöttchen und schauen uns einmal an, was zwei ihrer Mitarbeiter den ganzen Tag, bei vollen Dienstbezügen, so treiben.

Die beiden Mitarbeiter, die wir nun besuchen, sind zwei uns bekannte Personen. Der Weihnachtsmann und der Osterhase. Sie sitzen gemeinsam in der Avocado Bar, einige Häuserblocks weit von Henriettes Büro entfernt. Die zwei, bei vielen Kindern in der Welt hochgeschätzte Glücksbringer, deren Grundkompetenz die Lieferung von Waren aus den Konsumtempeln in die Wohnungen der Endverbraucher ist, hocken seit dem gestrigen Abend in dieser Lokalität. Während sie unzählige Gläser Milch mit Honig trinken, kennen sie nur ein Thema: Henriette Pöttchen. Auf ihre Chefin sind sie nicht gut zu sprechen. Ständig diese Bevormundung. In alle möglichen und unmöglichen Angelegenheiten hängt sie ihre Nase rein. Dabei gehören der Weihnachtsmann und der Osterhase überhaupt nicht zum Genre der Märchenfiguren. Aus einer Zwangssituation heraus unterschrieben sie Anno Knips diesen für sie verhängnisvollen Knebelvertrag. Von geregelten Arbeitszeiten oder einem Mindestlohn kann nicht die Rede sein. Das jedenfalls vermitteln sie aller Welt. Und wer würde dem Weihnachtsmann und dem Osterhasen nicht glauben.

Werfen wir einen kurzen Blick in die Vergangenheit: Zum ersten Mal tauchte der Weihnachtsmann, damals ein junger, gutaussehender Mann, bei einem dieser unsagbar langweiligen Schönheitswettbewerbe auf. Prompt gewann er den Titel „Mister Lappland". Hier wäre die Geschichte eigentlich zu Ende. Eigentlich. Wir beschreiben die Sache folgendermaßen: Mit der Urkunde eines „Mister Lappland" in der Tasche, zog der spätere Weihnachtsmann durch die Lande. Ihm war nicht klar, dass dies keine verwertbare berufliche Qualifikation darstellte. Niemand wollte ihn haben. Aus der Not machte er eine Tugend und verdingte sich als Verkäufer. Auf diversen Flohmärkten bot er seine Ware an. Einen ganzen Sack voller Flöhe. Nicht immer ist es wünschenswert, eine Sache wörtlich zu nehmen. Und da er nicht der Hellste unter der Sonne war beziehungsweise ist, dauerte es eine ganze Zeit bis er begriff, dass niemand ein Interesse an Flöhen zeigte. Die Karriere als Verkäufer endete, indem ein übereifriger Mitarbeiter des Gesundheitsamtes ihm die Verkaufslizenz entzog. Das Einzige, was ihm aus dieser Zeit geblieben war, ist der besagte Sack, in dem einstmals die Flöhe … na die Geschichte habe ich Ihnen ja gerade erzählt. Der Sack ist mittlerweile eines seiner Markenzeichen. Vollkommen deprimiert wanderte er in der Welt herum und traf eines Tages einen kleinen Hasen. Der streunte, ebenso wie der Weihnachtsmann, durch die Welt. Bei ihm lag die Sache jedoch anders: Streng genommen war er ein Ausbrecher. Im bekannten Anatoli-Nikolajewitsch-Plimkim-Institut unterschrieb unser Hase vor Urzeiten einen Vertrag als Versuchskaninchen. Wobei er als Hase das Wort Kaninchen nicht so gern hören mochte. Leider suchte das Institut nur Kaninchen. Ergo gab der Hase sich als Kaninchen aus. An unserem falschen Kaninchen oder besser gesagt echten Hasen probierte Herr Anatoli Nikolajewitsch

50%
17
07
16

Plimkim eine Substanz aus, die ewiges Leben garantierte. Wenige Wochen nach Einnahme des Medikaments entwischte der Hase aus dem Institut. Das Mittel wirkt bis heute zur Freude aller Kinder und natürlich auch des Hasen. Tja und wie es so im Leben kommt, eines Tages liefen die beiden Gestrandeten einander über den Weg. Sie beschlossen, gemeinsam die Welt zu erobern. So wie Minus mal Minus Plus ergibt, können wir hier davon sprechen, dass Scheitern mal Scheitern Erfolg produziert. Obwohl, den Erfolg haben die beiden Herren nicht selbst zu verantworten. Sie standen eines Tages vor der Tür von Henriette und fragten nach Arbeit. Sie waren vollkommen heruntergekommen. Der Weihnachtsmann kratzte fortlaufend seinen Körper an allen möglichen und unmöglichen Stellen. Und das am laufenden Band. Eine Folge des ominösen Sackes. Nun gut, ein heißes Bad tat sein Übriges und befreite den Weihnachtsmann von den Plagegeistern.

Arbeit? Das war das nächste Thema, das einer Klärung harrte. Woher sollte Henriette für den Weihnachtsmann und den Osterhasen eine Beschäftigung aus dem Hut zaubern? Nicht nur, dass bei Henriette alle Rollen in den Märchen besetzt waren, mit der fehlenden berufliche Qualifikation der zwei Arbeitssuchenden konnte Henriette nichts anfangen. Allein der gut aussehende junge Mann, der vor ihr stand, bewirkte eine Gefühlsregung bei Fräulein Pöttchen. Sie schloss die beiden hoffnungslosen Gestalten in ihr Herz. Was aber mit den zwei Ungelernten anfangen? Henriette wäre nicht Henriette, hätte sie nicht eine Idee gehabt. Schnell entwickelte sie, nachdem sie die Vorgeschichte der zwei neuen Mitarbeiter kannte, ein Konzept. Das war die Geburtsstunde des Weihnachtsmannes und des Osterhasen.

Henriette Pöttchen, eine Geschäftsfrau, die mit allen Wassern gewaschen ist, entwarf damals sozusagen einen Vorläufer des

Markenschutzes. Eine weise und weitreichende Entscheidung, denn ihre beiden Zöglinge sind das erfolgreichste Geschäftsmodell aller Zeiten in der Zielgruppe ‚Kinder'. Und Vorsicht ist geboten, denn schließlich kann jeder den Weihnachtsmann und den Osterhasen kopieren. Denken wir nur an die Plagiats-Picasso aus Fernost oder diesen brauseproduzierenden Blubberwasserkonzern aus Amerika. Also bat Henriette damals um eine Audienz bei seiner Heiligkeit Zitrus I.

An dieser Stelle sei nochmals bemerkt, Henriette besaß ein Büro ganz in der Nähe des Heiligen Tisches. Sie unterhielt seit Anbeginn ihrer Tätigkeit enge Kontakte zum Heiligen Vater. Zitrus I. ist übrigens ein Urahn seiner Heiligkeit Inkontinenz IV., der ja, wie angekündigt, im Laufe des Tages Fräulein Pöttchen aufsuchen wird. Gemeinsam entwickelten sie damals einen Plan. Sie verknüpften das Oster- und Weihnachtsfest mit den zwei Gabenbringern. Natürlich, wie konnte es anders sein, hielt seine Heiligkeit Zitrus I. die Hand auf und wollte von Henriette Tantiemen dafür kassieren. Henriette überlegte nicht lange, und wie durch Zauberhand wandelte sich das Wort Tantiemen im Vertrag in zehn Vaterunser. Bevor Zitrus I. auffiel, dass Henriette ihn hinter das Licht geführt und als Gegenleistung zehn Vaterunser zu jedem Oster- und Weihnachtsfest betete, was für ein lächerlicher Preis, war die Tinte längst getrocknet. In den folgenden Jahrhunderten verlief die Sache im Sand. Besser gesagt, der Nachfolger von Zitrus I., Demenzius XXXVI., vergaß das unvorteilhafte Handeln seines Vorgängers. Wohl auch deshalb, weil sein Berufsstand nie irrte beziehungsweise irrt. Irgendwann geriet die Angelegenheit dann vollkommen in Vergessenheit. Henriette und dem Geheimarchiv seiner Heiligkeit liegen die Verträge vor. Für die einen ist die Affäre nur peinlich, für Henriette das Geschäftsmodell ihres Lebens. Nebenbei bemerkt: Der Blubberbrause produzierende Konzern aus dem Land der untergehenden Sonne, versucht seit Jahren, an einen der Verträge zu kommen. Neben der Glaubwürdigkeit geht es um viel Geld. Sehr viel Geld. Umsomehr ist Henriette über das Verhalten des Weihnachtsmannes besorgt. Seit Jahren immer wieder diese Ausrutscher. Der alte Zausel kann ihr jederzeit das Geschäft zerstören. Und dann die ganzen Kinder, weltweit. Die zwei sind die letzten Säulen von Anstand, Sitte und Moral, die Kinder auf dieser Welt kennen. Nicht auszudenken, dass deren Ruf beschädigt würde. Neben den Märchen sind die Gabenbringer ihr zweites, großes Standbein.

Aus diesem Grunde überlegt Henriette Pöttchen ernsthaft, ob sie den Anwalt ihrer Agentur anrufen soll. Die Folgen des Fehlverhaltens ihres Angestellten kann sie von hier aus nicht überblicken. Zumal internationale Verwicklungen drohen. Deshalb scheint es ratsam, die Meinung ihres Anwalts einzuholen. Sie greift kurz entschlossen zum Hörer und ruft den Rechtsverdreher an: „Mein lieber Friedbert, ich melde mich bei dir in der altbekannten Sache." Henriette atmet tief aus.

„Hallo, meine liebe Henriette, die altbekannte Angelegenheit? Hat unser gemeinsamer Freund wieder einen Fehltritt ...?" Friedbert kommt nicht dazu weiter zu sprechen. Henriette fällt ihrem Anwalt ins Wort.

„Du liegst vollkommen richtig. Dieses Mal passierte es in China. Ich fürchte beträchtliche diplomatische Verwicklungen."

„In China, sagst du? Hm. Wir wollen die Kirche im Dorf stehen lassen. Der Chinese an sich ist ja ein friedliebender Mensch. Unser Tollpatsch im roten Zwirn wird nichtsahnend in einen Fettnapf getreten sein. Er sollte die Gepflogenheiten des Landes besser studieren, bevor er diesen Markt erschließt. Im Moment sehe ich keine Schwierigkeiten auf uns zukommen. Im Notfall reden wir uns damit heraus, dass der Alte nicht weiß, was er tut. Ich würde auf senil-konfus plädieren. Mit der Nummer haben wir schon manchen Prominenten, den unsere Kanzlei vertritt, aus der Schusslinie gezogen. Denke nur an den Sohn des Ministerpräsidenten. Liegt denn eine Anzeige oder nur eine Beschwerde vor?“

„Eine Beschwerde, Friedbert.“

„Sehr gut, ich setze mich mit der Mutter in Verbindung. Eine Anzeige müssen wir um alles in der Welt verhindern. Wenn der Fall vor Richter Unhold landet, na dann: Gute Nacht!“

„Mein lieber Friedbert, Küsschen. Du hast mir weitergeholfen. Ich zähle auf dich.“ Henriette klingt erleichtert.

„Für dich immer, meine Liebe“, schleimt der Anwalt ins Telefon. „Wann darf ich dich zum gemeinsamen Essen einladen?“

„Ich rufe dich an, Friedbert“, haucht Henriette ins Telefon und legt den Hörer auf. Das Angebot hat ihr heute obendrein noch gefehlt. Nichts gegen Friedbert, aber mit dem Begriff Mann verbindet Henriette etwas Anderes.

Fräulein Pöttchen pustet kräftig und will soeben ihren Blick mittels Lorgnette auf den Berg mit den vielen Briefen werfen, da schnappt leise ihre Bürotür zu. Wer soeben ihr Büro betritt, ahnt sie nicht nur; nein, sie weiß sogar, wer da soeben ihr Büro betreten hat. Einer ihrer ältesten Mitarbeiter. Nach diesem Besucher kann sie täglich ihre Uhr stellen. Sehr zuverlässig, der Mitarbeiter. Jeden Morgen sitzt der kleine Frosch aus dem Märchen „Der Froschkönig“ im Vorzimmer. Pünktlich um acht Uhr fünfzehn hüpft er ins Büro, platziert seinen leuchtend grünen Körper auf dem Besucherstuhl Henriette gegenüber und klagt ihr sein, ihn ewig verfolgendes Leid. Mit weinerlicher Stimme, ohne „Guten Tag“ gesagt zu haben, jammert er los:

„Ich spiele nicht mehr mit, ich kündige. Die Prinzessin ekelt sich jedes Mal vor mir, wenn ich sie küssen will. Quak." Er verschränkt dabei bockig, wie ein kleines Kind, seine Arme.

„Das liegt ja wohl nicht an der Prinzessin. Seit Jahren sage ich dir, du sollst endlich einmal zum Zahnarzt gehen. Wie oft habe ich einen Termin bei Doktor Blanchet für dich vereinbart, und du bist nie hingegangen." Die Vorwürfe seiner Chefin sitzen.

Der Frosch zieht tiefe Falten auf seiner Stirn zusammen. Dann meint er: „Da gehe ich nicht hin, der ist Franzose. Quak."

„Was soll das? Hast du was gegen Franzosen?", fragt Henriette aufgebracht.

„Ja, die essen Frösche. Quak. Froschschenkel, um genau zu sein. Quak." Der Frosch dreht seinen Kopf um neunzig Grad, schaut in den großen Spiegel der an der Wand hängt und streicht selbstverliebt über seinen Oberschenkel bis hinauf zum Kinn.

„So ein Quatsch. Du bist voreingenommen." Wischt Henriette alle Bedenken des kleinen Querulanten vom Tisch.

„Bin ich nicht. Und das ist auch kein Quatsch. Jedes Kind weiß: Franzosen essen Frösche, und ich gehe nicht zu diesem Zahnarzt. Quak." Der Frosch bricht plötzlich in Tränen aus und Henriette wirkt genervt. Nicht wieder die Nummer mit den Tränen. Jeden Tag das Gleiche. Der Frosch heult ihr die Ohren voll. Einen Anlass findet er immer. Sie denkt unwillkürlich an Siegmund Freud. Ob dessen Patienten geweint haben? Zugegeben, mit Doktor Blanchet hat der Frosch ein existenzielles Problem. Das darf sie nicht unterschätzen.

Henriette reicht ihrem Angestellten ein Papiertaschentuch, und mehrere Liter Froschschleim verschwinden auf wundersame Weise darin.

„Doktor Blanchet ist mein Vertragszahnarzt. Einen anderen gibt es nicht. Punkt! Weißt du, mein Lieber, wir sollten dich mal zur Kur schicken, dann könntest du dich einmal richtig erholen. Ich verstehe dich ja, nach so vielen Jahren immer in der gleichen Besetzung, da ist man ausgebrannt. Burnout!"

„Was?", quakt der Frosch.

„Burnout! Ausgebrannt!", schreit Henriette. Ob der kleine, grüne Giftzwerg mittlerweile ein Problem mit seinen Ohren hat? Möglich ist bei dem alles.

„Ich bin nicht ausgebrannt. Ich will Anerkennung und nicht jedes Mal gegen die Wand fliegen. Quak. Ich bin Künstler. Ich habe ein Recht darauf, als solcher behandelt zu werden. Quak. Diese ewigen Hirntraumata. Quak. Ich halte das nicht länger aus! In meinem Kopf ist alles durcheinander. Quak", jammert der Frosch zurück und fängt an zu weinen.

„Das habe ich bemerkt …", flüstert Henriette vor sich hin.

„Was hast du gesagt?", fragt der Frosch nach.

„Ich? Nichts." Henriette mimt Unschuld.

„Doch, du hast soeben etwas gesagt. Quak", beharrt der Frosch.

„Nein, habe ich nicht."

„Doch! Quak."

„Lassen wir das. Kommen wir zu dem Punkt, wie ich dir heute helfen kann." Henriette zieht die Schublade ihres Schreibtisches auf und entnimmt eine bunte Pappschachtel. „Hier, probiere diese Pillen."

„Was ist das?", fragt der Frosch halb aus Verunsicherung, halb aus Neugier.

„Ein Mittel für den Aufbau von Chlorophyll."

Erschrocken dreht der Frosch sein Gesicht zur Seite und blickt erneut in den großen Spiegel. Dabei streicht er diesmal mit der Hand über seinen Kopf und fragt ein wenig kokett: „Findest du, ich wirke blass?"

„Das Medikament wird deinen Energiehaushalt deutlich verbessern. Iss die Tabletten und lege dich in die Sonne. Das Chlorophyll lagert sich unter deiner Haut ab und zusammen mit den Sonnenstrahlen wird deine Leistungskurve, also was die Energiebilanz deines Körpers betrifft, deutlich ins Positive schwenken. Du wirst sehen, dir stehen Tage, ach was sage ich, Wochen voller Harmonie und Ausgeglichenheit bevor. Mein lieber kleiner Freund, du wirst die Prinzessin mit anderen Augen sehen."

„Meinst du wirklich? Quak", fragt der Froschkönig ungläubig.

„Ganz bestimmt. Geh jetzt und grüß mir die Prinzessin."

„Ja, mache ich", sagt der Frosch im Gehen.

Glücklich wie jeden Tag um diese Zeit (es ist 8:25 Uhr) verlässt der Frosch das Büro mit einer Schachtel Chlorophylltabletten. Fräulein Pöttchen überprüft, wie viel bunte Pillen sie vorrätig hat, damit sie dem Frosch morgen ein anderes Nahrungsergänzungsmittel mitgeben kann. Placebos halt. Ein befreundeter Pharmavertreter versorgt sie regelmäßig damit. Sie muss ihn unbedingt bald wieder anrufen, denn ihre ganz persönliche Urlaubsplanung steht noch aus. Seit Jahren versorgt sie der Pharmavertreter, weil sie eine seiner langjährigen Kundinnen ist, mit tollen Urlaubsangeboten. Wenn sie so darüber nachdenkt, ist mittlerweile eine ganze Weltreise in den vergangenen Jahren zusammengekommen. Für Fräulein Pöttchen gibt es auf der Welt praktisch keinen Ort, den sie nicht bereits besucht hat. Aber wenden wir uns wieder dem Fortgang der Geschichte zu.

Der Frosch ist kaum zur Tür hinaus, da klingelt das Telefon und wer ist dran? Natürlich die Prinzessin, die ihren Frosch vermisst und Angst hat, er würde zum wiederholten Male zu spät zur Aufführung des Märchens kommen. Ein leicht nervöses Zucken bemächtigt sich des linken Auges von Fräulein Pöttchen, die in den Hörer schreit: „Gib der Nervensäge von Frosch endlich einen Zungenkuss, deinetwegen hängt der jeden Morgen bei mir ab und kostet mich ein Vermögen. Taschentuch und Pillen, kann ich da nur sagen. Das stelle ich dir in Rechnung, alte Trine. Und dann dieses Jammern. Ich kann das alles nicht mehr ertragen."

Ein hysterisches Geschrei am anderen Ende der Leitung ist die Reaktion auf den Vorschlag von Henriette. Das würde sie nie mehr tun, den Frosch küssen, da würde sie Pickel bekommen, und selbst wenn sie den Frosch am Schluss des Märchens an die Wand klatscht und er sich in einen Prinzen verwandelt, so schön sieht er nun wirklich nicht aus nach all den Jahren, und anstatt dem Frosch Taschentücher und Medikamente zu geben, sollte sie ihn, als seine Agentin, lieber zu einem Schönheitschirurgen schicken. Außerdem wolle sie, die Prinzessin, ungeküsst in die Ehe gehen, wie soll sie denn ihrem zukünftigen Liebhaber, der einmal ihr Mann werden soll, erklären, dass sie seit Jahren ein Verhältnis mit einem Frosch hat. Das sei doch Wahnsinn. Obendrein sind solche Typen wie der junge Siegfried heute nicht mehr gefragt. Der Mann von heute, mit dem sie rummachen will, müsste aussehen wie George Clooney und nicht wie so eine vor sich hin rostende Blechschachtel mit Schwert und Krone. Unter Amore verstehe sie etwas Anderes. Außerdem würde der Prinz nach Frosch riechen. Manchmal auch nach Fisch. Dabei leben im Brunnen gar keine Fische. Und die Körperbehaarung des Froschprinzen sei widerlich.

Henriette schreibt nebenbei mit. Auf dem Zettel stehen die Worte Shampoo, Rasierseife und Rasierapparat. Da wird der kleine, grüne Wicht wohl morgen komplett ausflippen. Na, sie

20
07
16

würde ihm das irgendwie verkaufen. Mit den Pillen hat die Sache ja bis zum heutigen Tag stets funktioniert.

Noch ein paar lapidare Sätze am Telefon und Henriette ist die nervige Prinzessin los. Sie denkt: Eigentlich passen Frosch und Prinzessin gut zueinander. Die zwei Nervensägen harmonieren wunderbar. Nur leider fällt Henriette nicht ein, wie sie das Problem lösen kann. Ärgerlich, denkt Henriette. Mir wird irgendwann etwas einfallen. Ja, irgendwann. Alles besitzt im Leben einen gewissen Zeitkorridor.

Henriette sitzt in ihrem Stuhl und plötzlich überkommt sie eine gewisse Art von Niedergeschlagenheit. So früh am Morgen, denkt sie. Der Tag fängt ja gut an. Erst der Weihnachtsmann und jetzt der Froschkönig. Sie will am liebsten nach Hause laufen. Der Frosch und seine durchgeknallte Prinzessin geben ihr jeden Morgen den Rest. Bei dem Gedanken sinkt sie in ihrem Sessel zusammen, die Lorgnette fällt auf ihre Brust. Zu Hause, denkt sie, ist eine Treppe höher. Was soll sie dort? Henriette möchte mit guten Nachrichten unterhalten werden. Der rote Brief, der Frosch und die Prinzessin. Alles Ereignisse, die ihrem Wohlbefinden schaden. Henriette Pöttchen fasst Mut, steht auf und steuert den großen Wandspiegel an. Darin sieht sie eine Frau. Was sonst, denkt sie und lächelt über ihre Gedanken. Wie lange würde sie dieses Unternehmen weiterführen? All die Jahre auf dem Chefsessel hat sie nie gezählt. Ohne den Spiegel zu fragen, antwortet er Henriette in vorauseilendem Gehorsam: „Meine Liebste, Sie kennen die Antwort. Niemand ist schöner oder begehrenswerter als Sie, Fräulein Pöttchen."

„Alter Schmeichler. Lass das bloß nicht Schneewittchen und ihre Stiefmutter hören. Die kommen vorbei und machen einen Aufstand. Das fehlt mir am heutigen Tage gerade noch." Henriette lacht und streichelt ihrem alten Freund, dem Spiegel, den

Rahmen. Das Spiegelglas nimmt einen leichten rötlichen Schimmer an und beschlägt. Fräulein Pöttchen geht zur Kaffeemaschine und brüht einen Becher Kaffee auf. Wenige Minuten später sitzt sie in ihrem Bürosessel und genießt das heiße Getränk. Sie schaut auf den Postberg. Ein Brief. Darauf ihr Name in Kinderhandschrift geschrieben. Den wird sie gleich öffnen. Kinder schreiben ihr stets liebe Nachrichten mit freundlichen Inhalten. Henriette liegt richtig. Der kleine Max aus H. an der E. schreibt ihr viele liebe Grüße und seinen Dank für die jüngste Aufführung des Märchens vom Hans im Glück. Henriette ist gerührt und Tränen fließen über ihre Wangen. Briefe, die Kinder schreiben, liebt sie am meisten. Sie sind ehrlich und aufrichtig. Ein kleiner Lichtblick, denn vom Glück ist Henriette heute wahrlich nicht verfolgt. Eher von Hans. Und das in mehrfacher Hinsicht, wie der Fortgang der Geschichte zeigen wird. Lange währt ihre Freude an der Lektüre der netten Zeilen des kleinen Max und der himmlischen Ruhe im Büro nicht. Ein heißblütiges und leidenschaftliches Klopfen an der Bürotür lässt die Chefin aufhorchen. Bevor Henriette das Wörtchen „Herein" sagen kann, stürmt ein junger Mann in dunklem Anzug, roter Krawatte und öligem Haar ins Büro. Sein Gesicht ist breit und flach. Henriette assoziiert das Gesicht mit dem Anblick des Erdtrabanten, wenn die Sonne ihn voll ausleuchtet. Seine linke Hand hält einen Aktenkoffer fest umschlungen. Der Gast eilt auf Henriette zu, drückt ihr, noch bevor Henriette reagieren kann, die Hand und sagt: „Guten Tag, holde Maid, ich habe zwei Nachrichten. Eine gute und eine schlechte. Die gute Nachricht bin ich, die schlechte Nachricht ist das Wetter. Morgen wird die Sonne hinter Wolken versteckt sein. Darf ich mich vorstellen: Mein Name ist Testosteronimus Thudichum. Ich habe heute Abend, nur für uns zwei, einen Tisch in der Avocado Bar reserviert. Kerzenschein, Blumen, Musik, na ja, das ganze romantische Trallala." Einen Moment später fällt der jugendlich wirkende Mann in den Stuhl vor Henriettes Schreibtisch. Dabei knallt seine Aktentasche auf den Tisch. Die Tischlampe mit dem grünen Schirm wackelt. Seine Beine überkreuzt und ein breites Grinsen aufgelegt, sitzt er vor ihr. Sein Grinsen lässt auch nicht nach, als an seinem Hinterteil ein feuchtes Gefühl aufsteigt. Seine teure Anzughose ist gerade im Begriff den Froschschleim aufzusaugen, den sein Vorgänger auf diesem Stuhl hinterlassen hat. Aber das stört unseren Testosteronimus kaum. Schnell ist er beim wahren Grund für seinen Besuch angelangt. „Liebe Henriette, ich darf Sie so nennen? Also, wir, das heißt ich, wir sind ein junges, dynamisches und aufstrebendes Start-up."

„Was?", unterbricht ihn Henriette Pöttchen irritiert.

„Äh ..." Mit dieser Zwischenfrage hatte Testosteronimus nicht gerechnet. Fast hätte es Fräulein Pöttchen geschafft, ihn aus dem mühsam erlernten Konzept zu bringen.

„Also, wir, äh ich, wir sind ein Unternehmen, das bereits auf eine Geschäftstätigkeit von einem halben, sehr erfolgreichen Jahr zurückblicken kann. Der Grund für meinen Besuch ist der, ich will deinen Laden mal so richtig auf Vordermann bringen. Wir, ich meine ich, also wir vertreiben Artikel für die internationalen Film- und Theatergesellschaften. Darunter auch Zauberzubehör, antike Kostüme, Make-up etc. Sie sind mir, entschuldige, du meine ich natürlich, bist mir gleich aufgefallen mit ihrem, äh, deinem Laden. Tolle Vita, die du da hast. Deine Internetseite ist ja herrlich bunt. Wir, ich meine ich, also wir sollten ins Geschäft kommen."

Die ganze Zeit, während Testosteronimus Henriette beschwatzt, sitzt sie, die Lorgnette vor Augen, still auf ihrem Sessel und beobachtet dieses junge Ungestüm. Erst jetzt findet Henriette die Gelegenheit, diesem Testosteronimus ins Wort zu fallen: „Was haben Sie denn für mich mitgebracht, junger Mann?"

Auch mit dieser Frage hatte unser jugendlicher Held zu diesem Zeitpunkt wiederum nicht gerechnet. „Wir, ich meine ich, wir haben nichts mitgebracht. Also wir, ich meine ich, ich habe keinen Katalog. Ist alles im Internet eingestellt. Ich, äh, wir können da ja mal gemeinsam reinschauen." Seine letzten Worte gehen in einen süffisanten Ton über. Testosteronimus sieht den Sieg vor seinem geistigen Auge. Der Fisch hat angebissen. Riesige Goldstücke würden in seine Tasche rollen. Das würde seinem Start-up den endgültigen Durchbruch bringen. Im Notfall, wenn er sich diese Frau recht betrachtet, wäre eine Heirat mit dieser Henriette Pöttchen, wenn es denn dem Geschäft dient, nicht ausgeschlossen. Immerhin beherrscht diese Frau 100 Prozent des Marktes für Märchen. Glück muss der Mensch haben, denkt unser nicht mehr ganz taufrischer Vertreter. Frauen liegen ihm. Davon ist er fest überzeugt. Aus diesem Grund sucht er gezielt Unternehmen heraus, bei denen eine Frau die Zügel in der Hand hält. Wenn er ehrlich ist, so liegen ihm mehrere Angebote vor, eine feste Bindung mit der einen oder anderen Geschäftsfrau einzugehen. Testosteronimus spürt, diese Henriette ist der größte Fisch, der bisher an seiner Angel hing.

Henriette lehnt derweil ihren Oberkörper gemächlich zurück und beginnt den Gegenangriff. „Junger Freund, dann erzähle er mir mal genau, was er zu bieten hat."

Das ist das Signal für Testosteronimus. Jetzt beginnt er zu sprudeln: „Mein Plan ist folgender: Bei so einem alten Unternehmen wie dem deinigen, da sollte mal jemand kräftig Staub wischen. Kleiner Scherz. Wird aber auch Zeit, hier eine Bestandsaufnahme zu machen. Viel ist das alles nicht mehr wert." Er schaut in die Runde. „Wir, äh ich, wir haben bereits ein

Dossier dazu angelegt." Er öffnet seine Aktentasche und holt einen Stapel Papier hervor. „Ich dachte, deine Bude hätte einen echten Wert, zumal du viele Jahre am Markt bist. Aber mehr als abgehalfterte Schauspieler und klapprige Kulissen habe ich nicht vorgefunden. Macht nichts, wir, ich, also wir, meine ich, wir können alles neu ausstatten. Zauberstäbe", dabei verdreht er lüstern die Augen, „Zauberhüte, Zaubermäntel, Zaubertische, Zauberknüppel, alles was die Requisite und die Büroausstattung betrifft, können wir erneuern." Testosteronimus stutzt beim Blick in das Gesicht von Henriette. Überzeugt sieht anders aus. Er weicht ein wenig verunsichert zurück: „Sind wohl eher Liebhaberstücke in deiner Klitsche. Ja, ja die Trennung von solchen Liebhaberstücken … fällt dir bestimmt sehr schwer, was? Steht ja auch an der Tür: Emozioni. Schon ulkig, dieses Geschäftsmodel. Ich habe hier eine straff durchkalkulierte Warenbestellung. Mit Rabatt und Skonto. Damit kannst du deinen Laden komplett neu ausrüsten."

Freudestrahlend hält der ölig wirkende Vertreter Henriette sein Angebot unter die Nase. Gelassen nimmt Henriette Pöttchen das Schriftstück entgegen und beginnt, die Lorgnette vor den Augen, zu lesen. Und das dauert. Henriette hat Zeit. Ab und zu hüstelt sie beim Lesen. Sie blickt ein wenig über die Sehhilfe hinweg. Testosteronimus' Blick schweift unterdessen durch Henriettes Büro. Plötzlich ein greller Pfiff. Das schreckt das jugendliche Ungestüm auf. Sein Augenmerk richtet sich auf die Computer, von denen mehrere im Büro stehen. Erst jetzt nimmt er wahr, dass diese Geräte hier stehen. Mit Erstaunen betrachtet er die kleinen Schornsteine. Testosteronimus denkt dabei für sich, dass er die Computer zu hoch in ihrem Wert angesetzt hat. Diese Exemplare scheinen uralt zu sein. Da würde jedes Museum in die Hände klatschen. Henriette hebt plötzlich den Kopf und blickt ihren Besucher an. „Das ist ja mal ein Ding, mein Lieber. Alle Achtung!"

Sofort reagiert das Häufchen Vertreterunglück: „Sag ich ja die ganze Zeit, Frau Pöttchen."

„Fräulein Pöttchen. Wir wollen beim Namen korrekt bleiben, mein Lieber. Solch ein Angebot habe ich in meinem ganzen Leben nicht gesehen. Straff durchkalkuliert, junger Mann. Alle Achtung!" Henriette setzt ein todernstes Gesicht auf.

„Sage ich doch, meine Gute, sage ich doch." Testosteronimus überstrahlt sein ohnehin glänzendes Gesicht. Die Angespanntheit der vergangenen Minuten weicht von ihm. In seiner leicht zitternden Hand hält er den billigen Füllfederhalter. Testosteronimus ist, wie ein Tiger, zum alles entscheidenden Sprung bereit. Seine Augen nehmen einen ungewöhnlichen Glanz an. Ein Glanz, der bei einem Raubtier in Anblick der Beute aufflackert. Dieser diabolische Glanz passt nicht zu Testosteronimus' Auftreten. Plötzlich wirkt er lächerlich, ein nervöser Stubentiger, von dem keinerlei Gefahr ausgeht.

Henriette beobachtet mittels ihrer Lorgnette dieses Häufchen Unglück, das mit feuchter Hose vor ihr sitzt, und hält die Spannung. Henriette denkt, sie wird mit Salvatore sprechen müssen. Diese Art von Besuchern muss in Zukunft gleich am Eingang in seine Schranken verwiesen werden. So etwas geht gar nicht. Was sollen denn ihre Geschäftskunden denken? Die Vertreter sind auch nicht mehr das, was sie früher einmal waren.

„Nun, der Vertrag, mein lieber Thudichum, mein lieber junger Freund", schmeichelt Henriette, „ist sehr verlockend. Allein mir scheint, ich kann das Angebot nicht annehmen."

Entgeistert blickt Testosteronimus Henriette Pöttchen an. Im selben Moment stößt einer dieser zu hoch bewerteten Computer einen grellen Pfeifton aus. Testosteronimus erschrickt zum zweiten Male. Stotternd, um Fassung ringend, fragt er Fräulein Pöttchen: „Was ist mit dem Angebot, dass du es nicht annehmen kannst?"

„Es ist einfach zu billig", sagt Henriette lakonisch.

So etwas hört unser Vertreter das erste Mal in seiner, zugegeben, noch kurzen Karriere als Außendienstmitarbeiter. Vollkommen überrumpelt antwortet er: „Soll ich das Angebot verdoppeln?"

„Ich denke darüber nach."

Testosteronimus springt hocherfreut auf. Er kramt aus seiner Aktentasche einen ziemlich ramponierten Blumenstrauß hervor, den er zu Beginn des Gespräches ganz vergaß, und überreicht Henriette das traurige Grün. Im gleichen Augenblick stößt Henriettes Computer ein erneutes Pfeifen aus, wie wir es von Dampflokomotiven kennen. Testosteronimus erschrickt zum wiederholten Male furchtbar. Vor Entsetzen entgleitet ihm seine Aktentasche. Er bückt seinen Oberkörper vor und im Bücken sagt er gequält: „Wir sehen uns heute Abend in der Avocado Bar. Und bring den Vertrag mit. Bis dahin wünsche ich dir einen schönen Tag." Er richtet seinen Körper auf. Mit einem feurigen Blick der Begierde und hochrotem Kopf nimmt Testosteronimus Abschied von Henriette. Schnell drückt sie ihm, freundlich lächelnd, ein Hormonpräparat in die Hand. Das steckt der Heißsporn irritiert in seine Jackentasche. Beim Verlassen des Büros passiert Testosteronimus den Spiegel. Diesem entfährt ein gequältes „Oh, my good!" Das wiederum verwirrt den geölten Blitz vollkommen und mit letzter Kraft stolpert er aus dem Office. Henriette sieht Testosteronimus hinterher und wundert sich über sein nasses Hinterteil. Er wird doch nicht etwa …?

Unsere liebe Henriette sitzt in ihrem Sessel und verarbeitet das soeben Erlebte. Sie überlegt, ob sie jemals in ihrer langen

Karriere einer solchen Type begegnet ist. Avocado Bar? Heute Abend? Da kann er warten, bis ihm Moos an seiner nassen Hose wächst. Sie schüttelt ihren Kopf und läutet nach Salvatore. Der tritt kurz nach Vernehmen des Läutens in das Büro.

„Fräulein Pöttchen haben nach mir geläutet." Eine leichte Verbeugung dabei andeutend.

„Sagen Sie, wie ist denn dieser unbeholfene Mensch mit dem übersteigerten Selbstbewusstsein bis in mein Büro gelangt?"

„Oh, Fräulein Pöttchen, ich hoffe Sie hatten keine Unannehmlichkeiten …"

„Wie man's nimmt, Salvatore." Sie wackelt dabei mit ihrem Kopf.

„Er flog förmlich an mir vorbei, bevor ich ein Wort sagen konnte …"

„Schon gut, verstehe Salvatore. Das nächste Mal stellen Sie ihm ein Bein. Er darf dabei ruhig Schmerzen empfinden, wenn er dazu überhaupt in der Lage ist. Stellen Sie sich vor, Salvatore, er hat mich eingeladen. Dieser Mensch! Und nun raten Sie mal wohin?" Salvatore schüttelt mit dem Kopf.

„In die Avocado Bar. Welch ein Skandal." Henriette ist kurz davor, einer leichten, emotionalen Schwäche nachzugeben.

„Avocado Bar? Das haben Sie wirklich nicht verdient, Fräulein Pöttchen."

„Das letzte Mal, dass ich in Begleitung eines Mannes, und ich spreche hier von einem Mann, ein Restaurant besucht habe …" Henriette hält inne und denkt nach. Sie bemerkt, ihr fällt nicht ein, wann sie das letzte Mal mit einem Mann und welcher das gewesen sein könnte, in einer gastronomischen Einrichtung einem kurzweiligen Zeitvertreib frönte. „Avocado Bar? Unerhört!" Sie schüttelt erneut mit dem Kopf.

„Danke Salvatore, Sie können jetzt gehen. Ah, noch eins, bevor ich das vergesse, nehmen Sie bitte den kalten Kaffee mit." Salvatore verbeugt seinen Oberkörper vor Henriette und verlässt mit dem Kaffeebecher auf dem silbernen Tablett das Büro. Erst jetzt geraten die Blumen, die auf dem Schreibtisch liegen, in das Blickfeld von Henriette. Sie ergreift die Stiele und wirft den kläglichen Rest von Grün in den Papierkorb. Höchstens ein Fall für ein Herbarium. Henriette ruft den Schnittblumen hinterher: „Gigolo! Zauberstäbe? Zauberstäbchen! Was weiß dieser geölte Blitz davon, was ein Zauberstab ist. Unerhört so etwas."

Henriette Pöttchen widmet ihre ganze Aufmerksamkeit wieder der Post, die seelenruhig auf ihrem Schreibtisch thront. Viel organisatorischer Kram. Eine Aufgabe, die sie in all den Jahren nie wirklich mit Vergnügen erledigt hat. Stören wir sie vorerst nicht weiter bei ihrer verantwortungsvollen Arbeit und wenden wir uns nun wieder den zwei Angestellten in der Avocado Bar zu.

Der Weihnachtsmann und sein langohriger Freund, der Osterhase, sitzen noch immer in der Avocado Bar. Die Milchgläser sind gut gefüllt und den Weihnachtsmann drängt es, die Toilette aufzusuchen. „Du Hase, ich muss mal. Ich komme gleich wieder." Der Weihnachtsmann ist im Begriff zu gehen, doch sein langohriger Freund hält den in Purpur dahinwandelnden Mann mit Rauschebart am Ärmel fest.

„Nimm mich mit. Ich muss auch mal." Die kindliche Stimme des Osterhasen bettelt förmlich.

Ohne große Worte packt der Weihnachtsmann Lampe an den Ohren und trägt ihn in Richtung Toilette. Im Gehen dreht er seinen Kopf zur Bar. Er sagt zum Barkeeper: „Pass auf unsere

Milch auf." Der Mann nickt vertrauensvoll. Wenige Minuten später steht der Weihnachtsmann vor dem Urinal. Mit der Rechten lenkt er seinen Wasserstrahl, in seiner Linken schwebt der Osterhase, an den Ohren gepackt, über dem danebenhängenden Urinal und verrichtet sein Geschäft. Kurze Zeit später sitzen sie wieder gemeinsam an der Bar und reden, über wen wohl, über Henriette Pöttchen. Und wieder haben sie ihr Thema gefunden. Henriette Pöttchen. Über ihre Chefin zu reden, ist nicht schwer. Einen Aufhänger finden die zwei Herren immer. Henriette ist für sie ein Thema, an dem sie ihren aufgestauten Frust ablassen können. Über diese Frau, können sie eine Menge erzählen.

„Die Chefin hat dich vorhin angerufen? Was wollte die Pöttchen von dir?", fragte der Osterhase.

„Was wird die Pöttchen schon gewollt haben. Immer das Gleiche. Eine Beschwerde liegt gegen mich vor. Ich soll einem Kind in China zu nahegekommen sein. Zu nahegekommen? Das ist unbegreiflich! Wie soll ich denn dem Kind sonst die Geschenke überreichen? Ich kann sie dem Kind nicht aus zwanzig Metern zuwerfen. Diese jungen Mütter … Pseudoemanzen! Helikopterschnepfen! Ich kann mich an die Mutter genau erinnern. Ihr Kind bekommt nie wieder etwas zu Weihnachten. Und die Pöttchen, die steigt natürlich voll drauf ein. Typisch! Wir sind halt bloß Angestellte. Mit uns kann die Pöttchen umspringen, wie sie will. Wenn alles läuft, interessiert das niemanden. Aber wehe, du machst mal einen Fehler oder es liegt eine Beschwerde gegen dich vor … Du kennst das ja aus eigenem Erleben …"

„Tja, immer das gleiche Lied. Da gebe ich dir Recht. Solange du deine Arbeit erledigst, fragt keiner danach, was du den ganzen Tag machst. Ganz zu schweigen von Anerkennung. Aber sobald ein kleiner Fehler passiert, stürzt die Chefin in der Manier eines Geiers auf dich los."

„Die soll mal lieber in der eigenen Familie für Ordnung sorgen. Mit ihrem feinen Herrn Bruder", schimpft der Weihnachtsmann.

Während die Gäste ihren Frust ablassen, schaut der Barkeeper gelangweilt im Raum umher. Die Gespräche zwischen Weihnachtsmann und Osterhasen kennt er mittlerweile auswendig. Er denkt: Heutzutage ist es schwierig, gute Gäste zu bekommen. Gäste wie Weihnachtsmann und Osterhase sind eine Katastrophe für das Geschäft. Milch mit Honig. Wer trinkt denn so was? Womöglich noch warm mit Pelle oben auf. Solche Sachen rührt jede Hausfrau zusammen. Vor allem, wenn ihre Bälger es im Hals haben und nicht in die Schule wollen. Interessant wird es erst, wenn Gäste echte Cocktails bestellen. Cocktails, für die er auf unzähligen Wettbewerben Preise erhalten hat. Davon sind diese beiden Gäste aber meilenweit entfernt. Fehlt bloß noch, dass seine beiden Spezies, der Teufel und der Tod erscheinen, die ausschließlich Gemüsesäfte trinken. Wegen dieser zwei Herren muss er jeden morgen früh um vier aufstehen und zum Großmarkt fahren. Die trinken ihre Säfte nämlich pur. Bei diesem Gedanken schüttelt es den Barkeeper. Wenigstens trinken der Weihnachtsmann und der Osterhase Unmengen von der Honigmilch, das reicht für einen Grundumsatz.

„Eine traurige Angelegenheit, mit ihrem Bruder Hans-Peter. Hätte ja niemand gedacht, dass die Sache mal so einen Verlauf nimmt." Der Hase schüttelt mit dem Kopf.

„Du sagst es, Hase", stimmt ihm der Weihnachtsmann zu.

„In seiner Jugend war er ein junger aufstrebender Geist. Alle liebten Hans-Peter. Und Hans-Peter liebte alle. Na ja, hauptsächlich Frauen. Der alte Schwerenöter." Meister Lampe nimmt einen großen Schluck aus dem Milchglas.

„Da gebe ich dir voll und ganz recht. In der Haut seiner Schwester möchte ich nicht stecken. Der Plan sah damals so aus, dass Hans-Peter die Agentur seiner Schwester übernehmen sollte."

„Nach Geschäftsübernahme stand dem feinen Herrn Bruder aber wohl nie der Sinn. Sein Traum war es, ein großer Schuhverkäufer zu werden. Nicht ohne Hintergedanken; stets wäre er von weiblicher Kundschaft umgeben. So war zumindest sein Plan." Der Osterhase schüttelt mit den Ohren.

„Und gleich in der Ausbildung erlebte Hans-Peter eine große Pleite", fügt der Weihnachtsmann hinzu.

„Ach so?", fragt der Osterhase verwundert. „Was ist denn in der Ausbildung passiert? Darüber hast du mir ja nie etwas erzählt." Natürlich hatte der Weihnachtsmann ihm bereits die ganze Geschichte erzählt, denkt der Barkeeper, die kenne ja selbst ich auswendig.

Der Weihnachtsmann schaut den Barkeeper an, der schon die Augen verdreht. Sein Freund der Osterhase wird langsam vergesslich und kommt in die Jahre, denkt der Weihnachtsmann.

„Zuerst ging alles gut. In der Schule gehörte Hans-Peter zu den besseren Schülern. Er war fleißig und lernte vorbildlich. Einen grundlegenden Wandel erfuhr sein Leben mit dem Beginn der Ausbildung. Du kennst diese Stiefel aus Glas? Aus denen man Bier trinken kann?" Der Weihnachtsmann zeigt auf das Regal voller Gläser hinter dem Barkeeper. Der Osterhase nickt. „Also, dass mit den Biergläsern in Stiefelgestalt hatte Hans-Peter irgendwo mal in einem Fernsehfilm beobachtet. Und nun, dachte Hans-Peter, er könnte ja mal eine innovative

Idee in den Schuhverkauf einbringen, indem er eine Party mit den Kundinnen in eben jenem Schuhladen veranstaltete. Er befüllte Stiefel, richtige Stiefel, nicht die aus Glas, mit Schampus. Das musst du dir mal vorstellen! Solche Dinger aus Kunstleder und welche mit Plastikfell außen. Du kannst ja sicher erahnen, was da los war und wie die feinen Kundinnen aufgeschrien haben. Eine Stunde später war Hans-Peter von seiner Arbeit freigestellt, und die liebe Schwester holte das Früchtchen ab. Damals trug er bereits diese runde Brille und setzte einen Blick auf, als könne unser kleiner Hans-Peter kein Wässerchen trüben. Henriette Pöttchen fällt ja nicht so schnell auf irgendetwas herein. Aber bei ihrem Bruder müssen ihre Sicherungen reihenweise herausgesprungen sein. Hans-Peter Pöttchen beteuerte seine Unschuld, und blickte seiner Schwester tief in die Augen, nach dem Motto: *Können diese Augen lügen?* Vor lauter Verzweiflung steckte Fräulein Pöttchen Hans-Peter in die nächste Schule. Eine Schauspielschule. Nicht ohne Hintergedanken. Das hat mir Hans-Peter einmal selbst bei einem Glas Milch erzählt. Er saß stundenlang neben mir, erzählte allerlei Geschichten und bettelte die ganze Zeit, ich solle ihm doch eine Puppe zu Weihnachten schenken. Keine gewöhnliche Puppe, sondern eine mit Luftbefüllung. So eine … wie sagt man dazu? Warte … einen Gummikavalier, ich kam nicht gleich auf dieses Wort."

„Eine mit Luftbefüllung? So was gibt es?", fragt der Osterhase ungläubig.

„Was denkst du, was es alles gibt." Bei diesem Thema fällt dem Weihnachtsmann ein, dass er einmal einem kleinen Jungen zum Weihnachtsfest eine dieser Puppen schenkte. Na, die Verwicklungen an diesem Abend berühren ihn heute noch peinlich. Eigentlich war dieses Geschenk ja für den Vater bestimmt. Das Problem war, dass Vater und Sohn auf den gleichen Vornamen hörten. Und so passierte das Missgeschick: Einer seiner Wichtel verpackte die Sachen mit Kindergeschenkpapier. Die Ehefrau war vielleicht sauer! Dafür bekam ihr Mann eine Spielzeugfeuerwehr, die er nicht mehr hergeben wollte. Der Konflikt mit dem Sohnemann um das Feuerwehrauto soll bis heute andauern.

„Jedenfalls", so fährt der Weihnachtsmann in seiner Erzählung fort, „der liebe Herr Bruder wollte ganz groß herauskommen. Der Plan seiner Schwester schien aufzugehen. Erst Schauspieler und später Leiter der Märchenagentur. Eine Weltkarriere war das Ziel von Hans-Peter. Roter Teppich, die Presse und schöne Frauen, die ihm zu Füßen liegen würden. Schließlich war es soweit, und ein neues Kapitel im Leben von Hans-Peter Pöttchen begann. Und das im zuckersüßen Wien. Da, wo die Küsse der Mädels einen Nachgeschmack von Mehlspeisen haben.

Mit Spiel hatte Hans-Peter zuerst nicht viel am Hut. Eher mehr mit Schau. Hans-Peter Pöttchen versuchte sein Glück zunächst bei den anwesenden weiblichen Schauspieleleven. Die Mädels waren ganz verrückt nach ihm und seinem Unschuldsblick, den er bewusst hinter seiner kreisrunden Brille versteckte. Aber unser Hans-Peter war alles andere als unschuldig. Reihenweise verloren die Mädchen allein durch Einsatz seines unschuldigen Blickes ihre Unschuld. Dafür besaß der Bruder unserer Chefin komischerweise wirklich schauspielerisches Talent."

„Wie meinst du denn das mit Unschuld? Waren die Mädchen denn Schuldige?", fragt ihn der Osterhase.

Daraufhin schaut der Weihnachtsmann derart irritiert, dass der Osterhase einen hochroten Kopf bekommt.

„Mein lieber Freund, muss ich noch deutlicher werden?"

„Nein, nein“, beschwichtigt ihn der Osterhase, dem seine Frage plötzlich sichtlich peinlich war.

Der Weihnachtsmann schaut den Hasen ein wenig verächtlich an. „Noch Fragen?“ Der Hase schüttelt die Ohren. „Also weiter im Text. Hans-Peter eilte den Röcken der Mädchen nach, anstatt fleißig zu lernen oder sein schauspielerisches Talent zu suchen. Zumindest hätte er das machen sollen. Irgendwann erregte das umtriebige Treiben von Herrn Pöttchen das Interesse der Schulleitung. Grund waren diverse Beschwerden von treusorgenden Müttern. Hans-Peter Pöttchen erhielt eine offizielle Vorladung vom Dekan seiner Fakultät. Und was soll ich dir sagen, mein lieber Freund, Hans-Peter fand plötzlich sein schauspielerisches Talent. Dem Dekan, Professor Horch, ein älteres Exemplar, spielte er die Rolle des unschuldigen kleinen Jungen vor. Seine kreisrunde Brille und der dazugehörige schmachtende Blick taten ein Übriges. Völlig verstört erteilte der Professor dem jungen Pöttchen seine Absolution. Damit gewann Pöttchen sozusagen freie Hand an der Schauspielschule. Das sollte der Professor später bitter bereuen.“

Das Telefon an der Bar klingelt und unterbricht den Weihnachtsmann in seinen Ausführungen. „Für Sie“, sagt der Barkeeper und hält dem Osterhasen den Hörer hin. Nun ist es nicht so einfach, einen kleinen Hörer an ein großes Ohr zu legen. Bis der Osterhase dieses Problem gelöst hat, verlassen wir die Bar und schauen, wie der Tag für Henriette weitergeht.

Just in dem Moment, in dem der Osterhase mit den Tücken der Technik kämpft, klingelt bei Henriette ebenfalls das Telefon. An der Nummer erkennt sie sofort, dass ihr geliebter Bruder am anderen Ende der Leitung ist. Hans-Peter Pöttchen hatte ihr an diesem arbeitsintensiven Morgen gerade noch gefehlt.

„Hallo Schwesterherz.“

„Hallo Hans-Peter, wie heißt sie diesmal?“ Aus anderen Gründen rief ihr lieber Herr Bruder in den vergangenen Jahren nie bei ihr an. Henriette greift prophylaktisch nach dem Scheckbuch.

„Äh, was?“ Hans-Peter begreift nicht recht und das nicht nur, weil er das eben Gesagte seiner Schwester akustisch nicht versteht. Was er nicht verstehen will, versteht er nicht.

„Na, an wen von deinen weiblichen Kommilitonen soll ich das Geld überweisen?“

„Weiß gar nicht, was du meinst. Weibliche Kommilitonen?“

„Das weiß ich manchmal selber nicht. Es ist bloß so, dass in den letzten Telefonaten immer von Geld für irgendwelche Kinder die Rede war. Ich muss ja mittlerweile mit der halben Welt verwandt sein.“

„Jetzt übertreibst du aber ganz schön, liebes Schwesterherz. Ich habe vor zwei Tagen mit Viktoria Schluss gemacht. Jetzt bin ich solider Single. Mit Erfahrung!“

„Solider Single? Mit Erfahrung? Nach zwei Tagen? Das ich nicht lache. Also, warum rufst du an und stiehlst mir meine kostbare Zeit, die ich lieber in unser Familienunternehmen investiere, das dich ja leider überhaupt nicht interessiert?“

„Ich habe herausgefunden, also wie soll ich mich ausdrükken … ich bin vom anderen Ufer.“

Ruhe am Ende der Leitung. In Henriettes Kopf arbeiten die Hirnzellen auf Hochtouren und sie bestätigt es sich selbst, ja, sie hatte richtig gehört, Hans-Peter sagte, er sei vom anderen Ufer. Eine tolle Erkenntnis, wer weiß, wer ihm diese ins Ohr geflötet hat. Vielleicht sein Friseur, der von Haaren so viel versteht wie die sieben Zwerge von Frauen.

„Pass mal auf, mein lieber Bruder. Ich sage dir jetzt, was du bist: Du bist ein Schauspielerimitator. Ja, das bist du. Und zwar ein ziemlich durchschnittlicher. Was du nicht bist, ist vom anderen Ufer. Schlag dir das aus dem Kopf. Wer hat dir eigentlich diesen Floh ins Ohr gesetzt?“

„Viktor. Äh, ich meine Viktoria.“

„Viktoria? Deine Ex? Und wie, bitteschön, kommt deine Verflossene auf die Idee, du seiest vom anderen Ufer?“

„Das hat sie so gesagt“, erwidert Hans-Peter.

„Hat sie so gesagt, ja? Und wenn ich jetzt behaupte, du bist vom anderen Stern, dann glaubst du mir das auch?“

„Anderer Stern? Was meinst du damit? Was soll das denn bitte sein, Schwester? Auf einem Stern kann man nicht leben.“

„Nichts. Das habe ich nur so gesagt, Hans-Peter. Denk du mal lieber an deine vielen Liebschaften. Da liegen jede Menge Hausaufgaben vor dir.“

„Ach, was du nicht sagst. Wenn ich also mit einem Mädchen zusammen bin, dann nennt man diese Phase *Vom anderen Stern*?“ Hans-Peter Pöttchen wirkt auf einmal nachdenklich.

„Wenn du so willst, mein heißgeliebter Bruder. Die Krankheit ist übrigens harmlos. Tut überhaupt nicht weh. Übrigens habe ich da was für dich, um deine mentale Stärke zu unterstützen. Ein leichtes Medikament. Chlorophyll. Schon mal was davon gehört?“

„Nein, aber prima, Schwesterherz. Sind das Tabletten?“

„Ja. Giftgrün.“

„Die esse ich am liebsten. Schickst du mir die bunten Pillen?“

„Natürlich, mein Lieber. Die Pillen sind aber nicht bunt, sondern grün.“

„Macht nichts. Nehme ich grün. Grün hebt.“

„Fragt sich nur, was. Deinen Geist werden sie bestimmt nicht heben, vermutlich werden sie ihm nicht mal auf die Sprünge helfen.“

Nebenbei kramt Henriette in einer der Schubladen ihres Schreibtisches herum. Dort lagert sie unendlich viele verschiedene Tablettenschachteln. Für alle Notfälle hat sie vorgesorgt. In letzter Minute entscheidet sich Henriette um. Sie sucht keine Tabletten, sondern Placebos heraus. Bunte Schokopastillen für ihren Bruder.

„Also Hans-Peter, ich schicke dir eine ganze Tüte davon. Du darfst pro Tag nur drei davon essen. Drei! Hast du mich verstanden … Früh, mittags und abends. Verstanden? Jeweils eine … Die Pillen sind nicht grün, sondern bunt. Ach, und was ich dir noch sagen wollte: Lass die Finger von den Mädchen. Die bringen dir nur Unglück.“

„Verstanden, Schwesterherz.“ Hans-Peter Pöttchen versucht seine Schwester zu beruhigen und abzuwimmeln. Ihm reicht es. Die Schwester ist manchmal ziemlich anstrengend. Für heute Nachmittag kündigt er sein Erscheinen bei Henriette im Büro an, dann kann sie ihm die Pillen persönlich in die Hand drükken. Henriette ihrerseits schlägt drei Kreuze am Telefon. Bevor sie den Hörer auflegt, klopft es und eine kleine Gestalt mit einer Zipfelmütze lugt ins Office.

„Hans-Peter, ich bekomme Besuch, ich muss auflegen. Ciao.“ Der Hörer fällt krachend auf die Gabel.

„Herein!“ Henriette hält ihre Lorgnette vor die Nase.

Der ersten Zipfelmütze folgen fünf weitere. Die sieben Zwerge. Fräulein Pöttchen bittet ihre Besucher auf dem Stuhl, auf dem gerade der Frosch und dann Testosteronimus gesessen haben, Platz zu nehmen. Als Henriette bemerkt, dass die sechs Herren mitten im Büro stehenbleiben, fragt sie verdutzt: „Ich denke, ihr hättet alle zusammen auf dem Stuhl Platz.“ Klaus Dieter, der Älteste, bejaht das, jedoch könnten er und seine Brüder den Platz nicht einnehmen, da auf dem Stuhl eine grüne, schleimige Brühe dahinwabere.

Also reichte die Anzughose von Herrn Thudichum nicht aus, den Stuhl trocken zu sitzen. Zu viel Synthetik im Wollanteil, denkt Henriette. Mindere Qualität. Innen wie außen. Fräulein Pöttchen ist genervt. Sie springt auf:

„Muss ich hier alles allein machen, da nimmt man ein Stück Papier", sie geht in die Ecke des Büros, in der ein Waschbecken mit entsprechenden Toilettenartikeln angebracht ist, reißt ein Stück Papier von der Handtuchrolle, geht zum Stuhl, und wischt den etwas hilflos in der Gegend herumstehenden Zwergen den Stuhl ab, „und schon ist der Stuhl trocken und sauber und ihr könnt euch hinsetzen."

Umständlich klettern die sechs den Stuhl hinauf. Henriette muss aufstehen, die Lorgnette vor Augen, um ihre Gesprächspartner nicht aus selbigen zu verlieren. „So meine Herren, was haben wir für ein Problem?" Einen anderen Grund, warum die Herren heute bei ihr vorstellig werden, kann es nicht geben. Einfach mal ihre Chefin zu besuchen, erschien unwahrscheinlich.

„Woher weißt du, dass wir ein Problem haben?", fragt Klaus Heribert.

„Zu mir kommen nur Probleme, und außerdem seid ihr nur zu sechst, wo ist euer Kleinster, wie heißt der gleich?" Henriette fällt der Name nicht ein. Ärgerlich, denkt sie.

„Karli", wirft Klaus Günter ein.

„Ja, der süße Klaus Karli." Henriette verdreht die Augen. Für einen Moment wäre sie gern Mutter. Ein Kind haben, wie den kleinen, niedlichen Klaus Karli. Ihre Muttergefühle stehen kurz vor dem Durchbruch. In letzter Sekunde holt sie Klaus Joachim in die Gegenwart zurück.

„Wir brauchen Ersatz. Klaus Karli ist verduftet. Hier“, er reicht Henriette ein Schreiben, „diese Nachricht hat er dagelassen.“ Seine Agentin hält den Abschiedsbrief ein wenig ratlos in den Händen.

Henriette, die Lorgnette vor Augen, liest laut vor. „Liebe Brüder, ich verlasse euch, weil ich ein neues Leben anfangen möchte. Ich bringe es nicht mehr übers Herz, Schneewittchen jeden Tag sterben zu sehen. Wenn ich bei euch bleiben würde, bliebe für mich nur der Ausweg, mir vor Kummer das Leben zu nehmen. Ich kann nicht mehr, darum habe ich einen Vertrag bei einer Zeitarbeitsfirma für junge aufstrebende Talente im Künstlerfach unterschrieben und werde bald die Rolle des Quasimodo im Glöckner von Notre Dame spielen. Ich plane, durch die französischen Lande zu ziehen und sozusagen eine Montagetätigkeit aufzunehmen. Lebt wohl, meine Brüder, ihr geliebten roten Zipfelmützen. Ich liebe euch alle, in Tränen, euer Klaus Karli.“ Dramatisch, denkt Henriette. Von wem er das wohl hat?

Die Brüder sitzen beim Verlesen der letzten Worte ihres Jüngsten einem Häufchen Unglück gleich da und weinen bitterlich. Henriette explodiert plötzlich: „Das ist ja eine Unverschämtheit. Ich habe euch als Gruppe aufgezogen und da kann der kleine Hosenscheißer“, an dieser Stelle lacht Klaus Egon kurz auf, der darauf einen Rüffel von Klaus Reginald bekommt, „nicht einfach aus dem Vertrag aussteigen. Dem werde ich helfen. Wäre ja noch schöner, wenn ich mir von so einem kleinen Zwerg auf der Nase herumtanzen lassen würde. Was denkt sich dieser Gnom eigentlich. Frankreich! Das Land der ungezügelten Leidenschaften! Ein Skandal!“ Sie greift energisch zum Telefon, wählt eine Nummer, die mindestens aus zwanzig Ziffern besteht, und sofort ertönt die Stimme eines gewissen Frank Zippo am

Telefon. Dieser Frank Zippo ist Henriettes persönlicher Privatdetektiv. Ihn betraut sie mit besonders heiklen Missionen. Praktisch ist Frank stets und ständig für Henriette im Einsatz.

„Hallo, Frank. Vor mir sitzen sechs Herren, die alle ein wenig derangiert dreinblicken. Ihr Bruder ist abgängig. Der kleine Klaus Karli.“

„Ah, ich verstehe, der siebte Zwerg. Hast du ein Foto von ihm?“

„Leider nicht. Von den sieben Brüdern besitze ich nur ein Gruppenbild. Die sehen“, sie blickt über den Tisch, die Lorgnette vor der Nase, „alle gleich aus. Klein und rote Zipfelmützen. Der Gesuchte soll zurzeit in Frankreich herumreisen. Übernimmst du die Sache?“

„Selbstverständlich Henriette. Für dich immer“, säuselt Frank in die Muschel. Der nächste Schleimer, denkt Henriette. Was habe ich eigentlich an mir, dass diese Typen in meiner Gegenwart vertraulich werden?

An dieser Stelle unterbreche ich meine Erzählung für einen anderen Gedankengang und will Ihnen das Verhältnis von Henriette Pöttchen zum männlichen Geschlecht näherbringen. Also, Fräulein Pöttchen war stets ein ungezähmtes Objekt der Begierde in den Augen der Männer. Unzählige Affären streiften ihr Leben, ohne je nachhaltig die Lebensbahn unserer Henriette aus den eingefahrenen Gleisen zu bringen. Ehrlicherweise müssen wir Henriette in Schutz nehmen. Es lag an den Männern. Henriettes Qualitätsansprüchen gerecht zu werden, ist ein Ding der Unmöglichkeit. Denken Sie nur an diesen Thudichum. Was soll man von solch einem Exemplar halten? Obwohl sie von ihm netterweise zum Essen eingeladen worden ist. Wir wollen an dieser Stelle unserer optimistischen Zuversicht Ausdruck verleihen, dass ein Traumprinz irgendwann einmal in das Leben Henriettes treten wird. Nun aber wieder zurück zur Geschichte.

Henriette antwortet Frank: „Dann mach dich gleich an die Arbeit. Spesenrechnung wie immer an mich. Tschüss."

„See you later, Henriette."

Fräulein Pöttchen wendet ihre Aufmerksamkeit wieder den Zwergen zu: „Meine Herren, ich habe einen Detektiv eingeschaltet, der wird uns den siebten Mann, äh, Zwerg, in kurzer Zeit wieder zuführen. Also, Zipfel auf, Männer, das Leben geht weiter und jetzt raus aus meinem Büro. Ihr hört von mir."

Etwas bedröppelt wollen die Zwerge, mit hängenden Zipfeln, das Büro verlassen. Im letzten Moment schnappt Henriette Pöttchen die Kobolde, nimmt sie alle in den Arm und drückt sie an ihre Brust. Vor diesem Moment fürchten sich die Zwerge jedes Mal. Klaus Heribert bekommt einen klaustrophoben Anfall. Klaus Egon schreit um Hilfe. Sein Schrei wird in einer großen weichen Masse erstickt. Klaus Reginald fängt an zu weinen, und Klaus Günter schwitzt Blut und Wasser. Am schlimmsten erwischt es diesmal Klaus Joachim, der zwischen den weichen Brüsten von Fräulein Pöttchen kaum noch Luft bekommt und wie die Titanic zu versinken droht. Hier liegt ein Grund, warum die sieben Zwerge zeitlebens eine gewisse Abneigung gegenüber Frauen entwickelt haben. Irgendwie wurde ihnen das alles zu viel Weiblichkeit. Ich greife ein wenig vor, für die Zwerge war dies nicht die einzige Begebenheit dieser Art. Wobei natürlich ein Unterschied zwischen der mütterlichen und einer fremden Brust besteht.

Ein weiterer Grund ihres ambivalenten Verhältnisses zu Frauen ist Schneewittchen. Diese dumme Pute. Jedes Mal bringt sie den wohlsortierten Männerhaushalt der sieben Herren durcheinander. Schauspielerin zu sein, reicht ihr nicht. Sie ist obendrein sehr dominant und weiß alles besser. Schneewittchen benötigt dringend eine hauswirtschaftliche Ausbildung. Aber da führt bei Henriette Pöttchen kein Weg rein. Wie oft haben sie das bei ihrer Chefin angesprochen.

Nach vielen Liebkosungen entlässt Henriette ihre arg gebeutelten Schützlinge.

Fräulein Pöttchen atmet auf und steuert zielgerichtet auf ihren Kaffeeautomaten zu. Mit flottem Schwung ergießt die Kaffeemaschine das heiße Getränk in einen Becher. Henriette trinkt in kleinen Schlückchen das heiße, belebende Getränk. Ihre Gesichtszüge entspannen sich deutlich. Henriette denkt an früher, als sie die sieben Zwerge geschenkt bekam. Von einem bekannten Prinzen aus dem Orient, der auf einer entfernten Insel residierte. Das kam für Henriette sehr überraschend und war keineswegs leicht. Plötzlich war sie alleinerziehende Mutter von sieben Kindern. Die kleinen Zwerge waren extrem winzig. Es bedurfte einer Menge Arbeit, die Herren auf Minimalgröße zu bringen. Reine Handaufzucht. Echt bio. Mit allem Drum und Dran. Und da war das ‚die Flasche geben' noch die leichteste Übung. Die sieben Kobolde abends ins Bett zu bekommen, mein lieber Mann, denkt Henriette. Lag Klaus Joachim im Bett, schrie Klaus Reginald. Entwischte Klaus Egon kicherte Klaus Karli. Das konnte über ganze zwei Stunden so gehen. Trotzdem ist Henriette auf ihre mütterliche Leistung stolz. Deshalb liebt sie jeden Einzelnen der kleinen Männer. Eigentlich kann sie keinem der zipfeltragenden Herren wahrhaft böse sein. Selbst Klaus Karli nicht. Dem am allerwenigsten. Sein Ausreißversuch nach Paris hat sie ihm längst verziehen. Irgendwann brechen die Kinder aus. Frank würde die Sache klären und ihr den kleinen Klaus Karli wieder zuführen. Sie würde ihn liebevoll an ihre

Brust drücken und ein klein wenig bestrafen. Bei dem Gedanken huscht ein Lächeln über Henriettes Gesicht.

Verlassen wir für einen Moment wieder das Büro von Henriette Pöttchen und begeben uns erneut in die Avocado Bar. In diesem Etablissement trinken der Weihnachtsmann und der Osterhase weiterhin ihre Honigmilch. Eben wie zwei richtige Männer. Zum Anruf, den der Osterhase erhielt, Sie erinnern sich bestimmt, sei angemerkt, dass seine Frau die traute Zweisamkeit störte. Natürlich wollte Frau Häsin wissen, wo ihr Göttergatte den Tag verbringt. Sie hätte ihn dringend zur Erledigung wichtiger Hausarbeiten benötigt. Leider vergebens, denn der Osterhase, den die Ehefrau vollkommen richtig in der Avocado Bar vermutete, redete sich mit dringenden geschäftlichen Terminen heraus. Er würde die Geschenkeplanung für das kommende Jahr mit dem Weihnachtsmann besprechen. Der Anruf endete mit einer ziemlich großen Verstimmung zwischen den Eheleuten.

Der Weihnachtsmann indes ist gerade dabei und erzählt seinem Freund, dem Osterhasen, ein weiteres Kapitel aus dem bewegten Leben des Hans-Peter Pöttchen.

„Tja, und nach der Aussprache mit Professor Horch lief es für Hans-Peter an der Schauspielschule prima", erzählt der Weihnachtsmann und fährt fort: „Hans-Peter war von nun an der Musterschüler von Professor Horch. Einige Kommilitonen ärgerten ihn, bezeichneten unseren Hans-Peter als Streber. Das spornte den jungen Mann zusätzlich an. Mädchen waren für ihn in dieser kurzen Phase seines Lebens ein absolutes Tabu. Sein Körper und sein Geist begannen bald um die Vorherrschaft zu kämpfen. Der Geist sagte: ‚Lerne fleißig.' Der Körper wies unseren angehenden Schauspieler auf die Freuden des Lebens hin.

In diesem Zwiespalt arbeitete Hans-Peter Pöttchen eine Weile an seinen schauspielerischen Fertigkeiten. Dazu gehörte auch das

Singen. Unser Hans-Peter übte fleißig jeden Sonntagmorgen auf dem Hof der Schauspielschule. Dumm nur, dass gleich auf dem angrenzenden Grundstück eine Kirche stand. Hochwürden stand zum Sonntagsgottesdienst auf der Kanzel. Er hob an, das erste Wort zu sprechen und von draußen vernahmen die Gläubigen die glockenhelle Stimme von Hans-Peter. Er reizte die Tonleiter in allen Facetten aus. Daraus entstand ein Streit zwischen dem Pfarrer und der Schauspielschule. Hans-Peter erhielt einen Bescheid vom Ordnungsamt. Darin untersagte ihm die Behörde das Singen während der Messe. Unser schauspielernder Sänger ließ seiner Empörung über den Bescheid freien Lauf. Er schlich eines Abends heimlich in die Kirche und präparierte den Boden der Kanzel mit Sekundenkleber. Am folgenden Tag, einem Sonntag, bestieg Hochwürden die Kanzel und predigte das Wort am Sonntag. An dieser Stelle können wir dem Gottesmann bescheinigen, er gab alles. Nach tosendem Applaus seiner Zuhörer verharrte der Würdenträger an ein und demselben Ort, während das Publikum die Kirche verließ. Er mühte sich redlich, den Ort zu verlassen. Vergebens. Selbst ein Nachschlagen im Buch Gottes führte zu keinem befriedigenden Ergebnis. Eine Lösung seines Problems enthielt dieses Buch nicht. Die Füße wollten nicht wie ihr Besitzer. Sie verharrten, fest mit dem Kleber verbunden, auf der Kanzel. Wenn es bloß nicht so kalt gewesen wäre. Jammernd, seinen Arbeitgeber anbetend, später anflehend, stand der Herr Pfarrer einen Tag auf der Kanzel. Am Montag fand die Raumpflegerin Hochwürden in bedauernswertem Zustand. Er begrüßte sie mit den Worten: ‚Sie schickt mir der Himmel!' Dazu muss ich sagen, die Frau war Muslimin und eher pragmatisch veranlagt. Sie öffnete Hochwürden einfach die Schnürsenkel und befreite den Mann des Glaubens aus seiner misslichen Lage. Die Lösung schien so einfach, dass der Mann in Schwarz bleich die Kanzel verließ. Zum

Dank und aus Verlegenheit schenkte er der Frau ein Kruzifix. Das löste bei ihr einen hysterischen Schreikrampf aus. Schuld war nicht das Kreuz an sich, sondern der nackte Mann an selbigem. Mit hochrotem Kopf verließ Hochwürden die Kirche und ward seitdem nicht mehr gesehen."

„Nee, das glaub ich jetzt nicht!" sagt der Osterhase verwundert.

„Ja, kannst du mir glauben. Mit Glauben liegst du bei dieser Geschichte immer dicht an der Wahrheit. Übrigens, den Betrag den Hans-Peter an das Ordnungsamt entrichtete, zahlte natürlich seine Schwester, wer sonst. Hans-Peter ist ja stets und ständig knapp bei Kasse."

„Du, ich muss mal", sagt der Osterhase zu seinem Freund. Der packt ihn bei den Ohren und gemeinsam verlassen sie ihren Platz an der Bar. Der Barkeeper schaut ihnen gelangweilt nach und schüttelt mit dem Kopf.

Nutzen wir die Gelegenheit und kehren zu Henriette Pöttchen zurück. Die Entspannungsphase unserer lieben Henriette, nach dem Besuch der Herren mit den geknickten Zipfeln, währt leider nur sehr kurz. Das Telefon läutet. Wieder einmal. Der Fuchs ruft an, eben jener Fuchs aus dem Märchen *Der Hase und der Fuchs*. Henriette nennt ihren Namen und wartet darauf, was ihr der Fuchs gleich ins Ohr säuseln wird.

Ihr Gesprächspartner ist unter Einschränkungen zu verstehen. „Ja, Henriette, bist du es? Du, ich kann heute nicht spielen. Erkältung. Du hörst ja, wie meine Stimme klingt. Bei jeder Vorstellung muss ich meinen Schwanz ins eiskalte Wasser hängen. Jetzt hat mich der Virus erwischt." Der Fuchs bekommt einen Hustenanfall.

20
07
16

Vollkommen entspannt antwortet Henriette ihrem Mitarbeiter: „Mein liebes Füchslein, du isst doch bestimmt gern Hühner?“

„Ja, natürlich. Warum fragst du?“ Der Fuchs versteht die Frage seiner Chefin wirklich nicht. Worauf will sie hinaus?

„Pass auf, du machst folgendes: Schreib dir das auf. Hast du einen Stift und Papier?“ Nach einer Weile antwortet der Fuchs: „Ja.“

„Also, kauf dir eine Hühnerbrust. Kaufen, hast du verstanden? Nicht beim Bauern um die Ecke stehlen! Aus dem Einkaufsmarkt holen und mit Geld bezahlen. Das ist wichtig. Schreib dir das auf. Verstanden? Hast du das?“

„Ja“, antwortet der Fuchs genervt. Manchmal ist Henriette wie eine übervorsorgliche Mutter.

„Die Teile vom Bauern sind aus ökologischer Haltung. Das ist Mist. Die kannst du nicht essen. Die helfen in deinem Fall nicht. Sind in diesem Zusammenhang eher Placebos.“

„Placebos? Na ja, wie du meinst“, krächzt der Fuchs niedergeschlagen. Zu einem Raubzug fehlt ihm im Augenblick sowieso jede Kraft.

„Daraus kochst du eine Brühe, und die trinkst du. Verstanden?“, redet Henriette auf den Fuchs ein.

„Verstanden. Und das soll helfen? Eine Hühnerbrühe ist keine Heilpflanze wie Huflattich oder Kamille.“

„Das hat damit nichts zu tun. In dem Huhn ist so viel Antibiotika drin, das reicht für zwei Leben.“

Naiv, wie der Fuchs ist, wir müssen hier mit dem Mythos des schlauen Füchsleins aufräumen, sagt er nur: „Aha.“

„Und heute Abend stehst du auf der Bühne. Du wirst dich fühlen wie ein junger Gott. Das Mittelchen wirkt Wunder.“

„Ja“, sagt der Fuchs konsterniert, der auf einen entspannten Abend mit Krankenschein hoffte.

„Ist noch was?“, fragt Henriette.

„Nein.“

„Dann ist ja alles schick. Mach’s gut, wir hören voneinander. Tschüss, mein Lieber.“

„Tschüss … Tschüss …“, stottert der Fuchs und legt den Hörer auf.

Henriette steht auf und geht zum Spiegel. Sie steht minutenlang davor und denkt:

„Ich muss hier raus. Das ist heute wieder einmal nicht zum Aushalten. Diese Künstler! Ihre kleinen nichtigen Probleme hätte ich auch gern einmal.“ Ihre Computer arbeiten derweil auf Volldampf. Die kleinen Essen pusten ständig Dampf aus, schließlich steht die Abrechnung der Gagen an. Natürlich erledigen die Computer mittels ihrer Programme das von allein. Früher saßen im Büro fünfzig Angestellte und berechneten die monatlichen Gehälter. Je nach Anzahl der Auftritte, den Text- und Rollenanteilen wird die Höhe der Gagen berechnet. Seitdem sie so viel Personal einsparen konnte, laufen ihre Gewinne aus dem Ruder. Mittlerweile hat Henriette unermessliche Reichtümer angehäuft. Wenn Sie jetzt denken, Henriette Pöttchen wäre deswegen glücklicher, weit gefehlt. Im Grunde genommen weiß sie nicht, wohin mit dem vielen Geld. Sicherlich war vor der Freisetzung ihrer Mitarbeiter bereits eine ganze Menge von dem Mammon vorhanden. Sie werden jetzt sagen: Diese Sorgen hätte ich auch gern einmal. Dazu kann ich nur sagen: Lieber nicht. Im Keller, direkt unter ihrem Büro, liegt ein ausgebauter Raum mit der stärksten Klimaanlage der Welt. An diesem Platz lagert mehr Geld als Onkel Dagobert je in seinem Leben zusammenkratzen kann. Einmal im Jahr nimmt Henriette die mühevolle Aufgabe auf ihre Schultern, steigt hinab in den Keller und kontrolliert ihre Bestände an Geld. Nicht, dass sie nachzählt, ob einige Scheinchen fehlen, nein, sie überprüft, ob das Papiergeld nicht schimmelt oder die Münzen, wo bekommt man heute noch echte Goldmünzen her, nicht rosten. Beim Anblick der im Keller gelagerten Schätze beschleicht Henriette eine Art Depression. Sie weiß nicht, was sie mit dem ganzen Werten anfangen soll. Und erst der Heidenaufwand, den Fräulein Pöttchen deswegen betreibt, das Geld frisch zu halten, ich kann Ihnen sagen: Schön ist anders. Nun zurück ins Büro:

Henriette dreht ihren Körper vom Spiegel weg und ruft nach Salvatore. Der steht zwei Zehntelsekunden später vor ihr und verbeugt seinen Oberkörper vor seiner Chefin, wie er das immer tut: „Fräulein Pöttchen haben gerufen."

„Salvatore, ich werde jetzt eine Stunde im Park spazieren gehen. Sollte jemand vorsprechen oder anrufen, na Sie wissen schon … Mein Mantel und den Hut, bitte."

„Jawohl, Fräulein Pöttchen." Salvatore verneigt seinen Oberkörper und zaubert, wie von Geisterhand, Henriettes Mantel hervor. Er hilft ihr beim Ankleiden und verschwindet so schnell und lautlos wie er gekommen ist aus dem Büro. Henriette ist für einen Moment allein. Sie schaut kurz im Raum umher, geht noch einmal zum Spiegel und richtet ihren Hut, dann verlässt sie ihren Arbeitsplatz.

Endlich unter freiem Himmel. Mit tiefen Zügen atmet Henriette die frische Luft ein. Heute ist ja wieder eine Menge los, denkt sie. Auf was habe ich mich damals bloß eingelassen. Wäre nicht diese Annonce in der Zeitung … „Suchen für uralte Geschichten und deren Protagonisten eine Managerin." Im Nachhinein erfuhr Henriette Pöttchen, dass diese Stelle mehr als einhundert Jahre lang unbesetzt war. Alle winkten ab. Ihr sagte niemand, welches Abenteuer auf sie wartete. Den Laden brachte sie erst einmal auf Vordermann. Sie entwickelte neue Märchen und stellte jede Menge Mitarbeiter ein. Im Grunde genommen war die Firma damals pleite. Nun hat sie diese ganzen Künstlernaturen und Mimosen am Hals. Ist nicht zu ändern. Gern hätte sie längst ihren Ruhestand genossen. Leider spielt ihr lieber Bruder nicht mit. Dieser Hallodri. Das Einzige, das er im Kopf hat, sind seine Mädchen. Also heißt die Devise für sie, weiter durchhalten und jeden Tag die Sorgen ihrer Klientel ernst nehmen. Oder zumindest den Eindruck erwecken. Gedankenverloren läuft Henriette in den nahegelegenen Park. Allein sein. Von wegen allein. Schnellen Schrittes und mit lautem Getöse überholt Henriette von hinten eine junge Frau mit Kinderwagen und einem weiteren Kind an der Hand. Ihr keuchender Atem ist aus einiger Entfernung deutlich zu hören. Als die Frau auf Höhe von Henriette ist, spricht sie diese an: „Na, sehr in Eile?“

„Ach hören Sie auf, komm Anaklet, nicht zurückbleiben, ich bin stets im Stress. Sie glauben ja gar nicht wie anstrengend das ist, ein Unternehmen zu führen.“

„Wem sagen Sie das.“ Henriette versucht mit der Frau Schritt zu halten.

„Ach, Sie sind auch Unternehmerin? Und das in ihrem Alter? Sie haben doch keine Kinder mehr, oder?“

Henriette stutzt. Was hat das mit ihrem Alter und eigenen Kindern zu tun?

„Was für ein Unternehmen führen Sie denn, junge Frau, wenn ich fragen darf?“

„Das sehen Sie doch. Die zwei Kinder, der Haushalt, die Schwiegermutter, mein Mann, der ist immer so hilflos, und dann der Dackel … Wo ist eigentlich mein deutscher Dackelrüde …“, schreit die Frau plötzlich hysterisch auf. Ihre Blicke suchen die nähere Umgebung ab. „Cosimo von Wałbrzych" hallt es durch den Park. „Sie müssen entschuldigen, natürlich ist der Dackel deutsch. Gehörte uns ja schließlich alles einmal. Der Gute war ein echtes Schnäppchen auf dem Polenmarkt. Und obendrein ist er adlig. Ganz alter Stammbaum versicherte uns der polnische Händler. Mit Zertifikat. Und das für den Preis. Nicht zu schlagen diese Polen."

Von fern ist ein Bellen, Aufheulen und Wimmern zu hören. Die Frauen und das Kind drehen ihre Köpfe in die Richtung, aus der die Laute an ihr Ohr dringen.

Am anderen Ende der Wiese ist Cosimo gerade damit beschäftigt, einer weißen Pudeldame mit rosa Schleife im Haar ein klein wenig zu aufdringlich, oder besser gesagt: unsittlich, den Hof zu machen. Die Besitzerin ist zu hören: „Pfui, Dita vom Auerswald, lass diesen räudigen Dackel sofort in Ruhe."

„Was hat die gesagt?" Das gesprochene Wort empört die Jungunternehmerin. „Mein Cosimo ein räudiger Dackel. Halten Sie mal." Sie drückt Henriette beherzt das Kind und den Kinderwagen in die Hand.

Kurz darauf streiten die zwei Hundebesitzerinnen heftig miteinander. Dabei verlieren sie ihre vierbeinigen Gefährten vollkommen aus den Augen. Cosimo und Dita nutzen die Zeit und verleben unvergessliche Augenblicke hinter einem Rhododendronbusch. Am Ende des Streits zwischen den Hundeexpertinnen sind ihre Tiere entspannt zu ihnen zurückgekehrt. Noch immer aufgewühlt schreitet die Vertreterin des unternehmerischen Mittelstandes auf ihre Kinder und Henriette zu. Sie ist echauffiert. Eine geraume Weile geht das noch so. „Denken Sie nur, die Frau will mich verklagen. Mein Cosimo soll ihre Dita vergewaltigt haben. Ein Skandal! Mein Cosimo! Nicht zu fassen!"

„Mama, was ist vergewaltigt?“, fragt das Kind an der Hand der Mutter.

„Sei still, Anaklet. Wir unterhalten uns, die Dame und deine Mutter.“

Die Frau wendet ihre Aufmerksamkeit Henriette zu: „Was glauben Sie, wie mich diese Probleme auffressen.“ Hilfesuchend blickt die Mutter Henriette an.

„Ich kann es nicht ändern, ich kann es nur gendern!“, singt Henriette fast entschuldigend vor sich hin. Die Frau schaut Henriette verständnislos an. Henriette Pöttchen gehen die sogenannten ‚Probleme‘ dieser Scheinselbständigen auf die Nerven. Sie verlangsamt bewusst ihre Schritte und so verlieren sich die zwei Frauen schnell aus den Augen. Endlich Ruhe. Deswegen bin ich ja in den Park gegangen, denkt Henriette.

Fräulein Pöttchen steht für Sekunden allein in der städtischen Gartenanlage und fühlt selbst in diesem Park eine imaginäre Belästigung. Sie flüchtet auf den an den Park angrenzenden Friedhof. Hier hofft sie endlich auf ein paar Minuten Ruhe. Ein fataler Trugschluss. Auf dem *menschleeren* Friedhof begegnet ihr, wer wohl sonst, der Tod. Es war nicht anders zu erwarten, muss sich Henriette eingestehen. Ja, mit ihrem sensenschwingenden Freund sollte Henriette an diesem Ort rechnen. Das ist schließlich sein Revier und Arbeitsplatz.

„Grüß dich, Henriette“, haucht ihr der Tod zu. Dazu sollten Sie, liebe Leser, wissen, dass der Tod unglücklicherweise über eine Falsettstimme, oder besser gesagt, ein Falsettstimmchen verfügt. Kein Wunder bei diesen Stimmbändern! Mittlerweile ist Henriette an das piepsige Stimmchen des Todes gewöhnt. In der ersten Zeit ihrer Bekanntschaft mit dem Tod fiel es Fräulein Pöttchen schwer, ernst zu bleiben, wenn er mit ihr sprach. Er gehörte übrigens mit dem Kollegen Teufel zum Inventar der Firma, die sie vor Zeiten übernahm.

„Grüße dich, Schnitter. Wie siehst du denn aus? An deinem Kinn wächst Moos. Was ist denn das! Seit Jahrhunderten empfehle ich dir, zur Typberatung zu gehen. Du solltest dein Image besser pflegen. Die Zeiten sind andere. Im heutigen Geschäftsleben bedeutet Aussehen alles." Henriette schaut ihren alten Freund und Mitarbeiter durch die Gläser ihrer Lorgnette intensiv an.

„Du hast ja Recht, Henriette. Mit meinem Aussehen erschrecke ich nicht einmal mehr Kinder und alte Leute. Die denken, Halloween steht vor der Tür, wenn ich vorbeikomme. Das ist so frustrierend. Mich nimmt keiner mehr ernst. Mittlerweile werde ich vermarktet. Double von mir treten in Filmen, in der Werbung und auf allen möglichen Partys auf. Wo bleibt da der Respekt vor meiner Arbeit? Denke nur, erst gestern war ich bei einer alten Dame. Über 90 Jahre schaut die Sonne auf das Mütterchen herab. Da sollte man meinen, es wäre genug. Aber denkste. Kurz nach acht Uhr wollte ich sie überraschen. Die Überraschung sollte final sein, in einen klassischen Herzstillstand einmünden. Für das Mütterchen ein schöner Tod. Bei dem Plan ist es dann aber auch geblieben. Das Mütterchen war in keiner Weise von meinem Besuch überrascht. Sie hielt mir einen wissenschaftlichen Artikel aus irgendeiner Zeitschrift vor die Nase, ich würde zu spät kommen. Ich? Zu spät? Dabei zeigte sie auf ihren Chronographen. Die meisten Menschen, sagte sie, sterben zwischen sechs und sieben Uhr am Morgen im Bett. Und daran sollte ich mich halten und ihr, das hat sie wirklich zu mir, dem Tod, gesagt, nicht ‚auf die Eier gehen'. Stell dir das mal vor. Jetzt muss ich mich, ich, der Tod, nach der Statistik richten. An was soll ich denn noch alles denken." Der Tod legt sein Haupt an die

Brust von Henriette und weint bitterlich. Sie denkt: Wäre ich nur in meinem Büro geblieben. Was ist heute bloß los? Sind denn alle verrückt geworden? Ich bin nicht die Seelentrösterin der Nation! So weit ist es gekommen. Ich tröste den Tod. Ich sollte Sigmund Freud anrufen … Aber der wird sein vormitttägliches Nickerchen auf dem roten Sofa machen. Da will ich ihn nicht stören, den Guten.

Zärtlich streichelt Henriette das ein wenig mit Schorf überzogene Haupt des Todes. Mit ihm will sie um keinen Preis tauschen. Ein Leben voller Misserfolge! Kein Wunder, dass er nicht einmal die Kraft besitzt einen Typberater aufzusuchen. Und was sollte der ihm auch raten? Image ist Image. Aus der Nummer kommt Hein nie wieder raus. Nach unendlich langen zehn Minuten endet der Weinkrampf des Sensenmannes. Henriettes Brust ist vollkommen durchnässt. Unangenehm so etwas. Irgendwie muss sie den Tod aufrichten. Der ist ja vollkommen von der Rolle. Aber was ihm sagen oder raten? Wenn es nach den Schwierigkeiten geht, die sie plagen, müsste Henriette Pöttchen wochenlang weinen. Sie versucht ihren alten Freund zu trösten. Dabei wischt sie mit einem Papiertaschentuch intensiv ihr ausladendes Dekolleté trocken.

„Ich finde, du bist selbst schuld an der Misere. In einer Zeit, in der viel gestorben wird, ist der Respekt vor dem Tod ein schwieriges Unterfangen? Lass mal gut sein Gevatter, zum Schluss gewinnst du in jedem Fall. Ab und zu solltest du dich zurücknehmen."

„Ja, da hast du recht, Chefin." Ein wenig richtet diese Erkenntnis den Schnitter auf.

„Was hältst du davon, einmal in die Ferien zu fahren. Ein paar Tage. Deine Kunden können warten. Auf ein paar Tage mehr oder weniger kommt es nicht an. Und die Märchen, in

25
07
16

denen du auftrittst, die können wir aussetzen. Ich schlage, vor du fährst auf die Seychellen. Dort soll es ja wie im Paradies sein."

„Paradies?", fragt Freund Hein irritiert. „Was soll ich mir darunter vorstellen. Ich arbeite eher für das entgegengesetzte Geschäftsmodell. Schließlich sind der Teufel und ich Geschäftspartner."

Verdammt, denkt Henriette. Paradies, für den Tod ist das eine philosophische Grundsatzdiskussion und eher so etwas wie die vierte Dimension. Schwer vorstellbar. Das falsche Wort zum falschen Zeitpunkt und zum falschen Adressaten. Das darf ihr nicht noch einmal passieren.

„Macht nichts. Das Paradies ist für dich eine ganz neue Erfahrung. Eine Erweiterung deines Horizonts ist hilfreich. Du musst dir das so vorstellen: Paradies ist für dich das Gleiche wie für einen Physiker die Antimaterie."

„Antimaterie?", fragt der Gevatter. „Ich glaube, da überschreite ich meinen Horizont."

„Ach was, du kannst nicht überschreiten, was dir nicht in die Wiege gelegt worden ist. Ich jedenfalls gebe dir frei und du fliegst rüber ans Meer. Aber nimm einen Transportflug. Stückgut passt irgendwie besser zu dir."

„Gut, mache ich. Morgen werde ich mich um einen Flug kümmern", sagt der Tod und klingt dabei sehr depressiv. Was soll Henriette von ihrem Mitarbeiter erwarten, dessen Aufgabenportfolio sehr diffizile und überschaubare Inhalte umfasst. Was sie an ihrem alten Freund seit unendlich vielen Jahren bewundert, trotz seiner Depressionen, ist, dass ihm nie in den Sinn gekommen ist, Hand an sich zu legen. Das findet Henriette nach wie vor erstaunlich. Oder vielleicht überschreitet das ja auch seinen Horizont. Sie klopft Freund Hein auf die Schulter, es klappert gewaltig unter der Kutte und Henriette sagt zu ihm:

„Sehr schön, mein Lieber. Wir sehen uns nach deinem Urlaub. Und wehe, du bist nicht ein bisschen braun im Gesicht …“ Henriette lacht und haut dem Kuttenträger erneut etwas zu derb auf den Rücken, sodass dessen Stützapparat völlig durcheinandergerät. Der Tod stöhnt kurz auf und verschwindet mit wehender Kutte und rostiger Sense. Damit ist Henriettes kleiner Ausflug in den Park und auf den angrenzenden Friedhof jedoch noch nicht zu Ende.

Als Henriette gerade im Begriff ist, den Gottesacker zu verlassen, schleicht der Teufel herbei. „Hoffentlich hat mich der Gevatter nicht gesehen“, flüstert ihr der Teufel ins Ohr. Henriette erschrickt fürchterlich. Mit dem Teufel rechnet sie in diesem Moment am allerwenigsten. Der Antichrist fährt derweil fort: „Auf den Tod habe ich vielleicht einen Hals. Ich sage die heutige Vorstellung ‚Der Teufel mit den drei goldenen Haaren‘ ab, weil mir gesteckt worden ist, morgen käme die Steuerprüfung. Ich muss jetzt erst einmal meine Steuererklärung frisieren und einige Dokumente im Fegefeuer verschwinden lassen. Hinter all dem steckt mein ehemaliger Freund, Gevatter Tod. Der hat mich beim Finanzamt verpfiffen, weil ich ihn beim Pokern übers Ohr gehauen hätte. In solchen Fällen bestrafe ich meine Gegenspieler ja gewöhnlich mit dem Tod. Aber in diesem Fall …“ Der Satan lächelt und der Schalk schaut ihm dabei aus den Augen. „Wir haben jahrelang erfolgreich zusammengearbeitet. Leider habe ich mir den falschen Partner ausgesucht. Hätte ich mir ja denken können. Bei der Vita. Ich als Teufel kann mir alles leisten, nur keine negative Publicity. Was sollen denn die Leute von mir denken, und wenn meine Mutter das alles erfährt, na dann kann ich mir eine Pfeife anbrennen. Nein, der Imageschaden für die Hölle wäre enorm. Schließlich stehe ich im globalen Wettbewerb mit dem Himmel. Wir sind gerade dabei, Mutter und ich, ein neues Wellnesskonzept zu erarbeiten. Die Kundschaft ist in den vergangenen Jahren immer anspruchsvoller geworden. Die haben ja schon auf der Erde in Saus und Braus gelebt. Manchmal denke ich, Gott schickt mir diesen ganzen verwöhnten Jetset, um mich in den Ruin zu treiben und selbst auf seiner Wolke sieben in Ruhe zu leben und mir bei meinen Kümmernissen zuzusehen. Mit Gott muss ich demnächst sowieso sprechen. Vielleicht war ja gar nicht Gevatter Tod derjenige, der mich beim Finanzamt angeschmiert hat?" Der Pferdefuß schaut misstrauisch nach oben, denn plötzlich ist ein kindliches Kichern zu vernehmen.

„Ich werde versuchen, mit dem Gevatter zu reden. Er soll den Finanzbeamten von seinem Posten abberufen. Dann bin ich die Sache los."

Henriette gibt zu bedenken: „Mein lieber Freund, weißt du eigentlich, wie viele Beamte es gibt? Das schafft der Schnitter nie. Die sind in der Überzahl. Keine Chance. Außerdem fährt der Tod morgen in den Urlaub."

„Du kannst einem aber auch jeden Optimismus nehmen. Ich arme Kirchmaus. Wie stehe ich denn jetzt da? Ich kann meine Steuerschuld nicht begleichen. Das Einzige, was ich habe, sind meine drei goldenen Haare. Und über die wacht meine Mutter mit Argusaugen. Nicht auszudenken, wenn ich die verpfänden müsste. Welch eine Blamage. Im Märchen von den drei goldenen Haaren … na ja, das ist ja nur ein Märchen."

„Ich kann dir einen Vorschuss gewähren." Henriette dreht mit der rechten Hand an ihren linken Zeigefinger.

„Das würdest du tun? Henriette du bist ein Schatz." Der Teufel will Henriette umarmen. Sie weicht ihm aus. Das irritiert den

Beelzebub mächtig. Aus Verlegenheit lädt er sie zum Essen in die Hölle ein. Das wiederum schmeckt Henriette überhaupt nicht. Sie findet die Einladung unpassend. Die Mutter des Teufels tat stets zu viel Schwefel ans Essen. Jede Soße ist quittegelb und schmeckt so wie sie aussieht. Furchtbar! Henriette sagt Luzifer ab und entschwindet mit einem windigen Gruß an die Frau Mama. Den Teufel lässt sie ratlos auf dem Gottesacker stehen. Er fühlt ein plötzliches Unwohlsein bei den vielen Engeln, die um ihn herum auf den Gräbern, bei Wind und Wetter, aushalten. Fluchtartig verlässt er den Ort. Da plötzlich schaut der Schnitter hinter einem Grabstein hervor. Er belauschte das Gespräch und reibt sich nun die Hände.

„Und Gevatter Tod, hat der Teufel recht?“, überrascht ihn Henriette, die beim Verlassen des Gottesackers den Tod beobachtet.

„Jeder hat da so seine eigene Meinung“, antwortet Gevatter Hein geistesgegenwärtig.

„Also stimmt es, was mir der Luzifer erzählt hat. Mein lieber Freund, kläre das mit deinem Kollegen. Ich will in der Firma keinen Ärger haben. Verstanden!“ Die Worte Henriettes sind in scharfem Ton gehalten. Das schüchtert den Sensenmann ein. Kleinlaut sagt er Henriette zu, die Sache aus der Welt zu schaffen. Noch heute. Natürlich weiß Henriette, dass sie weder dem Tod noch dem Teufel trauen kann. Sie lässt den Tod links liegen und wendet ihre Schritte in Richtung Büro.

Der Tod ruft ihr hinterher: „Wenn ich morgen zur Kur fahre, dann könnten wir uns heute Abend wenigstens in der Avocado Bar treffen.“ Fräulein Pöttchen ist genervt. Im Gehen winkt sie und nickt mit dem Kopf. Avocado Bar! Das hat ihr gerade noch gefehlt. Dieser Schuppen!

Henriette betritt ihr Büro und gleich ist Salvatore an ihrer Seite. Sie ahnt, dass in der vergangenen Stunde Dinge passiert sind, von denen sie lieber nichts wissen möchte. Bestimmten Angelegenheiten kann der Mensch im Leben leider nicht ausweichen. Während sie mit Salvatore spricht, trägt sie den Termin mit dem Tod in ihren Kalender ein.

„Na Salvatore, was haben Sie für Neuigkeiten?“, fragt sie und legt ihre Stirn in Falten.

„Ihr Herr Bruder rief an. Es wäre dringend. Er insistierte bereits. Heftig.“

„Er insistierte? Erstaunlich. Mein Bruder insistiert. Dem werde ich helfen. Gab es sonst noch was?“

„Nein, Fräulein Pöttchen.“

„Gut Salvatore, Sie können gehen.“

Salvatore verlässt leise das Büro und Henriette sitzt an ihrem Schreibtisch. Der Berg Post bedroht weiterhin die Ordnung auf ihrem Schreibtisch.

Das Telefon klingelt. Henriette schaut auf die Anzeige. Die Nummer ist ihr vollkommen unbekannt. „Pöttchen, mit wem spreche ich? … Sandmann? Was wollen Sie? Suchen Sie eine Anstellung? … Was? Sie bringen Kinder ins Bett? Das ist Aufgabe der Eltern.“ Henriette fällt sofort die Geschichte mit dem Weihnachtsmann ein. „Ach, Sie treten im Fernsehen auf. Und wie bringen Sie dann Millionen von Kindern ins Bett? … Mit Sand? Sie streuen den Kleinen Sand in die Augen? … Zaubersand? Na ja, mit dem Sand in die Augen streuen kann man bei den Kleinsten nie früh genug anfangen. Und nun suchen Sie eine Zweitbeschäftigung? Leider kann ich Ihnen dabei nicht helfen. Im Moment sind alle Stellen besetzt. Ja, kann man nichts machen. … Dann auf Wiedersehen.“ Sandmann? Mit was für

Tätigkeiten bestimmte Leute auf dieser Welt ihren Lebensunterhalt verdienen? Sagenhaft. Henriette schüttelt den Kopf.

Sie wollte ihren Bruder anrufen. Das wird sie sogleich tun. Henriette greift zum Hörer und wählt die Nummer von Hans-Peter.

„Du wolltest mich sprechen, Hans-Peter?“, fällt Henriette gleich mit der Tür ins Haus.

„Ja, weißt du, das ist so … Wie soll ich dir das sagen …“, druckst der Bruder herum.

„Wie viel?“, fragt Henriette genervt.

„Was? Wie viel?“ Hans-Peter gibt den Ahnungslosen. Dazu gehört kein schauspielerisches Talent. Das weiß selbst Hans-Peter Pöttchen.

„Geld. Wir reden über Geld. Reden wir nicht immer über Geld, Hans-Peter? Oder aus welchem Grund rufst du mich diesmal an?“

„Geld? Nein. Das ist ein Missverständnis, liebe Schwester. Ich möchte wegen einer anderen Sache mit dir sprechen.“

„Einer anderen Sache … Und die wäre …?“ Henriette tippt nervös mit der Lorgnette auf der Schreibtischplatte herum.

„Nun weißt du, das ist so: Ich bin heute Morgen in die Stadt gegangen. Ich wollte eigentlich zur Post. Da lief mir Opa Pankuweit, dein ehemaliger Mitarbeiter, zufällig über den Weg.“

„Ich hoffe, er lebt noch“, sagt Henriette besorgt. Sie kennt schließlich ihren Bruder.

„Was denkst du von mir, liebes Schwesterherz.“

„Was ich denke, das überlasse mal lieber mir. Also raus mit der Sprache. Was ist passiert?“

„Es ist so: Mir läuft, wie gesagt, Opa Pankuweit über den Weg. Wir grüßen uns. Und irgendwie, ich weiß auch nicht, wie es geschehen ist, da landet plötzlich eine Briefmarke auf der

Glatze vom Opa. Das ist mir unerklärlich." Henriettes Nervosität nimmt derweil Fahrt auf. Die Lorgnette hat sie mittlerweile beiseitegelegt und mit dem Lineal traktiert sie in immer kürzeren Abständen die Platte ihres Schreibtisches.

„Eine Briefmarke auf der Glatze vom Opa …, sagst du …, sehr interessant! Und wie das passiert sein soll, weißt du natürlich nicht." Henriettes Ton, in dem sie mit ihrem Bruder spricht, klingt scharf.

„Ja und zu allem Unglück kam zufällig ein Postbote mit seinem honigfarbenen Transporter vorbei."

„Zufällig. Und dann? Was ist dann passiert?", fragt Henriette drohend.

„Der packte den Opa Pankuweit unter seinen Arm, wie ein Paket, und lud ihn in sein Auto ein."

„Wie, er lud den Opa ein?" So etwas hört Henriette zum ersten Mal.

„Einfach so", beteuert Hans-Peter.

„Hans-Peter, was soll das? Wie soll denn der Opa in einem Postauto landen? Nur weil eine Briefmarke auf seiner Glatze klebt? Es müsste doch zumindest eine Adresse an ihm befestigt sein. Wie soll der Postbote denn sonst den Opa zustellen?"

„Hm." Das ist alles, was Henriette von ihrem Bruder zu dieser Angelegenheit aus der Hörmuschel des Telefons vernimmt.

„Das heißt, wir müssen den Opa suchen? Womöglich ist er auf dem Weg nach Übersee. Ich werde sofort Frank anrufen. Der wird die Sache aufklären." Im selben Moment klopft Salvatore an die Bürotür und tritt ein. Fräulein Pöttchen hält den Hörer vom Ohr weg und fragt leicht genervt: „Salvatore, was ist denn?"

„Fräulein Pöttchen, ich bitte um Entschuldigung, der Postbote steht vor der Tür und er hält ein merkwürdiges Paket, wenn ich das so sagen darf, in den Händen."

„Er soll sofort hereinkommen. Hans-Peter, bist du noch dran?"

„Ja."

„Bleib dran. Hast du verstanden?"

„Ja."

Ins Büro tritt der Postbote, an dessen Seite der leicht verstört wirkende Opa Pankuweit steht.

„Hans-Peter, alles wird gut. Der Opa ist wieder da. Tschüss." Henriette knallt den Hörer auf das Telefon.

„Opachen, was haben sie denn mit dir gemacht?" Henriette steht auf und geht um den Schreibtisch herum.

„Ach, frag nicht. Wenn du erst einmal ausgepreist bis, dann landest du im Beförderungskreislauf. In letzter Sekunde konnte ich den jungen Mann", er zeigt auf den Postboten, „davon überzeugen, dass ich keine Postfracht bin. Sonst wäre ich wohl in Pitschen Pickel gelandet."

„Oh my god, Pitschen Pickel!", stöhnt der Spiegel. Der Postbote schaut irritiert.

„Pitschen Pickel? Das ist doch … nein, das kann nicht sein … oder doch. Also da möchte ich nicht noch einmal hin. Dort sagen sich nicht allein Fuchs und Hase gute Nacht", murmelt Henriette Pöttchen.

Der Postbote fasst Mut und ergreift das Wort: „Wenn ich stören darf. Die Fracht war zudem nicht ausreichend frankiert."

„Wie darf ich das verstehen?", fragt Henriette.

Der Postbote macht große Augen. Er hält sein Portmonee in der Hand.

„Nach meinen Informationen haben Sie den Herrn einfach mitgenommen. Ohne einen Auftrag."

„Das stimmt", gibt der Postbote kleinlaut zu. „Wissen Sie, es ist der Druck! Für jede Postsendung gibt es einen Zehntelcent. Ich habe Frau und Kinder. Und wenn einem da eine Postsendung über den Weg läuft, ist das eben ein Zehntelcent."

„Und da nehmen Sie alles mit, was nicht bei drei auf dem Baum ist? Selbst, wenn die Frankierung Mängel aufweist?"

„Was soll ich machen?" Der Postbote wird immer kleiner und Henriette empfindet Mitleid.

„Gut, mein lieber Postillion, hier sind fünfzig Euro." Henriette drückt dem Herrn das Geld in die Hand. Der kommt aus dem Staunen nicht heraus. Ein paar Augenblicke vergehen bis ein „Danke" seine Lippen verlässt.

„Ein Skandal ist das. Einen Zehntelcent pro Zustellung. Der Opa und die Arbeit des Postboten sind viel mehr wert. Und was machen wir jetzt mit dir, Opa Pankuweit?"

„Och, ich gehe jetzt nach Hause. Endlich mal ein Tag, an dem richtig was los ist. So viel Aufregung habe ich seit langem nicht erlebt." Der Opa lacht.

Henriette holt aus der Schreibtischschublade eine Pinzette, und läuft auf den Opa zu. „Halt, warte." Mit der Pinzette löst sie die Briefmarke von Opas Glatze.

„Jetzt kannst du nach Hause gehen. Wir wollen ja keinen Ärger haben. Ich wünsche dir einen schönen Tag."

„Wünsche ich auch, Fräulein Pöttchen. Ach, was ich noch fragen wollte: Was macht eigentlich ihr Geschäft? Seitdem ich in Rente bin, bin ich nicht mehr im Bilde über die Entwicklungen."

„Bei uns läuft alles prima. Produktiver Stress, wie in alten Zeiten."

„Das höre ich gern. Alles wie immer. Nun, ich muss los. Ich will noch was einkaufen für den Abend." Opa Pankuweit räuspert sich, grüßt und verlässt das Büro.

Henriette geht zurück an ihren Schreibtisch. Sie sitzt entnervt in ihrem Sessel und versteht die Welt nicht mehr. Jetzt werden schon unschuldige Rentner auf offener Straße entführt, nur, weil sie eine Briefmarke auf dem Kopf tragen. Wenigstens hat diesmal ihr feiner Herr Bruder nicht gelogen. Ob er wohl wieder seine Finger im Spiel hatte? Wenn sie Hans-Peter demnächst erwischt, ist das Erste, was sie machen wird, ihm die Leviten zu lesen. Hans-Peter ist menschlich nicht reif genug. Er macht nur Unsinn. Ob sie Professor Horch anrufen sollte? Eine gewisse Unschlüssigkeit überfällt sie bei diesem Gedanken. So etwas kennt Henriette nicht. Deswegen lässt sie die Sache vorerst ruhen. Henriette, in deren Hand die Briefmarke darauf wartet, was mit ihr geschehen wird, greift in die Schublade des Schreibtisches und holt eine Lupe hervor. Akribisch beäugt sie die Marke. Wien. Eindeutig. Der Beweis. Ihr Bruder Hans-Peter ist der Übeltäter. Wenn sie den zwischen ihre Finger bekommt. In Henriette steigt die Wut auf. Damit wollen wir sie mit der Hoffnung allein lassen, dass sie ihren mentalen Mittelpunkt wiederfindet.

Richten wir aber nun unser Augenmerk auf das Treiben der beiden Milchtrinker. Der Weihnachtsmann und der Osterhase sitzen an der Theke und ihr Tagesablauf kennt heute weder Arbeit noch ein sinnvolles Tun überhaupt. Ihr Gespräch hängt weiterhin bei Hans-Peter Pöttchen fest. Der Weihnachtsmann fährt mit seiner Erzählung fort:

„Mit dem Pfarrer endete die erste Affäre von Hans-Peter während seiner Zeit auf der Schauspielschule. Sein Saubermannimage als Musterschüler von Professor Horch erhielt bald weitere empfindliche Kratzer. Denn nun entdeckte abermals Hans-

Peter seine alte Leidenschaft für das weibliche Geschlecht. Sozusagen sein zweiter Frühling. Und das in dem Alter! Kann ich nur sagen: Alle Achtung! Im Fokus der Schmachtattacken des postpubertierenden Hans-Peter stand diesmal die Tochter von eben jenem Professor Horch. Ein reizend anzusehendes Mädchen. Sie besaß alle Tugenden, die die Öffentlichkeit von jungen Fräuleins in diesem Alter erwartet: zickig, launisch, spontan, vollkommen irrational und zuckersüß. Einfach zusammengefasst: Pink! Denn Sie wissen nicht, was sie tun. Die Tochter des Professors war in Wien für alle Schüler sozusagen Sperrgebiet. Aber das schreckte unseren Hans-Peter nicht ab, mit ihr ein Techtelmechtel zu beginnen. Ganz im Gegenteil. Verbotene Früchtchen erzeugen schnell einen unstillbaren Appetit. Das Unglück besitzt natürlich auch einen Namen: Malwine. Kenner der Szene gaben der Tochter des Professors den Namen Lawine. Das sagt ja wohl alles. Hans-Peter scharwenzelte eine ganze Weile um Malwine herum. Es dauerte nicht lange und Malwine fiel auf, dass Hans-Peter sie anschmachtete. Und das war schon eine Leistung für unsere Malwine. Ja, so pfiffig war das Kind. Wobei ihr Vater eine ganz andere Vorstellung von Pfiffigkeit besaß.

Jedenfalls bewirkte Hans-Peters treudoofer Blick hinter der runden Brille Wunder. Dieser Blick war seine Geheimwaffe, mit der er spielend alle Mädchen um den Finger wickelte. Hier flakkerte sein schauspielerisches Talent auf. Eines Tages brannten bei Malwine alle Sicherungen durch. Halb zog er sie, halb sank sie hin. Hans-Peter verdrehte die Augen und Malwine lag willenlos vor ihm auf dem Kanapee. Der junge Pöttchen war selbstverständlich mächtig stolz auf seine Eroberung.

Wie das bei frisch verliebten jungen Leuten so ist, versagten die Gesetze der moralischen Schwerkraft und schwebten einfach davon, so wie Malwine und Hans-Peter über allem zu schweben schienen. Vor allem über Wien. Eine überaus stürmische Zeit begann. Wilde Partys ließen die Nächte in Wien zum Tag werden. Die Sonne ging praktisch nicht mehr unter. Dank Hans-Peters artistischen Verführungskünsten und seinem Freund, dem Zauberer aus dem Märchen ‚Der gestiefelte Kater', schien die Sonne 24 Stunden über Wien. Alles rückte in den Kreis des Möglichen. Die Professoren der Schauspielschule wunderten sich über die Himmelserscheinungen, allen voran Professor Horch. Das hätte ihn stutzig machen müssen.

Hans-Peter und Malwine hingegen fanden bald innig zueinander. Und so nahm das Verhängnis seinen Lauf. Nach der Schule fing Malwine ihren Hans-Peter hinter der Turnhalle ab. Sie flüsterte ihm eine Menge ins Ohr. Hans-Peter war nicht ganz bei der Sache, weil er soeben einen mündlichen Vortrag in darstellendem Spiel zur Rolle von Julia aus dem Stück *Romeo und Julia* von Horch aufgebrummt bekommen hatte. Der Professor schien eine Vermutung zu haben und die Ursache der Dauerbeleuchtung durch Klärchen zu erahnen. Hans-Peter verstand also nur die Hälfte. Tanzabend, Joint, Mixgetränk und Amore waren die Worte, die tiefer in sein Gehirn eindrangen, ohne jedoch einen tieferen Zusammenhang zwischen diesen Begriffen herzustellen. Den Treffpunkt und die Zeit, für die Malwine ein Wiedersehen plante, überhörte Hans-Peter komplett. Mit einem leidenschaftlichen Kuss entließ die hormonell verwirrte Malwine ihren Hans-Peter, der daraufhin liebestrunken auf sein Zimmer trottete.

Hans-Peter kannte zum Glück, wie berichtet, den Zauberer aus dem Märchen vom gestiefelten Kater. Da hatten zwei zueinander gefunden. Hans-Peter, der nach seinem Schauspieltalent suchende junge Mann, und der Zauberer, der von seinem Zaubertalent überzeugte Magier. Der Zauberer sollte ihm helfen, das Liebesglück mit Malwine in die richtigen Bahnen zu lenken. Ein Termin war schnell gefunden. In Hans-Peters Wohnung begann die große Lehrstunde in Sachen Zauberei. Wie Sie alle wissen, überlistete der Kater den Zauberer mit einem ganz einfachen Trick. Das sagt natürlich alles über den Herrn aus der Zunft der Illusionisten, wie Sie gleich lesen werden.

Hans-Peter wollte bei seiner neuen Flamme einen bleibenden Eindruck hinterlassen. Wie kann so etwas gelingen? Am besten, indem Hans-Peter seiner Angebeteten Potemkinsche Dörfer baute. Zusammen versuchten sie die tollsten Dinge zu zaubern, die einer Frau gefallen könnten. Mit, sagen wir mal, mäßigem Erfolg. Gemeinsam zauberten sie Sachen herbei, nur eben nichts, mit dem er bei Malwine hätte punkten können. Plötzlich standen in Hans-Peters Zimmer eine Waschmaschine, ein Wäschetrockner, ein Bügeleisen mit dazugehörigem Bügelbrett und jede Menge Utensilien für die Küche. Eben alles, was eine fleißige Hausfrau zum Überleben für sich und ihren Mann benötigt.

So verging die Zeit und mittlerweile wartete seine schmachtende Malwine am vereinbarten Treffpunkt. Vergeblich! Das tat ihrer guten Laune keinen Abbruch, denn sie war ja sehr in Hans-Peter verliebt. Nach einer halben Stunde beschloss Malwine, Hans-Peter von zu Hause abzuholen, ohne zu ahnen, dass der ehrwürdige Herr Vater ihr nachschlich. Dem Professor blieb die Befriedigung seiner Neugier danach, was seine liebe Malwine den ganzen Tag so treibt, an diesem Tag jedoch versagt. Da er seine Augen allein auf Malwine richtete, bemerkte er nicht, dass er seiner Arbeitskollegin Teutenburga Schwertlein in die Arme lief. Ein Entkommen aus ihren Fängen war unmöglich, da Teutenburga schneller sprach als der Schall. Ein Wort- und Buchstabensalat erreicht die Ohren des Professors und das in

Stereo, dass Horch völlig apathisch neben seiner Kollegin herging und einzig und allein mit dem Kopf nickte. Für ihn war das in diesem Moment die einzig intelligente Form des Widerstandes. Ohne es zu wissen, hatte Malwine nun den Rücken für den restlichen Abend frei. Das war auch notwendig, da Hans-Peter sie in dieser taghellen Nacht auf selbigen legen werden würde. Von seinem Glück beziehungsweise Unglück ahnte Hans-Peter Pöttchen zu diesem Zeitpunkt nichts. Malwine klingelte an der Wohnungstür, Hans-Peter öffnete und seine Angebetete fiel ihm um den Hals. Fast wäre Hans-Peter da bereits zu Schaden gekommen. Trotz seiner vielen amourösen Abenteuer war Hans-Peter ein junger Mann, der unter dem Sternbild Jungfrau umherwandelte. Wie gesagt, Malwine ging sofort zum Angriff über, da rannte plötzlich eine Spinne über ihren Arm – eine Schwarze Witwe. Das Geschrei, so können Sie sich denken, war groß. Hans-Peter wiederum ließ die Spinne mittels eines Zauberspruches, den ihm sein Freund beigebracht hatte, verschwinden. Malwine kam schnell wieder zur Ruhe und sie legte ihre Arme und Hans-Peters Hals. Ihre Zunge begab sich auf Entdeckungstour in eine fremde Höhle, da spürte Malwine, wie etwas hinter ihrem Ohr, einem Staubsauger ähnlich, an ihr herumsaugte. Sie löste alle Verbindungen zu Hans-Peter, und als sie ihren Kopf in die Richtung des vermeintlichen Staubsaugers drehte, erschrak sie mächtig. Ein Elefantenbaby versuchte mit einem breiten Grinsen mit Malwine Kontakt aufzunehmen, da seine Mutter in diesem Augenblick nicht verfügbar war. Malwine verstand die Welt nicht mehr und Hans-Peter griff erneut zu einem Zauberspruch, der den kleinen, süßen Elefanten in null Komma nix verschwinden ließ. Leicht genervt, einen Moment darüber nachdenkend, wo sie eben bei ihrem Geliebten stehen geblieben war, nahm Malwine ihre liebevollen Würgeversuche bei Hans-

Peter wieder auf. Hans-Peter ließ das alles widerspruchslos geschehen. Allein Malwine fühlte plötzlich Nässe an ihrem Bein hochklettern. Wie aus dem Nichts füllte sich die Wohnung von Hans-Peter mit Wasser. Um nicht in ihrem Liebesglück elendig zu versinken, blieb den zwei Verliebten nur die Flucht. Übrigens", unterbrach der Weihnachtsmann, „noch heute versucht die Feuerwehr vergeblich die Wohnung auszupumpen. Das Wasser läuft jedoch permanent nach. Die Ursache dafür fanden die Herren von der Spurensicherung bis heute nicht heraus. Malwine schleppte Hans-Peter in der Zwischenzeit auf die nächstgelegene Party. Bis früh um sechs tanzten die zwei eng umschlungen. Von Zeit zu Zeit lief Hans-Peter blau an. Was Malwine einmal ihr Eigen nannte, gab sie nicht so schnell wieder her. Hans-Peters Gesundheitszustand kann zu diesem Zeitpunkt als tiefe Bewusstlosigkeit eingestuft werden. Malwine, die stets die Initiative ergriff, dirigierte Hans-Peter in ein Hotel, und da kam es, so wie es kommen musste. Malwine wechselte in einen anderen Modus. Von Jungfrau in werdende Mutter und Hans-Peter von Jungmann in werdenden Vater."

„Nicht zu glauben, was einem an der Seite einer Frau alles passieren kann!", staunt der Osterhase und schüttelt dabei den Kopf.

Daraufhin blickt ihn der Weihnachtsmann verwundert an. Er denkt, der Osterhase, der versteht eh nichts, egal, was du ihm erzählst. Irgendwie steht er den ganzen Tag neben seinen Löffeln. Er wird hoffentlich nicht senil. Nächste Woche fragt er mich wieder nach Hans-Peter; darauf kann ich Wetten abschließen.

„Na, was denkst du denn. Männer sind Freiwild. Da kannst du ganz schnell unter die Räder kommen", sagt der Weihnachtsmann und schüttelt verständnislos mit dem Kopf. Er hält kurz inne.

„Also, wo war ich stehengeblieben …?“, sinnierte der Weihnachtsmann. „Ach ja, etwas wie eine Schwangerschaft, kann man natürlich nur kurze Zeit verheimlichen. Der Herr Professor tobte fürchterlich und seine Malwine stand stramm vor dem Herrn Vater. Hans-Peter bereute alles und wäre am liebsten geflohen. Aber wohin? Eine Flucht aus Wien? Ein Ding der Unmöglichkeit. Hans-Peter kam auf die Idee, da er keine Erinnerung an diese Nacht aufbringen konnte, dass Malwine allein aus spiritueller Zuneigung zu ihm schwanger geworden war. Es lag sozusagen ein weiterer Sonderfall der unbefleckten Empfängnis vor. Für kurze Zeit spielte Hans-Peter mit dem Gedanken, das Original, also Maria, anzurufen. Der Pfarrer seines Vertrauens, der Haus- und Hofkaplan aus Wien, riet ihm dringend davon ab. Er war der Meinung, ein Anruf Hans-Peters würde einiges durcheinanderbringen. Hans-Peter behauptete allen Ernstes vor seinem Professor, Malwine sei mittels einer Gedankenübertagung, anders könne er diesen, aus seiner Sicht schöpferischen Akt, nicht erklären, in diese für den Herrn Vater überaus glücklichen Umstände geraten. Das müsse den Herrn Vater erfreuen, weil er nun Großvater werde. Schließlich sei der Titel und Umstand Großvater zu werden, wie eine Beförderung beim Militär. Er und Malwine hätten bei einer ihrer Partys über einen gemeinsamen Kinderwunsch nachgedacht, jeder für sich. Seine Gedanken müssen so stark und mächtig gewesen sein, dass Malwine ihnen irgendwann erlag. Und Malwine sei zweifellos mit ihren Gedanken ebenso stark empfangsbereit gewesen. Es war ein einziges Geben und Nehmen in vollster Harmonie. Seitdem war Malwine in anderen Umständen. Was könnte es ‚Schöneres‘ geben? Der Professor dachte, er hätte sich verhört und

Hans-Peter wäre nicht von dieser Welt. ‚Schöneres!' bei diesem Wort gehen die Meinungen deutlich auseinander. Was als ‚schön' empfunden wird, liegt immer im Auge des Betrachters. Seine Malwine war schwanger! Welch ein Skandal! Womöglich flötet ihm dieser Hans-Peter ins Ohr, der Cocktail auf dieser Party sei an allem schuld. Professor Horch beorderte Hans-Peter mittels seines linken Zeigefingers an sein Ohr. Flüsternd drohte er Hans-Peter mit allen möglichen Strafen. Darauf entgegnete ihm Hans-Peter geistesgegenwärtig, er könne in seiner Rolle als Großvater nicht wollen, dass der Vater seines Enkelkindes Leid erfahre. Das verschlug dem Professor die Sprache. Wo Hans-Peter recht hatte, hatte er recht. Hans-Peter Pöttchen blieb indes standhaft bei seiner Zeugungsgeschichte. Professor Horch kam aus dem Staunen kaum mehr heraus. Bald plagten ihn echte Zweifel, ob ein so kleiner Schauspielschüler, der nicht mal mit besonderem Talent gesegnet war und immer diesen treudoofen Schlafzimmerblick hinter seiner runden Brille aufsetzte und die Unschuld vom Lande mimte, überhaupt in der Lage sein sollte, seine geliebte Malwine in andere Umstände zu bringen. Ganz zu schweigen, ob Hans-Peter je in der Lage wäre, ein guter und treusorgender Vater für den Enkel zu sein. Hans-Peter indes wickelte den Professor um den Finger und ihm gelang das Kunststück, aus dieser Affäre unbeschadet zu entkommen. Zum Schluss machte Hans-Peter seinen Professor sogar glücklich, denn dieser bekam einen strammen Enkelsohn. Einen Schönheitsfehler hatte die Geburt allerdings. Hans-Peter Junior kam mit einer kreisrunden Brille zur Welt. Malwine gelang es, die Brille schnell verschwinden zu lassen. Hans-Peter, das muss man ihm lassen, sorgte sich liebevoll um Malwine und das Kind. Bei seiner Schwester zapfte er den Geldhahn an, und Henriette wollte es nicht auf sich und ihrer Familie sitzen lassen, dass ihr Bruder Unterhaltsleistungen schuldig blieb. Damit endete Hans-Peters erste große Affäre. Vorläufig. Sein Sohn müsste jetzt, warte mal, wie lange ist das her? Ich glaube der Knabe sollte mittlerweile auf drei Jahre Erdendasein zurückblicken. Man munkelt, seine Malwine verfolge ihren Hans-Peter weiterhin, weil die Liebe zwischen beiden nie erloschen sei."

„Was du nicht sagst. Sachen gibt es! Das hätte ich dem Hans-Peter niemals zugetraut." Der Osterhase tut so, als hört er die Geschichte das erste Mal. Die beiden Kumpane prosten einander zu. Der Vormittag wabert langsam dahin und klebt an den zwei Gestalten wie die Unmenge von Honig, die sie mit der Milch in ihre Körper aufnehmen.

Plötzlich tritt aus den Weiten der Bar ein gesetzter älterer Herr im fortgeschrittenen Alter an die zwei Gabenbringer heran: „Gestatten, Dr. Blanchet, Zahnarzt." Der Mann mit dem Henri-IV.-Bart, dem allzu großen Oberkörper und den kleinen dürren Beinchen wirkt mit seiner rotweingestählten Nase wie der liebe Onkel Doktor von nebenan. Er wendet seine Aufmerksamkeit dem Osterhasen zu: „Lieber junger Freund, Sie haben einen fürchterlichen Überbiss, diesen Missstand sollten wir korrigieren. Hier, ich gebe Ihnen meine Karte. Besuchen Sie mich demnächst in meiner Praxis."

Grüßend verlässt der Doktor die Avocado Bar. Weihnachtsmann und Osterhase schauen einander an. Meister Lampe beginnt zu weinen. „Womit habe ich das verdient? Mich in aller Öffentlichkeit bloßzustellen … mich, den Osterhasen. Das ist so diskriminierend."

„Mach dir nichts draus", tröstet ihn der Weihnachtsmann. Dabei schaut er auf die Visitenkarte und murmelt leise: „Blanchet. Klingt nach Wein." Kopfschüttelnd hält der Weihnachtsmann seinen kleinen Freund auf dem Arm und singt ihm ein

Kinderlied vor. Der Hase schläft daraufhin unter Schluchzen ein. Wir wollen die Zwei nicht weiter stören und verlassen die Avocado Bar.

In der Zwischenzeit arbeitet Henriette den Postberg ab. Auf ihrem Computer geht eine Nachricht ein. Am Pfeifton erkennt sie die Wichtigkeit der Botschaft. Sie drückt eine Taste und nach wenigen Sekunden erscheint ein Bild, das unsere Henriette, die vieles im Leben gesehen hat, heftig erschreckt. Auf dem Foto ist ein Edelstahltopf zu sehen, umhüllt von Wasserdampf. Aus ihm lugen mehr als ein halbes Dutzend rote Zipfelmützen hervor. Unter dem Foto steht: „Liebe Grüße von Schneewittchen".

„SSSaaalllvvvaaatttooorrreee", schreit Henriette voller Verzweiflung. Bleich steht ihr Diener neben seiner Chefin und sieht das Bild des Grauens.

„Salvatore, was ist das? Was sehe ich da? Trügen mich meine Sinne?"

„Wenn es das ist, was ich sehe, Fräulein Pöttchen, dann haben wir ein Problem."

Henriette zittert am ganzen Leib. „Stellen Sie eine Verbindung zu Schneewittchen her."

„Jawohl, Fräulein Pöttchen." Umständlich malträtiert Salvatore die Wählscheibe des Bakelittelefons. Nach einer Minute steht die Verbindung. Ihr Diener übergibt Henriette den Hörer.

„Schneewittchen!", schreit Henriette in den Hörer. „Was hast du mit den Zwergen gemacht?!"

„Was soll ich mit den Zwergen gemacht haben?", ertönt deren Stimme, die die Unschuld selbst zu sein scheint, aus der Hörmuschel.

„Wo sind meine Zwerge?" Henriettes Stimme bebt.

„Die Zwerge? Die verhandeln gerade mit einem Investor, der ihr Bergwerk kaufen will. Sind ganz schön im Stress, die sieben. Äh, nein, der Kleinste, Klaus Karli fehlt ja."

„Und was ist das da in deinen Kochtopf? Dein Bild! Was hast du dir dabei gedacht?"

„Das sind Paprikaschoten, die ich mit Hackfleisch gefüllt und zum Anbraten auf den Kopf gestellt habe. Ihre Zipfel", Schneewittchen hält kurz inne und weiß mit einem Schlag, warum ihre Chefin sie anruft und außer sich ist, „schauen sozusagen aus dem Topf. Ich fand das Bild schön und dachte, ich schicke das Stillleben meiner Chefin."

„Aber sonst ist alles klar im Oberstübchen? In Zukunft kannst du deine Bilder überall hinschicken oder einstellen, nur bitte nicht an meine Adresse senden. Verstanden?"

„Verstanden! Kann ich sie wenigstens bei Facebook einstellen?"

„Natürlich! Da immer. Lade deinen ganzen fotografischen Müll auf die Plattform. Deine Anhänger werden es dir danken." Henriette spricht ins Telefon eine Art Singsang: „Fazebuck, Fazebuck, ja das macht die Katze kluk."

„Was hast du gesagt? Was meinst du damit, Henriette?", fragt Schneewittchen.

„Ach nichts. Das habe ich nur so vor mich hergesagt. Gut, mache weiter mit deinen Essensvorbereitungen. Die Zwerge werden hungrig sein, wenn sie wiederkommen … Moment mal! Was hast du da gerade gesagt? Die Zwerge reden mit einem Investor, der ihnen das Bergwerk abkaufen will?"

„Ja, ich dachte du wüsstest das?", sagt Schneewittchen verwundert.

„Woher denn! Na, die Freunde nehme ich mir zur Brust. Danke für deine Information.“ Henriette knallt den Hörer auf die Gabel. Sie wählt diesmal höchstpersönlich die Nummer von Klaus Dieter, dem Ältesten der Zwerge.

„Jaaa“, ertönt es gedehnt im Hörer.

„Klaus Dieter, was machst du gerade?“, fragt Henriette harmlos.

„Ich arbeitet im Bergwerk mit meinen Brüdern zusammen.“

„Lügen ohne rot zu werden. Mit wem verhandelt ihr über mein Bergwerk?“, fragt Henriette im forschen Ton. Sie hört Getuschel. Nach einer kurzen Weile spricht Klaus Dieter wieder mit ihr: „Also wenn du so fragst, wir wollen das Bergwerk verkaufen.“

„Das Bergwerk? Interessant! Wem gehört das Bergwerk?“ Pause in der Leitung.

Henriette fragt nach: „Na, wird's bald!“

„Dir“, gibt Klaus Dieter kleinlaut bei.

„Fremdes Eigentum verhökern … unglaublich. Ich hoffe du hast eine Erklärung?“

„Wir haben uns gedacht … Wir wollten …“

„Denken ist der erste Fehler, den der Mensch begehen kann. Merk dir das. Damit beginnt alles Unglück. Wir haben uns gedacht … Wir wollten …Was denkt ihr, warum ihr eine Chefin habt? Ich bin im Unternehmen für das Denken zuständig.“

„Ja“, ertönt ein kleinlautes Wimmern.

„Habt ihr den Vertag mit diesem sogenannten Investor unterschrieben?“

„Ja.“ Die Stimme von Klaus Dieter ist kaum zu verstehen.

„Na, prima! Wo ist dieser Vertragspartner?“

„Hier.“

„Dann gib ihn mir mal ans Telefon.“

„Ja?", ertönt eine forsche Stimme, die Henriette nicht gleich erkennt.

„Henriette Pöttchen, mit wem spreche ich da?"

„Testosteronimus Thudichum, ich grüße dich, meine liebe Henriette."

Aus Henriettes Nasenlöchern strömt feuriger Dampf. Sie scharrt mit ihren Hufen.

„Testosteronimus! Thudichum! Aber nicht bei meinen Zwergen. Der Kaufvertrag ist nichtig. Die Zwerge sind nicht die Besitzer des Bergwerkes. Der Vertrag ist ungültig!", donnert Henriette in den Hörer.

„Das verstehe ich nicht. Ich bitte um eine Erklärung", sagt Testosteronimus irritiert.

„Du musst nichts verstehen. Das ist nicht die Aufgabe, die dir das Leben übertragen hat. Und Erklärungen gebe ich grundsätzlich keine ab. Verstanden!"

„Wie jetzt?", fragt unser jugendliches Ungestüm.

„Siehst du, genau das meine ich", fertigt Henriette den geölten Blitz ab. In was der alles seine Nase steckt?

„Was?", fragt dieser wiederum völlig verunsichert nach.

„Egal. Der Vertrag ist nichtig. Punkt."

„Ich werde mit meinen Anwälten …", protestiert Testosteronimus.

„Anwalt? Weiß du, wie ich das damals in Kalabrien gelöst habe?", entgegnet ihm Henriette ganz entspannt.

„Äh, was? Kalabrien? Was ist denn das?"

„Das ist ein sehr schöner Landstrich. Dort arbeiten die besten Schuhmacher der Welt. Die nehmen keinen Leisten, sondern gießen die Schuhe direkt an deinen Fuß. Eine bessere orthopädische Betreuung findest du auf der ganzen Welt nicht."

„Das ist ja interessant. Von diesen Meistern ihres Faches habe ich noch nie gehört. Sind denn die Schuhe wenigstens preiswert?“

„Kommt darauf an. Wie man’s nimmt. Ich kann dir da einen Kontakt vermitteln …“

„Oh, das wäre schön …“ Die Erleichterung in der Stimme von Testosteronimus vernimmt Henriette mit Wohlwollen. Vom Vertrag ist keine Rede mehr.

„Ich melde mich bei dir. Ciao, Bello.“ Henriette knallt den Hörer auf die Gabel. Sie schüttelt den Kopf und schaut auf die Uhr in ihrem Büro. Es ist jetzt kurz vor zwölf Uhr. Fräulein Pöttchen hat das Gefühl, sie hätte heute die ganze Welt gerettet. Eine Empfindung, die sie jeden Tag um diese Zeit hat. Aber halt mal. Das kann nicht sein. Kurz vor zwölf? Niemals!

„Salvatore!“, ruft Henriette.

Gleich darauf betritt Salvatore das Büro.

„Fräulein Pöttchen haben gerufen?“

„Ja, Salvatore. Sagen Sie mal, mein Lieber, was ist eigentlich mit der Uhr los.“ Henriette zeigt auf die Zeitmesser und schaut dabei durch ihre Lorgnette. Im gleichen Augenblick wechselt die Farbe des Gesichts von Salvatore ins Puterrote.

„Um Gottes Willen. Der Adolf! Den habe ich ganz vergessen. Der arme Kerl hat heute noch kein Essen bekommen. Fräulein Pöttchen, ich eile.“ Salvatore ist seine Nachlässigkeit peinlich.

Einen Moment später steht Salvatore im Büro, unter ihm ein kleines Bänkchen, in der einen Hand Futter, mit der anderen Hand nimmt er vorsichtig die Uhr von der Wand. Bei Adolf, sei hier der Vollständigkeit halber erklärt, handelt es sich nicht, wie allgemein gedacht, um einen Kuckuck, sondern um einen haselnussbraunen Hamster. Dieser ist der klügste Hamster der Welt. Deswegen hat er bei Henriette die ehrenvolle Aufgabe erhalten, mittels eines Hamsterrades, die Wanduhr anzutreiben. Natürlich benötigt das Tier für diese verantwortungsvolle Aufgabe Nahrung. Ohne Dampf keine Leistung, sonst verlässt die Anzeige unkontrolliert den tatsächlichen Zeitrahmen. „Ärgerlich“, denkt Henriette. Auch Salvatore macht Fehler. Zum Glück ist nichts weiter passiert und Adolf geht es gut. Nicht auszudenken, was alles hätte passieren können.

„Warten Sie, Salvatore!“ Henriette springt auf und eilt hinzu. „Mein kleiner, alles geliebter Adolf, du siehst ja wieder so zerschunden aus. Drehst dich und drehst dich und kommst doch nicht vom Fleck. Mein Armer.“ Henriette streichelt in sich versunken den Hamster und wechselt plötzlich ihre Gemütsverfassung von mitfühlend in streng-dominant: „Salvatore, hängen Sie das Ungetüm wieder an die Wand.“

„Jawohl, Fräulein Pöttchen.“

„Sie können gehen, danke.“

Salvatore verneigt wie immer seinen Oberkörper und verlässt das Büro.

Zum Verschnaufen bleibt Henriette in dieser Minute keine Gelegenheit, denn erneut klopft es an die Tür. Genervt ruft Henriette: „Herein!“ Dann passiert erst einmal nichts und sie ruft ein zweites Mal, viel energischer: „Herein!“

Langsam, fast schüchtern, wird die Tür einen Spalt breit geöffnet und ein Gänsehals schlängelt sich neugierig zwischen Tür und Zarge hindurch.

„Kannst gleich draußen bleiben, mein Lieber.“ Diese freundlichen Worte vernimmt der Besucher, der aufgrund dieser überaus herzlichen Begrüßung Mut fasst und eintritt.

„Na, mein lieber Hans, wieder mal blank? Haha. Daher rührt das geflügelte Wort vom blanken Hans. Haha, kleiner Scherz.“

Henriette lacht und Hans steht bedröppelt vor ihr, die Gans im Arm.

„Will er wieder einmal eine Gehaltserhöhung, damit er seine Spielschulden bezahlen kann? Das kann er gleich vergessen. Ich habe ihm hundert Mal gesagt, er solle damit aufhören, und wenn er weitermacht, dann soll er von dem Gold nehmen, das er jedes Mal von seinem Meister bekommt. Bei dem Goldpreis müsste das allemal für den täglichen Casino-Besuch genügen. Abtreten!"

„Findest du?", fragt Hans ungläubig, den Hinauswurf seiner Chefin ignorierend. Seine Gans schnattert dabei leise.

„Hör mal, der Klumpen wiegt zwanzig Kilo, lass mich das mal überschlagen: Das sind zwanzigtausend Gramm, wenn die Unze zu einunddreißig Gramm eintausendzweihundert Euro kostet, dann sind das pro Tag fast achthunderttausend Euro, die er im Kasino auf den Kopf schlagen kann. Mehr geht nicht. Basta! Ach übrigens, ein interessanter Aspekt: Er ist, wie ich gehört habe, ein sehr erfolgreicher Spieler?"

„Wieso?"

„Interessante Frage, mein lieber Hans. Ach, ich hoffe, die Gans ist stubenrein." Henriette zeigt auf das schnatternde Federvieh.

„Ja, ist sie." Hans ist konsterniert. Er dreht sich um und geht zur Tür, die Gans schaut durch die Lücke zwischen Arm und Körper und schnattert, so als wollte sie sagen: „Doofe Kuh!"

Henriette, die die Gedanken der Gans mitlesen kann, blickt den frechen Vogel mittels ihrer Lorgnette an und streckt ihr die Zunge entgegen. Das führt zu einem wilden Geschnatter und Geflatter, sodass Hans kaum in der Lage ist, das Federvieh unter seinem Arm ruhig zu halten. Irritiert wendet er sich Henriette zu. Im gleichen Augenblick fährt Henriette ihre Zunge wieder ein und lächelt Hans unschuldig an. „Ist noch was?“, fragt sie scheinheilig.

„Nein.“ Mit diesem Wort verschwinden Hans und die Gans aus dem Büro. Aus dem Vorzimmer hört Henriette gleich darauf lautes Geschrei. Salvatore fordert Hans auf, das Federvieh herauszurücken. Er bietet ihm einen gerechten Preis mit der Begründung, die Gans passe sehr gut in die wöchentliche Speisenplanung von Henriette Pöttchen. Da der Streit heftiger wird, springt Henriette auf und greift ein. Sie öffnet die Bürotür und schreit: „Ruhe!“ Alle Beteiligten blicken Henriette erwartungsvoll an. Was würde nun kommen?

„Salvatore, was ist hier los?“

„Fräulein Pöttchen“, sagt Salvatore und die Gans fängt an zu kichern, „ich habe dem Hans ein Angebot bezüglich seiner Gans gemacht. Sie ist ein schönes Tier und eine Zierde für jede Tafel.“ In dem Moment fängt die Gans wild an zu schnattern. Hans ist vollkommen außer sich vor Entsetzen. Ohne seine Gans ist er aufgeschmissen. Sein Geschäftsmodell sieht er soeben schwinden – im Gänsefett brutzelnd und schließlich goldbraun auf Porzellan serviert.

„Soweit wollen wir nicht gehen, lieber Salvatore. Die Gans macht einen ziemlich fetten Eindruck, nur essen wollen wir sie nicht. Das dumme Ding. Ihre Dummheit könnte auf uns überspringen.“

Bei den Worten „ziemlich fetten Eindruck“ und „dummes Ding“ verfinstert die Gans ihr Antlitz. Ein hysterisches Geschnatter hebt an. Nur mit Mühe kann Hans seine Gans beruhigen und aus dem Vorzimmer entfernen. Das Geschnatter ist selbst von der Straße her noch eine ganze Weile zu hören.

Henriette sieht ihren Diener an und fragt ihn: „Salvatore, wie wäre es, wenn wir am Wochenende zu Ehren der Gans eine Tofubratwurst essen?“

„Tofu!“ Dabei verändert Salvatore seine Gesichtsfarbe von einem aufgebrachten Rot in ein gallebitteres Grün. Mit Mühe stammelt er ein „Ja“ und flüchtet auf die Toilette. Was zu viel ist, ist zu viel. Kurze Zeit später steht er in Henriettes Büro und insistiert: „Fräulein Pöttchen, es ist wegen der Tofubratwurst.“

„Ja, was ist damit?“, fragt Henriette zurück.

„Nun, erinnern Sie sich an unser Schweinchen? Das mit der Steckdosennase?“, fragt Salvatore ein wenig zurückhaltend.

„Natürlich! Wer denkt nicht gern an unser Schweinchen zurück. Bis auf sein trauriges Ende. Sehr traurig. Eigentlich war es ein schöner Festbraten, nur leider nicht für uns.“

„Das Schweinchen, wie Sie wissen, war zum Vegetarismus konvertiert. Ein Schwein! Es wechselte die Seiten und wurde ein Fundamentalist unter den Vegetariern. Wahrscheinlich hat ihm seine minderwertige Ernährung aus dem Trog zu einem guten Teil den Verstand benebelt. Mir ist bis heute nicht klar, warum das Schweinchen in die Savanne zog. Warum hielt es einen Vortrag über gesunde Ernährung vor der gesamten Löwenfamilie? Ihm hätte klar sein müssen, was passieren würde.“

„Na ja“, wendet Henriette ein, „eine gute Weile hörte der Löwe dem Schweinchen zu. Bis ihm der Kragen platzte. Seine Kinder schauten ganz verängstigt zum Vater. Das war zu viel für den Löwen. Vegetarische Ernährung in der Savanne? Bei dem Nahrungsangebot an frischem Fleisch war das irgendwie die falsche Produktwerbung am falschen Ort und für die falsche Zielgruppe. Ein Missionar auf Abwegen. Wie so oft in der Geschichte.“

„Wie ich hörte, hat es den Löwenkindern wohl gemundet. Was will man mehr?“

„Salvatore, das mit der Tofubratwurst lassen wir mal lieber. Wir werden zu Ehren unseres kleinen Freundes ein Schweinemettbrötchen essen.“ Salvatore fällt bei den Worten von Henriette Pöttchen ein Stein vom Herzen.

Der Augenblick ist günstig. Lassen wir Henriette ein wenig zur Ruhe kommen. Kehren wir zu unseren Freunden in der Avocado Bar zurück. Das Thema Hans-Peter Pöttchen fesselt unsere zwei Freunde weiterhin. Der Osterhase will unbedingt wissen, obwohl er die Geschichte oft vom Weihnachtsmann hörte, wie es mit Hans-Peter weiterging. In seinem grenzenlosen Gleichmut erzählt der Weihnachtsmann: „Für unseren Hans-Peter gab es nur einen Ausweg, wollte er weiter an seiner Karriere als Schauspieler arbeiten. Er musste von der Bildfläche, sprich aus Wien, verschwinden. Seine vorausschauende Schwester fädelte alles ein. Hans-Peters Verschwinden stellte Henriette vor einige Probleme. Leider ging ihr Plan, den Bruder lautlos verschwinden zu lassen, nicht auf. Zuerst schwängerte Hans-Peter die Tochter seines Professors, ja und dann, dann lief ihm dessen Haustier über den Weg.“

„Der Professor besitzt ein Haustier?“, fragt der Osterhase.

„Besaß, wir wollen korrekt bleiben lieber Freund. Besaß“, sagt der Weihnachtsmann in einem bedeutungsschwangeren Ton.

„Oje. Das lässt nichts Gutes erahnen.“ Die Ohren des Osterhasen hängen herab.

„Du sagst es, alter Freund, du sagst es. Ein riesiger Dinosaurier, den der Professor hätschelte, wie andere ihr Kaninchen, lief just unserem Hans-Peter über den Weg. Sein Pech. Also das des Dinos. Hans-Peter fühlte sich gleich an die Sache von Georg und dem Drachen erinnert. Seine Männlichkeit erwachte. Mit seinen Kenntnissen aus dem Fechtkurs, den jeder Schauspieler belegen muss, wollte er den Kampf gegen das Ungetüm aufnehmen.

Leider war Hans-Peter kein Meister, sondern ein Schüler. Statt mit dem kuschligen Haustier des Professors in guter alter Rittermanier zu kämpfen, packte Hans-Peter einen Zauberspruch aus und verwandelte den Dino in eine Maus. Von wem er den Zauberspruch ausborgte, liegt nahe. Unter Männlichkeit verstehe ich persönlich etwas anderes. Kenner der Szene vermuten, Hans-Peter wollte Malwine mächtig imponieren. Aber nicht nur, dass Hans-Peter das riesige Tier in eine Maus verwandelte, nein, es kam noch schlimmer. In der Nähe hing ein Spiegel und der soeben in eine Maus verwandelte Dinosaurier sah zufällig in das Möbelstück der Eitelkeiten. Daraufhin blieb das Herz des Riesen für immer stehen. Exitus. Der Zauber war gebannt und vor Hans-Peter lag das riesige Ungetüm. Wohin mit dem Dino? Der riesige leblose Dinosaurierkörper war genauso schlecht zu verheimlichen wie eine Schwangerschaft. Professor Horch wäre kein Professor, wenn er nicht sofort gewusst hätte, wer ihm diesen Streich gespielt hatte. Wütend versuchte er Hans-Peters habhaft zu werden. Der war zwischenzeitlich jedoch aus Wien verschwunden und ins Reich der Märchen abgetaucht. Seine Schwester beauftragte einen der Riesen aus dem Märchen vom tapferen Schneiderlein, den Bruder aus Wien abzuholen. Für den Riesen war das eine Kleinigkeit. Nach zehn Minuten war er mit dem Bruder zurück. Flugzeuge, damit sie eine Vorstellung von der Entfernung haben, benötigen heute für diese Strecke zwei Stunden. Die Geschichte ist jedoch noch nicht vorbei. Im Dunstkreis seiner Schwester sollten neue Probleme auf Hans-Peter zukommen …“

„Noch ein Glas Milch, die Herren?“, fragt der Barkeeper und unterbricht den Weihnachtsmann in seiner Rede. Der lässt sich von dieser Frage aus dem Konzept bringen und sucht nach dem verlorenen Faden seiner letzten Ausführungen. So etwas dauert bei einem alten Mann natürlich eine Weile. Wollen wir dem betagten Mann und seinem Zuhörer, dem Osterhasen, die Gelegenheit verschaffen, ein wenig zu verschnaufen.

Henriette notiert inzwischen auf ihren Notizblock, dass sie Hans im Glück zu einer Entziehungskur anmelden sollte, denn so würde das mit dem Kollegen ein böses Ende nehmen. Kaum auszudenken, was passiert, wenn er weiterhin ständig Märchengold in das Spielkasino trägt. Das führte zu einem Überangebot an Gold und brächte damit die gesamte Weltwirtschaft durcheinander. Die Klagen der Politiker hallen bereits in ihren Ohren. Die aufgeschreckten, panikerfüllten Nachrichten der Konjunktivpresse. Die Weltmarktpreise, der Dollarkurs, die Aktienkurse, das Wirtschaftswachstum im Allgemeinen, die Krise an sich im Besonderen, die Butterfahrten und nicht zu vergessen die Arbeitsplätze … Arbeitsplätze! Millionen von Arbeitsplätzen, die eh nur auf dem Papier bestehen, da niemand von dieser Arbeit leben kann. Trotzdem hängen daran die Wiederwahlen des Landrates, des Ministerpräsidenten und sogar des Bundeskanzlers. Nicht auszudenken, wenn der Herr Bundespräsident einspringen und einer wirklichen Tätigkeit nachgehen müsste. Wo soll das alles hinführen, und wer kümmert sich um diesen Mann? Die Folge wäre eine hilflose Person im Lande mehr sowie eine absolute Gefährdung der Demokratie! Die Folgen, oh je, oh je, oh je! Und das alles nur wegen Hans, Hans im Unglück! Henriette sieht die Schlagzeilen der Yellow Press vor ihren Augen: „Märchenagentur stürzt hunderte Millionen Menschen ins Elend.“ Schluss, denkt Henriette. Sie verwirft ihre dunklen Gedanken. Dieser Entwicklung muss sie rigoros Einhalt gebieten. Jetzt sofort! Das Hänschen wird seine Chefin demnächst kennenlernen. Therapiestunde ist angesagt.

Für einen Moment herrscht Ruhe im Büro. Weder an der Tür scharrt einer ihrer Angestellten, noch klingelt das Telefon. Fräulein Pöttchen überkommt ein, wie sich gleich herausstellen wird, unheilvoller Gedanke. Sie ergreift die Gelegenheit und schaut in ihre Bücher. Manchmal ist es angebracht, Einnahmen und Ausgaben zu überprüfen. So blättert sie, die Lorgnette vor der Nase, eine Weile in den Büchern, bis ihr auffällt, dass das tapfere Schneiderlein seine Spesenrechnungen manipuliert hat. Sie liest zweimal, dreimal. Zuerst schüttelt Henriette nur unmerklich Kopf, will nicht glauben, was sie da liest. In Henriette Pöttchen steigt eine Mischung aus Wut und Ärger auf. Wütend ist sie über das kleine Schneiderlein, das ihr seit Jahren auf der Nase herumtanzt. Der Ärger kreist Stück für Stück ihren ansonsten sehr liberalen Gemütszustand ein. Warum schaut sie auch in die Bücher? In Henriettes Gehirn jagt ein Gedanke den nächsten. Hätte sie mal die Finger von den Büchern gelassen. Statt der zwei Riesen, die es in die ewigen Jagdgründe expedieren musste, hat das clevere Schneiderlein drei abgerechnet. Und das seit Jahren! Dazu kommen die Fahrtkosten. Angeblich, so steht hier, sei er zu seinem Arbeitsplatz in einer Nobelkarosse vorgefahren. Das ist unerhört! Das Schneiderlein ist nicht im Besitz eines Führerscheins. Und Konradine, ihre Hauptbuchhalterin, soll nichts bemerkt haben?

„Konradine!“, schreit Henriette.

Nach wenigen Sekunden steht die Hauptbuchhalterin Konradine Engel im Büro. Henriette winkt ihre langjährige Mitarbeiterin zu sich heran.

„Schau mal, was ich hier gefunden habe.“ Henriette tippt auf die vermeintliche Stelle im Buch. Konradine beugt ihren Oberkörper langsam herunter und betrachtet die eingetragenen Zahlen.

„Na, was fällt uns denn da auf, liebe Konradine?"

„Oh, oh", stößt Konradine aus. „Das sieht nicht gut aus für das tapfere Schneiderlein."

„Das möchte ich wohl meinen. Wie konnte uns der Schneider denn einen solchen Streich spielen? Womöglich vertauscht er Märchen und Realität. Dieser Pseudoheld in seinen roten Strumpfhosen. Das Schneiderlein wird sehr tapfer sein müssen, wenn ich ihn zwischen die Finger bekomme."

„Sieht so aus, Fräulein Pöttchen, dass das Schneiderlein eine Lücke in der Datenverarbeitung ausgenutzt hat", bemerkt Konradine. Die Computer in Henriettes Büro pusten empört überschüssigen Druck in den Raum. Die soeben abgegebene Erklärung der Hauptbuchhalterin zielt auf sie ab. Dabei können die dampfenden Gesellen nur Ergebnisse auswerfen, die die Menschen in sie eingegeben haben. Die Computer sind zutiefst beleidigt und reagieren mit einem zehnminütigen Systemabsturz.

„Konradine, Sie werden sofort die zu viel gezahlten Spesen von diesem kleinen Handwerker zurückfordern, und ich knöpfe mir das kecke Schneiderlein persönlich vor. Der kann sich auf etwas gefasst machen. Vielleicht sollte ich die Handwerkskammer und das Finanzamt einschalten?"

„Ja, Fräulein Pöttchen." Konradine verlässt mit hochrotem Kopf das Büro. Ihr ist das mächtig peinlich. Ihr, der Hauptbuchhalterin, hätte das auffallen müssen! In Henriette staut sich derweil immer mehr Wut an. Äußerlich ist ihr davon nichts anzumerken und so zwingt sie auch ihrem Inneren Ruhe auf. Sie nimmt bedächtig den Hörer in die Hand und ruft das tapfere Schneiderlein an.

„Schneiderlein, ich sehe dich in wenigen Minuten in meinem Büro. Verstanden!" Ohne die Antwort des Schneiderleins abzuwarten knallt Henriette den Hörer auf. In der Zwischenzeit, bis das liebe, noch tapfere Schneiderlein eintrifft, zieht Henriette die mittlere Schublade ihres Schreibtisches auf. Sie holt das Lineal heraus. Der Schneider, ein frohes, einfaches Gemüt, betritt kurze Zeit später nichts ahnend und pfeifend das Büro. Das fröhliche Pfeifkonzert verstummt umgehend. Henriette packt ihren Angestellten am Schlafittchen und das Lineal tanzt auf seinem Hinterteil. Von Tapferkeit ist beim Schneiderlein nichts mehr zu spüren. Niemand hätte in diesem Augenblick vermuten können, dass der Wicht gegen Riesen und lästige Fliegen kämpfte. Wimmernd, um Gnade flehend, hängt der Schneider über dem Knie seiner Chefin. Zehn Minuten später bringt ein Taxi das, auf seine Art und Weise, tapfere Schneiderlein nach Hause. Mit lädiertem Hinterteil liegt der Schneider in seiner ärmlichen Bude und die Fliegen summen um ihn herum und ärgern mit lautem Gelächter den Fliegentöter. Sie wissen ganz genau, heute werden sie nicht sterben. Den Schneider zu ärgern, macht ihnen sichtlich Spaß. Das Schneiderlein plagen weitere Sorgen. Heute muss er auftreten. Mit diesem Hinterteil? In seiner Verzweiflung ruft er die 13. Fee an. Sie eilt sofort zum Schneiderlein. Unter den Kollegen wird Hilfsbereitschaft großgeschrieben. Sie heilt ihren Freund umgehend mit einer Wundersalbe. Das schmeckt den Fliegen überhaupt nicht. Plötzlich ist in der guten Stube des Schneiderleins kein Insekt mehr zu sehen.

Henriette fühlt derweil eine innere Befreiung. Zum ersten Mal an diesem Tag geht es ihr richtig gut. Vieles fällt von ihr ab. Sie sitzt in ihrem Sessel und spielt mit der Schneiderelle, die sie konfisziert hat. Warum sie dem Schneider die Elle entwendete, das wusste sie selbst nicht. Es war wohl mehr ein Reflex oder Intuition. Wer weiß, wofür die Elle gut sein würde.

Eine kleine Weile herrscht erneut himmlische Stille im Büro. Henriette überlegt, die restliche Post zu bearbeiten. Jäh wird sie in ihren Gedankengängen unterbrochen. Ein stürmisches Klopfen verrät den nahenden Weltuntergang. Henriette fährt vor Schreck hoch. Sie fürchtet, die Türscheibe würde zerspringen. Hereinkommen die Bremer Stadtmusikanten oder besser gesagt, der kümmerliche Rest, der von den Musikern übrig ist. Ein trauriger Anblick, den die Freunde abgeben. Der Hahn fehlt, bemerkt Henriette sofort, und die übrig gebliebenen Tiere sehen äußerst zerzaust aus.

„Meine Herrschaften, wie schaut ihr denn aus? Bricht denn heute die Welt über mir zusammen?"

Der Hund, dessen Fell ziemlich ramponiert ist, hört nicht auf Henriette, sondern bellt gleich los: „Die Katze hat den Hahn gefressen. Die Katze hat den Hahn gefressen."

„Das kannst du einem erzählen, der keine Krempe am Hut hat", faucht die Katze, deren einstige Schönheit nur noch zu erahnen ist. Und mit dem Hut liegt die Katze nicht ganz falsch, denn ihr eigener Hut, den sie auf dem Kopf trägt, ist durchlöchert. Ihre Handtasche hatte auch schon bessere Tage gesehen. Sie fährt ihre Krallen aus und ihre Augen blitzen gefährlich und böse.

Der Esel steht daneben, schweigt und schielt in den Tag hinein. Er ähnelt dabei einem einhundert Meter langen, ordentlich gepflegten Feldweg. Zu einer qualifizierten Äußerung scheint der Esel heute nicht in der Lage zu sein. Womöglich sind das die Folgen eines traumatischen Ereignisses, denkt Henriette. Der Hahn – er wird der Grund sein. Beim Anblick des Esels ist Henriette einem Nervenzusammenbruch nahe. Sie bekommt Angst. Das behufte Tier macht den Eindruck, kurz davor zu sein, das Büro zu verunreinigen. Das würde sie nicht aushalten. „Ich glaube es einfach nicht, wo soll ich denn jetzt so schnell einen Hahn herbekommen. Seitdem Hühner als Thanksgiving-Ersatz für Truthähne herhalten müssen, kann doch keiner mehr diese Preise bezahlen.“ Plötzlich hält sie inne und bemerkt erst jetzt, weswegen die Künstler bei ihr vorsprechen. Henriette blickt die Katze sehr ernst an: „Du sollst den Hahn gefressen haben? Wie soll denn das gehen. Mein liebes Fräulein, du hast doch überhaupt keine Zähne mehr, wie willst du denn das alte, zähe Luder runtergewürgt haben.“ Sie blickt streng zum Hund, dem ebenso die Zähne fehlen, und zum Esel. Die drei Künstlernaturen blikken alle betreten nach unten. „So, meine Herren und meine Dame, raus mit der Sprache, was ist wirklich passiert. Ihr wollt mir doch nicht allen Ernstes weiß machen, dass die Minka euren Kollegen …“ Henriette macht eine eindeutige Bewegung mit ihrer rechten Hand zum Hals.

Betretenes Schweigen im Zimmer. Keiner der Beteiligten sagt etwas. „Und wie lange wollen wir das Spiel treiben, ich höre!“ Henriette spielt mittlerweile mit der Elle vom Schneiderlein.

„Also, das war so …“, beginnt der Esel, „aber nicht schimpfen!“ Er zieht vorsorglich den Kopf ein und legt die Ohren an. „Nach der letzten Aufführung haben wir eine Spritztour zur Surfhalle gemacht. Unter dem Hallendach kann man wunderbar surfen. Es wurden dort große Ventilatoren aufgestellt, mit denen die Betreiber Wind erzeugen. Das macht einen Riesenspaß.“ Für einen kurzen Moment zieht Freude in das Gesicht des Esels ein.

„Das glaube ich jetzt einfach nicht“, unterbricht Fräulein Pöttchen den Esel, „und ich kann mir denken, was passiert ist.“ Die Tiere schauen Henriette erstaunt an. „Da hat es euren Kameraden buchstäblich vor Freude in der Luft zerrissen, als er dem Ventilator zu nahekam, stimmt's?“

„War eine riesengroße Sauerei. Der Hahn ist aber auch ein verrücktes Huhn … gewesen … Die haben uns gleich rausgeschmissen. Das ganze Becken voller Blut und Federn.“ Dem Esel ist die Sache sichtlich peinlich und seine Ohren hängen schlaff herab.

„Und warum habt ihr die Katze dann vor das Loch geschoben?“ Henriette pocht nervös mit der Elle auf den Tisch.

„Ich kann die doofe Kuh nicht leiden“, bellt der Hund.

„Ich dich ebenso wenig. Alter Sack“, faucht die Katze zurück während der Esel neben den beiden Kontrahenten in seiner apathischen Grundstellung verharrt. Er stiert benommen den Boden an. Währenddessen erfüllen ein ohrenbetäubendes Gefauche und Gebell Henriettes Büro.

„Ruhe!“ Henriette Pöttchen schlägt mit der Elle auf die Tischplatte. „Es reicht! Den Schaden werdet ihr mir begleichen. Die Rechnung des Surfhallenbetreibers wird sicher bald in meinen Briefkasten flattern. Ihr könnt euch in der Zwischenzeit überlegen, wie ihr das Geld zusammenbekommt. Wird ein teurer Spaß, das kann ich euch sagen. Und noch eins …“, Henriette stützt den Ellenbogen ihres rechten Armes auf die Tischplatte und zeigt mit dem Zeigefinger auf die drei Delinquenten, „ich besorge euch einen neuen Hahn. Schließlich müsst ihr auftreten. Was sollen die Kinder dazu sagen? Euer Publikum liebt dieses Märchen.“ Henriette hält kurz inne. „Ach quatsch, neuer Hahn, ihr braucht ja einen alten Vogel, da reicht einer, der nur halb mit Federn bedeckt ist. Ein Auslaufmodell, einer aus der Hühnerfarm. Es kann auch ebenso gut eine Henne sein, das bemerkt eh niemand. Im Notfall lackieren wir den Vogel um. Die Requisite wird das Problem klären. Und überhaupt, ein Vogel aus der Massenproduktion passt besser zu euch. Er muss ja mindestens so alt wirken, wie ihr ausseht. Und obendrein ist dieses Exemplar viel billiger. Essen will solch einen Vogel eh niemand. Stimmt's, liebes Kätzchen?“

In memory
of gockel
chicken double
8
30
07
16

„Ja", ertönt es kleinlaut aus dem Mund der Katze. Sie wird dabei rot. Die Pöttchen errät jedes Mal ihre Gedanken. Die zwei anderen Gruppenmitglieder stehen der Katze bei und nicken.

„Schön, der neue Kollege tritt morgen seinen Dienst an. Und damit keine weiteren Unfälle passieren, holt ihr meine persönliche Zustimmung vor jeglichen Freizeitaktivitäten vorher ein. Verstanden?!" Die Elle tanzt dabei bedrohlich auf dem Tisch.

„Verstanden", ertönt erneut und kraftlos der Chor. Die drei verbliebenen Mitglieder der Bremer Stadtmusikanten machen einen sehr betretenen Eindruck. Mit hängenden Köpfen verlassen die Tiere das Büro.

Zu den Bremer Stadtmusikanten sei Folgendes von mir angemerkt, nur der Vollständigkeit halber: Ich muss sagen, dass das Leben jedes Einzelnen der vier Bremer Stadtmusikanten zu Anfang überaus hoffnungsvoll verlief. Der Hund, ein Deutscher Pinscher, begann seine Kariere bei der Polizei. Nach einem Semester Hundeschule führte der Hund einen Polizisten, ordnungsgemäß, wie er das gelernt hatte, an der Leine. Der Zweibeiner war sehr artig und erfüllte dem Pinscher jeden Wunsch. Eines Tages zeigte ein Mann, der ihnen begegnete, auf den Hund und sagte: „Da hat wenigstens einer eine Ausbildung." Unser Pinscher wuchs gleich ein paar Zentimeter und stolziert seitdem mit erhobener Nase in der Welt umher. Übrigens, der Mann, der diese Worte fallen ließ, wurde von den Kollegen seines Zweibeiners schulterklopfend abgeholt. Warum das so war, verstand der Hund nicht, denn so ganz unzutreffend war die Aussage des Mannes nicht. Unser Hund besaß eine gehörige Portion Bildung. An dieser besagten Hundeschule lernte er vor allem eins: Lieb sein, Pfötchen geben und, wenn verlangt, ab und zu einmal knurren, den Rest des Tages entspannen und „Bella Figura" machen. Viele Träume sind schön, leider lässt ihre Erfüllung oft zu wünschen übrig. Der Hund träumte nach seiner aktiven Dienstzeit von einer Hundepension auf Kosten des Staates. Diese, seine lebensfremden Gedanken, waren ganz schnell vom Tisch. Allein die Kosten brachen ihm sozusagen das Genick. Jüngere Hunde drängten nach, die viel flinker waren. Seine zweite Kariere sollte bei einem privaten Wachdienst beginnen. Als der Hund dies hörte, suchte er das Weite. Die Konditionen seines neuen Arbeitgebers stellten alles in den Schatten, was ein Hund in seinem eindimensionalen Vorstellungsvermögen aufnehmen konnte. Keine geregelte Arbeitszeit, Überstunden, einen Zweibeiner führen, der nicht einmal mehr eine vernünftige Uniform trug, geschweige denn eine Waffe, Mindestfutter, keine Extrawürste wie früher, und so weiter und so weiter … Halt ein klassisches Hundeleben.

Nicht anders sprang das Leben mit der Angorakatze um. Sie verbrachte ihre Kindheit und Jugend in einer Jugendstilvilla bei steinreichen Leuten. Den ganzen Tag rekelte sich die Katze auf dem Fensterbrett in der Sonne und tat auch sonst viel für ihre Schönheit. Als der Sohn der Familie nach Jahren eine Frau mitbrachte und diese heiratete, war plötzlich Schluss mit dem süßen Leben. Die Frau hatte eine Katzenhaarallergie und Minkas Tage im Paradies endeten mit einem charmanten Rauswurf. Ehe die Katze verstand, dass sie in der Villa von nun an eine „Persona non grata" war, nisteten in ihrem Pelz bereits die Läuse, was äußerst unangenehm war. Das ungemütliche Leben auf der Straße traf sie mit voller Wucht. An jeder Ecke standen halbverlauste Kater und warfen ein Auge auf das schöne Exemplar von Katze. So etwas sahen die Herren nicht alle Tage. Unser Angorakätzchen fühlte sich, um es behutsam zu beschreiben, unbehaglich. Hier ging es zu wie auf dem Straßenstrich! Was fast genauso schlimm war, dass es hier draußen weit und breit keine

Toiletten gab. Für eine Katzendame ihres Formats war das ein Fiasko. Hinter einer Hecke ihr Geschäft zu verrichten, immer vor den Augen anderer Katzen, war für sie demütigend. Deshalb sann Minka auf Rache gegenüber der Frau ihres ehemaligen Herrn. Also legte sie sich ganz in der Nähe der Villa auf die Lauer. Ihr Zielobjekt, die neue Frau, verließ die Villa und unsere Katze schlich ihr hinterher. Es war ein warmer Tag. Die Frau stieg in ihr Auto, ein nobler Oldtimer ohne Klimaanlage. Unsere Minka schlüpfte ebenfalls unbemerkt ins Automobil. Im Fahrgastraum stand die Luft. Da die Frau sehr empfindlich auf Fahrtwind reagiert, blieben die Scheiben geschlossen. Kurz vor einer Kreuzung sprang die Katze der Frau ins Gesicht, ohne die Absicht sie verletzten zu wollen. Sie überfuhr daraufhin die rote Ampel und kam erst im Krankenhaus wieder zu Bewusstsein. Ihre Schnittverletzungen, der Beinbruch – alles halb so wild. Ihr ganzer Körper war übersät mit Pickeln und Pusteln und dazu hatte sie jede Menge Läuse.

Zuerst schloss das Krankenhaus das Krankenzimmer, dann die gesamte Station und zu guter Letzt den Gebäudetrakt. Alles war verlaust.

Bis heute kämpft die Frau mit den kleinen Tierchen an ihrem Körper. Ihre Ehe ist übrigens wenig später annulliert worden. Das Krankenhaus beendete den Spuk mit einer kompletten Flutung aller Räume und einer Grundreinigung, für die die Klinikleitung ein bekanntes Desinfektionsmittel verwendete, dessen Namen wir hier aus Gründen des Verdachts auf Schleichwerbung nicht nennen dürfen.

Der Esel hingegen wohnte sein ganzes Leben lang auf einer grünen und saftigen Weide, wo er mit einem Pferd, mehreren Kühen und drei Schafen eine Freiluftwohngemeinschaft bildete. Eines Tages verstarb der Bauer und die Tiere standen zum Verkauf, wobei Verkauf vielleicht nicht das richtige Wort ist. Der Abdecker stand am Zaun und begutachtete die Tiere, die so friedlich auf der Wiese grasten. Als der Esel hörte, was ihm widerfahren sollte – Gerüchte besagten, dass die Unpaarhufer zu einer italienischen Spezialität mit Nudelplatten verarbeitet werden sollten –, verließ er in der darauffolgenden Nacht auf eigene Faust die Weide. Gegen Mitternacht blitzte es kurz und im Dorf fiel der Strom für mehrere Tage aus, weil der Esel beim Passieren des Elektrozauns einen Kurzschluss verursachte. Seitdem fehlte von unserem Esel jede Spur. Nebenbei sei bemerkt, für alle Tierfreunde, Vegetarianer und Veganer, dass seine Kameraden seinem Beispiel folgten und so stand der Abdecker am nächsten Morgen vor einer leeren Wiese.

Unser verstorbener Hahn war die schillerndste Figur unter den späteren „Freunden". Immer extravagant gekleidet, der Kamm geschwollen und feuerrot aufgeputzt, fehlte er auf keiner Party. Keines dieser jungen Hühner war vor im sicher. Ein Scharren und Gackern den ganzen Tag und die ganze Nacht. Der Großteil der Eierproduktion in der örtlichen Hühnerproduktionsgenossenschaft ging auf sein Konto. Welche Szenen sich auf dem Hühnerhof abspielten, übersteigt jede Fantasie. Täglich hörte man den Satz: „Du hast mir wieder ein Ei gemacht!" Das spornte unseren Heißblüter nur weiter an. Er wollte einen Rekord nach dem anderen brechen. Jedoch ermüdete die Jagd nach der großen Liebe irgendwann das Herz des Hahnes, und die jungen Dinger lachten ihn aus. Es kam der Tag, an dem er vor dem jungen Gemüse gedemütigt Reißaus nahm. Vorbei die Zeit der wilden Partys. Das Gefieder war gerupft und zerzaust. Wie bei einem alternden Gigolo. In dieser Zeit las er die Memoiren von Casanova. Ein schwacher Trost; vielmehr die Versicherung einer Art Seelenverwandtschaft.

Eines Tages, wie der Zufall es wollte, trafen die Tiere einander im Park. In eben jenem Park, in dem Henriette des Öfteren spazieren geht. Dort sah Henriette Pöttchen die mitleiderregenden Figuren und sammelte die Unglücksgestalten ein. Sie putzte die vier ein wenig heraus und besetzte sie für das Märchen der Bremer Stadtmusikanten. Das Märchen erblickte damals gerade das Licht der Welt. Die vier Tiere starteten just an diesem Tag sozusagen ihre zweite Karriere. Natürlich entstanden bald Reibereien zwischen dem Hund und der Katze, der Hahn spielte den tollkühnen Gigolo, der Esel stand unbeteiligt neben allen.

Aber kehren wir nun zurück ins Büro von Henriette Pöttchen. Der Notizzettel von Henriette nimmt langsam Formen an. Beim Schreiben schüttelt sie unmerklich mit dem Kopf. Sie ruft nach Salvatore, der wie gewohnt nach kurzer Zeit im Büro steht.

„Salvatore, Sie fahren zur Hühnerfarm nach Krausendorf."

„Nein!" Mit einem Schrei der Verzweiflung unterbricht Salvatore die Anweisung seiner Chefin. Sein Gesicht wird kreidebleich und er weicht ängstlich zurück.

„Was haben Sie, Salvatore?" Henriette ist irritiert. Ein Widerspruch von Salvatore?

„Unter keinen Umständen fahre ich dort hin. Niemals!" Ein Schrei der Verzweiflung entfährt dem Mund des Dieners.

„Warum nicht?", fragt Henriette verwundert.

„Nun, kennen Sie nicht die Geschichten über die Hühnerfarm von Krausendorf?"

„Was für Geschichten meinen Sie, Salvatore? Raus mit der Sprache." Henriette ist neugierig geworden.

„Die Sache ist so: Ein Investor aus dem befreundeten Ausland eröffnete vor ein paar Jahren diesen, na wie soll ich sagen, ähm, Hühnerstall. Offiziell heißt die Anlage *Zum goldenen Ei*. Was auch immer man darunter verstehen mag."

„Ja, ja, berichten Sie weiter", unterbricht ihn seine Chefin.

„Alles begann ein paar Tage nach der offiziellen Eröffnung der Anlage. Die Frau des Landrats schnitt das obligatorische rote Bändchen durch, dazu Schlückchen Sekt, Musik und so weiter. Da war die Welt auch noch in Ordnung. Am Abend aber begannen die ungewöhnlichen Ereignisse. Die Frau bekam plötzlich ein Jucken auf ihrer Haut. Und am nächsten Morgen war die Gattin des Landrats von oben bis unten vollkommen mit Federn bedeckt."

„Das erinnert mich an Kafka. Interessant. Schade, dass der Mann keine Märchen geschrieben hat. Talent dafür war beim ihm jede Menge vorhanden", warf Henriette ein.

„Ich kann Ihnen sagen, Fräulein Pöttchen, das Geschrei war groß. Seitdem ist die Frau Landrätin nicht mehr in der Öffentlichkeit aufgetreten. Man vermutet, dass sie ihr Federkleid weiterhin trägt. Es soll, so besagen Gerüchte, Einladungen zum Karneval und zur Vogelhochzeit gegeben haben. Bedenken Sie nur, die arme Frau!"

„Nicht möglich, Salvatore. Dinge geschehen, unglaublich." Zur Bestätigung der Aussage von Henriette pfiffen die kleinen Essen der Computer und der Spiegel stöhnte, da ihn die Angst überkam, er müsse einmal in das Antlitz der Landrätin blicken oder umgekehrt.

„Was haben denn die Ermittlungen der Polizei ergeben?", fragt Fräulein Pöttchen.

„Bis heute nichts, Fräulein Pöttchen." Salvatore zuckt mit den Schultern.

„Merkwürdig?“, sinniert Henriette. „Und das ist alles?“

„Das reicht doch, oder?“ Die Angst steht Salvatore ins Gesicht geschrieben.

„Sie fahren trotzdem hin und besorgen mir einen Hahn oder ein Huhn. Je älter, desto besser. Das Tier soll schließlich zu seinen neuen Kollegen passen.“ Salvatore setzt ein fragendes Gesicht auf. Henriette beendet das Gespräch mit einem eindeutigen: „Gehen Sie und melden Sie mir die Ausführung in einer Stunde.“

„Jawohl.“ Salvatore verlässt geknickt das Büro. Er begibt sich in sein Zimmer und holt den Ganzkörperanzug aus reinem Naturlatex hervor, dazu Schutzmaske und Handschuhe. So ausgestattet, fährt Salvatore nach Krausendorf. In dieser Verkleidung verwirrt er, um es freundlich auszudrücken, so mache Mutter mit Kind oder einsame Rentnerin. Fast wäre die Polizei gekommen.

Als Salvatore vor dem Tor der Hühnermastanlage *Zum goldenen Ei* steht, klingelt er. Beim Anblick der vermummten Gestalt bricht Chaos aus. Lassen wir an dieser Stelle den Polizeibericht sprechen:

> Eine unbekannte männliche Person begehrte mittels Betätigung der Hausklingel Zutritt in die Hühnerwellnessoase *Zum goldenen Ei*. Eine zufällig anwesende Sekretärin reagierte auf das Klingeln und schaute daraufhin aus dem Fenster. Beim Anblick des Einlass begehrenden Salvatore, Diener bei der bekannten Agentin für Märchen, Fräulein Pöttchen, fiel sie nur deswegen nicht aus dem Fenster, weil sie nach hinten wegkippte. Mit einem Seufzer landete sie zwischen Aktenstapeln und der Kaffeemaschine. Ihr im Nebenzimmer weilender

Chef, zugleich ihr Liebhaber, wurde durch das polternde Geräusch aufgeschreckt. Er eilte der mittlerweile tief schlafenden Sekretärin/Geliebten zu Hilfe. Zu dieser Zeit wusste der Cheff nicht, warum seine außereheliche Freundin, er ist verheiratet, diesen Schwächeanfall erlitt. Erst ein erneutes Klingeln an der Tür lockte ihn ebenso ans Fenster. Die vermummte Gestalt, die in der Hand ein korbähnliches Gebilde trug, gestikulierte mit allen Gliedmaßen. Da er jedoch eine Atemschutzmaske trug, waren die verbalen Äußerungen des Einlasses begehrenden Salvatore unverständlich. Der Chef interpretierte daraufhin die Gesten des Klingelnden als Drohgebärden und holte seine Schrotflinte. Der erste Schuss ging glücklicherweise daneben. Der Bittsteller nahm Reißaus. Der dadurch entstandene Lärm scheuchte das Federvieh auf, was wiederum zu einem spontanen und nicht zu kontrollierenden Ausbruchsversuch des Hausgeflügels führte. Nach Angaben des betroffenen Besitzers der Anlage sind bisher 100.000 Stück Federvieh abgängig. Allein die gelegten Eier blieben zurück. Das Federvieh soll, das ergaben erste Ermittlungen, marodierend durch die Innenstädte ziehen und vor allem in der Nähe von Restaurants, auf deren Speisekarten Geflügelgerichte stehen, Terror verbreiten. Die Sekretärin holte der zweite Schuss wieder zurück ins Leben. Dieser traf nicht den bereits oben erwähnten Salvatore, sondern einen in der Nähe stehenden Wohnwagen, dessen Inhaberin zwielichtige Dienstleistungen anbot. Die Kugel zerstörte einen roten Luftballon in Form eines Herzens, den Kondomautomaten und das Werbeplakat: „Love is in the air." Die Besitzerin erstattete gegen den Schützen Anzeige. Die Fahndung nach der vermummten Person konnte schnell abgebrochen werden, da sich besagter Salvatore schutzsuchend an die nächste Polizeidienststelle wandte. Ein Ermittlungsverfahren gegen den Vermummten wurde nicht eingeleitet. Er erklärte sein ungewöhnliches Auftreten mit den Gerüchten um die erkrankte Landrätin.

Die Flucht von Salvatore endet, wie gelesen, auf der Polizeiwache. Überholt wird er während seiner Flucht vor dem Schrot des Chefs von einem Schwarm aufgescheuchter Hühner. Geistesgegenwärtig bekommt er eins zu fassen, und tatsächlich hält er schließlich einen Gallus - gallus domesticus - in den Händen. Diesen verstaut er sofort in seinem Korb. Nach dem kurzen Auftritt auf dem Polizeirevier erreicht er überglücklich das rettende Heim.

Henriette öffnet voller Erwartung den Korb. Was sie erblickt ist weniger erfreulich. Der Hahn sieht sehr mitgenommen aus.

„Salvatore, was ist das? Der Hahn soll alt aussehen, aber nicht heruntergekommen." Das vollkommen verängstigte Tier gackert kläglich vor sich hin.

„Salvatore, der Hahn kommt in die Küche." Der Hahn und Salvatore erbleichen. Henriette bemerkt dies und fügt hinzu: „Den päppeln Sie mir auf. In einer Woche ist der Hahn wieder fit. Kraftfutter. Dann verkaufen wir das Exemplar. Damit kann ich nichts anfangen."

„Ja, Fräulein Pöttchen." Salvatore verlässt samt Hahn im Korb das Büro.

Henriette springt auf und läuft zum Spiegel. „Sage mir Spiegel, womit habe ich das alles verdient?"

„Fräulein Pöttchen, was der Mensch im Leben verdient, das steht meist indirekt proportional zu seiner Leistung."

„Wie wahr. Da rackere ich mich den ganzen Tag ab und was machen meine Angestellten? Nichts als Dummheiten. Alles Anarchisten. Das ist die richtige Formulierung. Die Damen und Herren Künstler pflegen ihre kleinen Wehwehchen. Vor allem die in ihrem Kopf." Dabei greift Henriette an ihr eigenes Haupt.

„Unsere Mimen sind ein ganz besonderes Völkchen. Sie gießen jeden Tag ihre Narzissen. Da sind sie eigen."

„Dem Blumengießen widmen sie ihre ganze Aufmerksamkeit. Manchmal faulen dabei die Wurzeln vom vielen Wasser." Eine kleine Pause entsteht. Henriette wirkt nachdenklich.

Plötzlich knallt es im Vorzimmer. Henriette Pöttchen erschrickt fürchterlich und verschwindet ängstlich unter dem Schreibtisch. Was würde jetzt gleich folgen? Ohne zu klopfen tritt der Jäger ein. Ein vierschrötiger Typ. Völlig unbehauen, ein grüner Rohdiamant sozusagen. Den Jäger mochte Henriette nie. Er war ein Holzklotz, wie er im Buche steht, im grünen Lodenmantel und mit fehlenden Manieren. „Morjen. Fräuleijn Pöttjen ... wo sind Sie?"

Henriette rappelt sich mühsam unter dem Tisch hervor und blickt den Jäger böse an. Der nimmt das überhaupt nicht zur Kenntnis. Sensibilität ist eine Kompetenz, die der Jäger selbst eher bei anderen vermutet. In dem Punkt ist er grundehrlich.

„Warum ick jekommen bin, haste ja eben selber jehört. Datt Ding von Flinte, datt kannste voll verjessen, damit trete ick nich mehr uff. Weeste von wann datt Modell hier is, anno 1763! Damit hat der Alte Fritz enen ufs Korn jenommen. Oder viellejcht in die Sterne jekuckt. Hier, kannste noch mal kucken und dann verhökere ick datt Teil im Antiquariat." Henriette schaut auf die Waffe. Sie hat keine Ahnung von solchen Dingen, aber der Prügelstock sieht wirklich nicht mehr gut aus.

„Und was will der feine Herr Jäger für ein Modell haben? Was soll ich bestellen auf dem weltweiten Waffenmarkt?“

„Eene HK MP 5.“

„Was ist denn das?“, fragt Henriette genervt. Dieser Elefant im Porzellanladen. Was denkt der eigentlich? Neue Waffe und so? Der alte Waldschrat muss seinen eigenen Schuss nicht gehört haben.

Der Jäger zeigt Fräulein Pöttchen eine Maschinenpistole der Firma Heckler und Koch aus dem Hochglanzkatalog. Henriette schaut durch ihre Lorgnette in den Katalog. Die Computer und der Spiegel stöhnen im Gleichklang.

„Was soll der Unsinn? Wollen Sie allen Ernstes bei ihrer Rolle in ‚Rotkäppchen‘ mit einer Maschinenpistole auftreten? Womöglich verwandeln Sie den Kollegen Wolf in ein Sieb. Nicht mit mir! Wir sind hier nicht in Chicago am Valentinstag 1929.“

„Warum nich, ick muss mit de Zeit jehen. Die Leute wollen Action sehen. Ratatata.“ Der Jäger deute an, wie er eine Salve aus der Maschinenpistole in die Luft abgibt.

„Pass mal auf, mein grün lackierter Waldmeister“, Henriette springt auf und tippt dem Jäger mit ihrem Finger an die Stirn, die an dieser Stelle weich zu sein scheint, weil sie nachgibt, „ist Ihnen schon einmal aufgefallen, dass Sie das Gewehr im Märchen überhaupt nicht in Gebrauch haben und dies nur eine Requisite darstellt?“

„Äh“, ist das Einzige, was dem Jäger in dieser Sekunde dazu einfällt.

Henriette setzt sich wieder auf ihren Stuhl und blättert im Katalog. „Hier haben wir was für Sie: Ein G36! Darunter steht ausgemustert. Und einen Rabatt von 90% geben sie auf das Gewehr. Das wäre doch das Richtige. Ausgemustert!“

„Äh“, bekommt Henriette Pöttchen erneut zur Antwort, die sie unkommentiert übergeht.

„Wenn wir das G36 in ein anderes Gewand kleiden, also auf alt trimmen, können Sie es nehmen. Damit treffen sie wenigstens ihren Kollegen, den Wolf, nicht. Eigentlich treffen Sie damit überhaupt nicht. So steht es hier. Oder was ist das? Kann ja kein Mensch lesen das Kleingedruckte. Meine Lorgnette.“ Henriette greift nach der Sehhilfe.

„Was lese ich da … Anwälte, Klage, Verleumdung, Prozess, Millionen, Verteidigungsministerium, Beamte, Staatssekretäre, Minister, Korruption, Gegengutachten … Also Herrschaften! Was soll das? Ist das ein Waffenkatalog oder sind das die Allgemeinen Geschäftsbedingungen der Mafia? Verstehe einer die Welt! Davon lassen wir mal schön die Finger.“

„Nee, den Plunder will ick nich“, mault der Weidmann.

„Gut, dann nehmen Sie ihr Oldtimer-Gewehr und schleichen sich. Halt! Hier habe ich“, Henriette zieht ihren Schreibtisch auf, „Sandpapier und Öl. Damit können Sie die Krücke auf Vordermann bringen. Und jetzt raus!“

Der Jäger sieht seine Chefin mit großen Augen an. Sie setzt ein fragendes Gesicht auf und der Waldmensch zieht beleidigt in seinem grünen, nach Moos duftenden, aus der Mode gekommenen, mit Edelweiß bestickten Lodenmantel, von dannen. Fräulein Pöttchen greift nochmals in die Schreibtischschublade und holt ein Duftspray hervor. Sie liest: „Tanne und Moos. Ach, was soll's …“ Damit sprüht sie den Raum aus. Irgendwie roch der Jägersmann nach Moder. Wahrscheinlich hält er sich zu lange im Wald auf. Frische Luft am eigenen Körper ist nicht jedermanns Sache. Henriette steht der Ärger ins Gesicht geschrieben. Hätte sie bloß einst das Angebot angenommen. Damals in den fünfziger Jahren, in der Hochzeit des Heimatfilms, da waren solche Typen heiß begehrt. Er hätte als Oberförster Pudelwichtig auf alle Wilderer des Landes schießen können. Und das Publikum hätte ihm tosenden Applaus gezollt, inklusive diverser Preise. Zum hundertsten Abschuss eines Wilderers oder so. Wahrscheinlich hätten sie ihm zum Dank so ein goldenes Reh hinterhergeworfen. Darauf findet in jedem Jahr, im Herbst, eine regelrechte Treibjagd statt. Zuerst töten sie die Mutter des Kleinen und dann wird es selbst zur Zielscheibe. In Gold getaucht und von jedem begrabscht …

Aus Fehlern lernt der Mensch bekanntlich. Was heißt hier: aus Fehlern lernen? Wie soll sie denn den alten Zausel loswerden. Den vermittelt ja nicht einmal mehr die Künstlervermittlung. Außerdem besitzt dieser Möchtegernpistolero einen lebenslänglichen Vertrag mit ihrem Unternehmen. Lebenslänglich! Genau das trifft die Sache auf den Kopf. Dieser Jägermeister sollte lebenslänglich bekommen. In den ersten Jahren beging Henriette den Fehler und stellte ausschließlich lebenslange Verträge mit den Künstlern aus. Ja, ja, aus Fehlern lernt man … Mittlerweile, besonders bei diesen neuen Agenturen, werden alle Verträge befristet. An diese neuen Geschäftspraktiken heißt es sich zu orientieren. Wenn das früher Mode gewesen wäre … Aber so hat sie diesen Laienschauspieler an der Backe. Es sei denn, überlegt Henriette, dem Jäger stößt etwas zu? Wenn sein Vorderlader einmal nach hinten losgeht? Bei dem alten Schießprügel? Ein Fall für die Berufsgenossenschaft. Na ja, nicht wenn der Kopf ab ist … Weich ist er ja an manchen Stellen bereits.

Plötzlich empfindet Henriette ein tiefes Verständnis für den angeblich so bösen Wolf. Nicht auszudenken, wenn der Jäger mit einem neuen Pusterohr im Märchen auf den Wolf schießen würde. Der arme Kerl spielt nur seine Rolle. Er wüsste überhaupt nicht, wie ihm geschieht. Das ganze Blut! Spritzt womöglich von der Bühne in den Zuschauersaal. Das sieht doch nicht schön aus! Und die kleinen Kinder! Die wären ja vollkommen verstört. Solche Sachen kennen die Kleinen ja nur aus dem öffentlich-rechtlichen Fernsehen. Wo jeden Abend dutzende Schauspieler ihr Leben aushauchen. Auf dem Arbeitsmarkt besteht mittlerweile ein Engpass an Schauspielern. Keiner will mehr in diesen Krimis mitspielen. Vom Privatfernsehen ganz zu schweigen. So was kommt ihr nicht auf die Märchenbühne. Wir sind ja schließlich nicht auf dem Kinderkanal, der mit Gottes Segen sendet. Henriette steht kurz davor, ihren Blutdruck in die Höhe schnellen zu lassen. Den Jäger wird sie unter Beobachtung halten. Dabei fällt ihr ein: Was macht eigentlich dieser Frank Zippo? Wofür bezahlt sie eigentlich ihren Stardetektiv? Warum meldet Frank sich eigentlich nicht? Eigentlich? Eigentlich!

Mit Schwung greift sie zum Hörer und wählt die Geheimnummer von Frank Zippo. Es dauert einen kurzen Moment dann vernimmt sie die bekannte Stimme. „Hallo Frank, wie ist der Stand bei deinen Ermittlungen im Fall Klaus Karli? Hast du den Zwerg gefunden?“ Eine kurze Pause entsteht. Stille in der Hörmuschel.

Irritiert ruft sie seinen Namen in den Hörer: „Frank? Bist du noch dran?“ Ein unterdrücktes Kichern ist zu hören.

„Hallo Henriette, ist gerade sehr ungünstig. Ich bin im verdeckten Einsatz.“ Das Kichern im Hintergrund nimmt zu.

„Wo steckst du, mein Lieber?“ Henriette versucht zuerst die weiche Tour. Sie kann sich denken, was da am anderen Ende der Leitung los ist. Zumal in Paris, der Stadt der echten und käuflichen Liebe. Das hätte sie dem Zippo, nach all den Jahren, nicht zugetraut.

„Ich, äh, in Paris. In einem Etablissement. Bin dem kleinen Klaus Karli auf der Spur.“ Ein Unbehagen ist aus der Stimme von Frank herauszuhören. Fast wirkt es so, als würde Zippo körperlich bedrängt.

„In einem Etablissement. Das nennst du auf der Spur? Und die Geräusche im Hintergrund? Was ist das?“, fragt Henriette.

„Geräusche?“, sagt Frank, „Ich höre nichts.“ Seine Stimme klingt mittlerweile gepresst.

„Du hörst nichts? Du bist doch vor Ort!“, sagt Henriette im scharfen Ton.

Henriette kennt ihren Frank natürlich. Dazu sind sie zu lang miteinander im Geschäft. „Wie heißt das Etablissement, mein Lieber? Spätestens auf der Spesenrechnung sehe ich ja, wo du gewesen bist.“

„Henriette, verstehe das bitte nicht falsch. Ich habe ein Hotel gesucht und der Zufall wollte, dass ich im Hotel d'Amour lande. Die Preise haben mich überzeugt. Schließlich muss ich ja an die, wie du richtig festgestellt hast, Spesenrechnung denken.“ Zippo versucht Henriette auf seine Seite zu ziehen.

„Ach so! Und die weibliche Begleitung gab es gleich gratis dazu? Wie heißt denn der kleine Engel?“

Henriette hört wie Frank bei dieser Person nachfragt. Kurze Zeit später antwortet er:

„Sie heißt Chantalle.“

„Ein schöner Name. Wie ich höre, hast du Geschmack. Dann sag mal deiner kleinen Chantalle, sie soll dich in deinen Ermittlungen nicht stören und jetzt schlafen gehen. Sie wird bestimmt ihren Schönheitsschlaf benötigen …“

Bevor Henriette nach den Ergebnissen seiner Ermittlungen fragen kann, fällt ihr Chantalle ins Wort: „Schnucki, zeig mir endlich deine Pistole. Du hast es mir versprochen.“

„Sei ruhig, ich telefoniere mit meiner Chefin", zischt Frank, dessen Nervosität sekündlich zunimmt.

„Frank, gib mir mal das kleine Mäuschen an den Hörer … Wird's bald!" Henriette platzt der Kragen.

„So, nun hör mir mal gut zu, du Wunderwerk der Liebestechnik: Wenn du nicht gleich meinen Mitarbeiter in Ruhe lässt, passiert ein Unglück."

Chantalle hat für diese Drohung nur Hohn und Spott übrig. Sie lacht Henriette, die schließlich meilenweit von Paris entfernt ist, am Telefon aus. Das seien ja alles nur leere Drohungen. Franks Versuche, in letzter Sekunde das Schlimmste von Chantalle abzuwenden, schlagen fehl. Das Schicksal nimmt seinen unabwendbaren Verlauf.

Henriette hört, unter tiefster Befriedigung, einen lauten Knall auf den ein weiterer Knall folgt. Ein hefiges Lamentieren und hysterisches Schreien dringt aus dem Hörer: „Jetzt sind sie kaputt. Meine schönen neuen Brüste. Wie Luftballons zerplatzt. Einfach so." Einer Sirene gleich setzt sich das ohrenbetäubende Geheul fort. Frank versucht sie zu beruhigen und steht selbst kurz vor einem Nervenzusammenbruch. „Sei endlich still, ich kaufe dir neue Ballons, eh Brüste, mein Schnucki."

„Das ist ein Fall für den Umtausch, Frank", protestiert die aktuell Angebetete.

„Gebrauchte Brüste sind vom Umtausch ausgeschlossen, Chantalle." Die Sirene nimmt erneut akustisch Fahrt auf. Frank hält ihr die Hand vor den Mund. Ruhe.

„Frank, können wir jetzt endlich zur Sache kommen? Hast du eine Spur vom Zwerg?" Henriette ist jetzt wieder ganz die umsichtige Chefin.

„Ja, natürlich. Ich habe herausgefunden, dass Klaus Karli in einer roten Mühle abgestiegen ist. Mich wundert nur, wo es hier eine rote Mühle geben soll. Schließlich ist Paris eine Weltstadt und kein Dorf. Eine rote Mühle … Vielleicht will er eine Ausbildung zum Müller machen? Die jammern ja stets und ständig wegen fehlendem Nachwuchs."

„Rote Mühle." Henriette holt Luft und nach einer kurzen Pause sagt sie bestimmt: „Mein lieber Frank, du lässt jetzt sofort die Finger von dieser Chantalle. Sonst zerplatzen hier gleich noch ganz andere Sachen als nur Brüste. Ich schick dir die Adresse von dieser roten Mühle und dann begibst du dich postwendend an diesen Ort des Lasters und befreist Klaus Karli. Das ist ja unverantwortlich, einen kleinen Zwerg in so einer Bude auftreten zu lassen. Ein Skandal! Ich werde mich beim französischen Botschafter beschweren. Unglaublich! Ja, ein Skandal! Wir hören uns in einer Stunde."

„Ja, Henriette", antwortet Frank verstört, der seine Chefin in all den Jahren noch nie in solcher Rage erlebt hat.

Fräulein Pöttchen legt auf und zieht eine Schublade ihres Schreibtisches auf. Daraus entnimmt sie das Blutdruckmessgerät und stellt fest, dass sie ruhiger werden sollte. „Gelassenheit, liebe Henriette, Gelassenheit", spricht Henriette zu sich selbst. Diesem Frank werde ich die Spesenrechnung prophylaktisch kürzen, denkt sie. Von ihrem Stardetektiv ist die Chefin mächtig enttäuscht. Ein verhinderter Gigolo. Aber so sind die Männer halt. Kurzes Röcken, lange Beine, runder Po und eine ordentliche Oberweite. Das reicht, um rationales Denken ein für alle Mal auszuschalten. Eine Art Hypnose. Frank eben. Er ist halt auch nur ein Mann.

Plötzlich dringt erneut Lärm an ihr Ohr. Er kommt von der Straße herauf. Das Lied kennt sie, denkt Henriette. Wo hat sie diesen Titel heute gehört? Ist das nicht … ja, na klar, die Sängerin von heute Morgen, aus dem Radio, die mit dem Asthma. Ist sie etwa aus dem Krankenhaus entwichen oder entlassen worden? Mit der ersten Vermutung liegt Henriette Pöttchen vollkommen richtig. Besagter Sängerin gelang die Flucht aus dem Krankenhaus. Ihr Liedchen trällernd zieht sie atemlos die Straßen der Stadt entlang. Henriette denkt, Kind, jetzt kann ich dir auch nicht mehr helfen, dann musst du eben deinen Weg atemlos gehen. Was wird diese Welt in Zukunft alles ertragen müssen? Ihre Gedanken werden unterbrochen. Ein zaghaftes Klopfen dringt an ihr Ohr. Der Lärm von der Straße verschwindet langsam.

„Ja, herein." Ein ihr unbekannter Wuschelkopf lugt vorsichtig, fast schüchtern zur Tür hinein.

„Was kann ich für Sie tun, guter Mann?", fragt Henriette. Aus ihren Worten ist eine leichte Nervosität herauszuhören.

„Ich suche eine neue Anstellung", antwortet der Mann schüchtern. Er steht zwischen Tür und Angel, wo er verharrt, weil er scheinbar keinen Schritt ins Büro wagen will. Eine imaginäre Kraft hält ihn vom Nähertreten ab.

„Was ist denn ihre Profession, wenn ich fragen darf?" Henriettes Neugier ist geweckt.

„Kabarettist", gibt der Mann kleinlauf von sich.

„Was? Habe ich Sie richtig verstanden: Kabarettist? Aha. Solch eine Profession wird bei uns im Lande noch ausgeübt? Das ist erstaunlich! Was nicht alles über die Jahre sein Dasein pflegt und sich durch die Zeiten rettet. Gibt es bei ihren Veranstaltungen überhaupt ein Thema, über das gelacht wird? In diesen trostlosen Zeiten. Die Objekte, über die das Kabarett seine Pointen ausschüttet, besitzen kaum Niveau, geschweige denn, ach, was sage ich, Größe." Henriette gestikuliert mit ihren Armen in der Luft herum.

Aufgrund der Äußerungen Henriettes ist der Kabarettist vollkommen niedergeschlagen. „Och ja, die einen sagen so, die anderen so. Die Zeiten sind halt schlecht. Nicht nur im Kabarett." „Liegt wohl eher am Publikum, oder? Bei Ihnen in der Vorstellung sitzen bestimmt ausnahmslos Widerstandskämpfer, nicht wahr." Streng blickt Henriette Pöttchen durch ihre Lorgnette auf den kleinen Mann.

„Das mag sein. Wenn Sie, mit Verlaub, dies so sehen. Unsere Widerstandskämpfer tragen Krawatte, Anzug und auf dem Kopf Baumwollflocken. Das besitzt in diesem Land eine gewisse Tradition. Wir wissen wenigstens, voran wir sind." Die Stimme des Kabarettisten gleitet in tiefe Melancholie ab. Henriette muss nun aufpassen, dass ihr seltsamer Besucher nicht gleich anfängt zu weinen.

„Wissen denn die Zielscheiben ihres Spotts, woran sie sind?", fragt Henriette verwundert.

„Die Politiker?", fragt der Mann unsicher nach.

„Wer sonst."

„Schwierig, schwierig. Die Politiker sind nicht mehr das, was sie einmal waren. Keine Ecken und Kanten. Alle rund wie die Tennisbälle. Manchen von ihnen ist das sogar anzusehen. Sie, die Politiker, bieten für uns keine Angriffsfläche. Sie sorgen seit Jahren für ihre Lacher selbst. Allein ihr Auftreten in der Öffentlichkeit ... Sie finden nirgendwo mehr einen mit Format. Traurig, wenn einem die Zielscheibe des Spotts die besten Pointen vorwegnimmt. Selbst die Skandale, das Zurücktreten von politischen Ämtern, ja, selbst das besorgen diese Herrschaften alleine. Nehmen Sie die leidigen Affären um die vielen Doktortitel. Für uns Kabarettisten ist das geschäftsschädigend." Der Kabarettist schüttelt heftig und ernüchtert mit dem wuscheligen Kopf.

„Was bleibt da noch? Nicht viel, nehme ich an."

„Sie sagen es, Sie sagen es“, pflichtet ihr der Mann kleinlaut bei.

„Wissen Sie“, Henriette entwickelt ein tiefgehendes Verständnis für den schüchternen Herrn, „Sie sind ein moderner Hofnarr. Das ist die ungeschminkte Wahrheit in ihrem Beruf. Sei es wie es sei, eine Anstellung kann ich Ihnen nicht bieten. In meiner Agentur kennen wir das Wort Humor eher nur am Rande. Bei uns lernt das einfach gestrickte Kinderseelchen das Fürchten. Und das ohne zu lachen! Riesen, Zwerge, Zauberer, Feen, Wölfe. Mord und Totschlag versuchen wir aus pädagogischen Gründen soweit wie möglich zu vermeiden. Wenn Sie so wollen, sind wir ein Abbild des echten Lebens. Mit einer Ausnahme. Im Gegensatz zum wahren Leben gehen unsere Geschichten stets mit einer gehörigen Portion Glück für die Protagonisten aus. Aber selbst an diesem Punkt fehlt der Humor.“

„Ja, wenn das so ist … bin ich hier wohl falsch … na dann … Auf Wiedersehen“, sagt der Kabarettist niedergeschlagen.

„Auf Wiedersehen, guter Mann.“ Die Tür schließt leise und der unbekannte Gast ist verschwunden.

Henriette verspürt, wie jeden Tag um diese Zeit, Hunger. Sie läutet nach Salvatore.

„Salvatore, ich werde heute außer Haus speisen.“

„Jawohl, Fräulein Pöttchen.“ Ein wenig ist Salvatore verstimmt. Schließlich verfügt er über exzellente Kochkünste.

Henriette greift nach ihrer Handtasche, den Regenschirm, den Hut und verlässt das Büro. Ihre Füße tragen sie in die Avocado Bar, gleich um die Ecke. Bloß raus aus dem Affenstall, denkt sie. Wer weiß, wer sonst gleich an ihre Türe klopfen wird. Auf dem Weg dorthin fühlt sie, wie die Last des Vormittags von ihr abfällt. Die frische Luft ist eine Wohltat. Sie biegt um die

Ecke und läuft Opa Pankuweit in die Arme, der in seiner aktiven Zeit am Arbeitsmarkt für Henriette als Hausmeister tätig war.

„Fräulein Pöttchen, welch eine Freude Ihnen zu begegnen. Wochenlang sehen wir uns nicht und heute bereits das zweite Mal."

„Ach, hallo Opa Pankuweit, das ist wirklich eine Überraschung. Wie geht's denn unserem Pensionär nach der Aufregung von heute Morgen?" Opa, das sollte hier erwähnt werden, diesen Namen trug Herr Pankuweit seit Anbeginn seiner Tätigkeit bei Fräulein Pöttchen. Niemand kann heute mehr sagen, warum er von allen, die ihn kennen, Opa genannt wird. Das war so und wird so bleiben.

„Och, alles wieder gut. Ich kann nicht klagen." Der Opa winkt ab.

„Das höre ich gern." Henriette will das Gespräch beenden, der Hunger quält sie, da beginnt der Opa, wie man das bei alten Männern kennt, zu erzählen:

„Wissen Sie Fräulein Pöttchen, ich habe neue Freunde kennengelernt. Ganz patente Kerle. Die Jungs sind von der Polizei. Mit denen habe ich in eine Menge Spaß. Bin ganz zufrieden damit, wie die mein Steuergeld angelegt haben. Bei der Polizei bekomme ich wenigstens Zinsen. Haha."

„Wie soll denn das funktionieren?", fragt Henriette erstaunt.

„Also", holt der Opa aus, „alles begann an einem Abend im November. Ich hatte vergessen, Bier zu holen, und da bin ich noch einmal los zum Einkaufsmarkt. Und wie ich da so langlaufe, geht's plötzlich nicht mehr weiter. Die gesamte Straße ist abgesperrt. Blaulicht, Wasserwerfer, Tränengas und eben unsere Polizei. Bin ich hin zu so einem jungen Mann ganz in Blau und der sagte mir, ich könne nicht in den Einkaufsmarkt. Der Weg dorthin wäre versperrt. Da sollen einige Leute demonstrieren.

Ich fragte ihn gleich, weshalb die Demonstration stattfand. Das konnte mir der freundliche Wachmann nicht sagen. Es schien ihn auch nicht zu interessieren. Jedenfalls war in der Straße viel Geschrei, ohne dass etwas passierte. Ich bin dann einfach zu einem von diesen blau-silbernen Wohnmobilen gegangen. Insgesamt saßen drei Polizisten drin. Besser gesagt, schliefen die alle auf den Rücksitzen. Ich habe mir eine von den Mützen geschnappt, diese aufgesetzt, habe mich hinter das Lenkrad gesetzt und ab ging die Post, mit Blaulicht. Aber ohne Martinshorn. Hinter mir schnarchten ja alle friedlich. Die haben sich nicht gerührt. Na, bei der anstrengenden Arbeit und den vielen Überstunden kein Wunder. Ich wollte natürlich, dass sie weiterschliefen. Die waren sehr jung, die Polizisten. Machen ja öfters die Nächte durch bei ihren Einsätzen. Für solche Leute habe ich ein Herz. Natürlich gelang es mir, mit dem Fahrzeug in meinen Einkaufsmarkt zu gelangen, und da ich gerade ein großes Auto zur Verfügung hatte, dachte ich, könnten ja gleich ein paar Kästen Bier den Besitzer wechseln. Nach einer halben Stunde stand ich mit dem Polizeiauto vor meinem Haus, begann die Kästen auszuladen und siehe da, meine Freunde von der Polizei erwachten. Die habe ich natürlich gleich angehauen, ob sie nicht einem alten Pensionär die Kästen in den Keller tragen könnten. Und was soll ich Ihnen sagen Fräulein Pöttchen, die haben das tatsächlich ohne Umschweife getan. Tadellos! Sehr nett! Sehr nett! Obendrein haben die mir noch ein Schlüsselbund, einen Kalender und einen Kugelschreiber von der Polizei geschenkt. Ach ja, und ein Stofftier. Ihr Maskottchen. Einen Teddybären. Den habe ich meiner Enkeltochter geschenkt. Ach nein, was sind das für nette Menschen. Seitdem organisiere ich, immer wenn mein Bier alle ist, eine Demonstration vor dem Einkaufsmarkt und fahre dann mein Bier holen. Ich habe mittlerweile

17
07
16

einen ganzen Karton von diesen Werbeartikeln der Polizei zu Hause. Ich kann nur sagen, die Polizei ist dein wahrer Freund und Helfer." Ein breites Grinsen umspannt das Gesicht von Opa Pankuweit. Henriette legt ein sanftmütiges Lächeln auf und nimmt Abschied von Opa Pankuweit. Die Termine … Er müsse entschuldigen … Opa Pankuweit zeigt volles Verständnis. Ein kurzes „Auf Wiedersehen!" und sie gehen ihrer Wege.

Henriette betritt die Avocado Bar schnell und lautlos, fast huscht sie hinein. Sie will um keinen Preis auffallen, da sie weiß, dass viele ihrer Angestellten hier zu Mittag essen. Von ihrem Stammplatz, in der äußersten hinteren Ecke, hat sie einen guten Überblick über die gesamte Bar.

Henriette bestellt einen gemischten Salat mit Thunfisch in der Hoffnung, er würde einen weiten Kreis um ihre ein wenig ausladenden Hüften schlagen. Eine der wenigen Illusionen, die Henriette Pöttchen seit Jahren pflegt, ja man kann sagen, sich gönnt. Ansonsten ist Henriette, das darf ich an dieser Stelle verraten, ein bescheidener Mensch. Beim Kellner bestellt sie auch gleich für den morgigen Tag ihr Mittagsmahl. Sie weist auf das Aquarium im Restaurant. Darin schwimmen viele bunte Fische. Einer hat es ihr besonders angetan. Dunkelblau mit gelben Farbschattierungen schwimmt der Fisch traurig umher. Sein Blick ist dermaßen traurig, diesem Fisch will sie Gutes wiederfahren lassen und ihn aus seinem Kummer befreien. Der Kellner nimmt die Bestellung auf und fragt nach den Details der Zubereitung. Genüsslich widmet Henriette nun ihre Aufmerksamkeit dem Essen.

Plötzlich schaut Fräulein Pöttchen von ihrem bunten Teller auf und bemerkt, dass Hans im Glück, mit seiner Gans unter dem Arm, und der Nikolaus, der Bruder des Weihnachtsmannes, den er im Schlepptau hat, an der Bar stehen. Henriette erkennt sofort, dass die beiden angetrunken sind. Sie bestellen zwei Martini. Der Nikolaus wühlt in seinem schlaff in der linken Hand hängenden Sack, aus dem er den Froschkönig herausholt und der schließlich zwischen den Alkoholpfützen auf dem Tresen herumhüpft und einen Wodka mit Zitrone bestellt. Irgendwie, das bemerkt Henriette sofort, stimmt mit dem Frosch etwas nicht. Sie betrachtet den hüpfenden Gnom eine Weile, dann wird ihr bewusst, was an dem grünen Hypochonder anders ist als sonst. Der Frosch leuchtet in hellgrünen Tönen. Selbst dem Nikolaus und Hans im Glück fällt diese Anomalie auf, die der Frosch aber mit einer Handbewegung abtut. Henriette Pöttchen beschleicht beim Anblick des Frosches ein Verdacht. Hoffentlich sind nicht ihre Chlorophylltabletten an dem Aussehen des Froschkönigs schuld? Der kleine Wicht wird vermutlich die Schachtel auf einmal in seinen Körper gestopft haben. Und mit dieser Vermutung liegt Henriette Pöttchen genau richtig. In der festen Hoffnung, morgen neue bunte Pillen bei seiner Chefin zu bekommen, verschwand der Packungsinhalt auf einmal im Schlund des Froschkönigs. Für Henriette ist gleich klar, die heutige Mittagspause würde länger dauern, weil sie nicht verpassen will, was die drei Jammergestalten da so treiben. Bemerkt sei hier, dass der Weihnachtsmann und der Osterhase bereits auf die Toilette geflüchtet sind, als sie ihre Chefin von weitem sahen. Da hieß es die Flucht antreten. Zwei halbleere Milchgläser stehen an der Bar verwaist herum und harren auf die Dinge, die da kommen mögen. Bienen werden vom süßen Honigduft der Milch angezogen. Die kleinen Tiere wollen ihre ihnen entwendete Ernte zurückholen. Diesen Anschein macht es jedenfalls. Den Barkeeper interessiert das alles nicht. Stoisch poliert er Gläser und beobachtet die Gäste.

Wie die drei Saufkumpane an diesem Tag zueinander gefunden haben, sagt eine Menge über die Mitarbeiter von Henriette Pöttchen aus. Gutes Personal zu finden, ich wiederhole mich gern, ist schwierig. Ihr unstetes Leben ist eine Folge der unregelmäßigen Arbeitszeiten. Dieser Vormittag gehört ihnen, denn sie haben spielfrei. Der Frosch hüpfte heute Morgen, von Henriette Pöttchen kommend, gerade in Richtung Heimat, die Pillendose klapperte in seiner Hosentasche, da lief ihm der Nikolaus über dem Weg.

„Das kann ja niemand mit anhören. Was ist das für ein Klappern? Zerfällst du langsam in deine Einzelteile, Froschkönig? Du solltest mal zum Arzt deines Vertrauens gehen."

„Ich komme gerade vom Arzt", entgegnet der Frosch, womit er nicht ganz Unrecht hatte.

„Und? Was sagt der Doktor? Besteht noch Hoffnung?", fragt der Nikolaus.

„Ach hör bloß auf." Der Frosch bricht augenblicklich in Tränen aus. Er schluchzt so, dass dem Nikolaus das Herz weich wird und er selbst mit den Tränen kämpft. Der Nikolaus geht nicht weiter auf das Thema ein, packt den glibbrigen Hüpfer und steckt ihn behutsam in seinen Sack. Gleichzeitig verspricht er dem Kollegen, dass sie gemeinsam in die Avocado Bar gehen und einen trinken. Gegen Kummer helfe allein ein guter Tropfen.

Auf dem Weg zur Avocado Bar läuft ihnen zufällig Hans im Glück in die Arme. Der trägt seine schlechte Laune und die schnatternde Gans umher.

„He, Hans, wohin des Weges?", fragt der Nikolaus gut gelaunt.

„Zur Pöttchen", antwortet ihm Hans missmutig. Die Gans schnattert am laufenden Band.

„Du Ärmster!“ Aus dem Sack des Nikolaus dringt eine weinerliche Stimme.

„Wen hast du denn in deinem Sack versteckt?“, fragt Hans neugierig.

„Den Froschkönig. Wir gehen in die Avocado Bar ein paar Gläschen trinken. Der Frosch benötigt dringend eine Trinkkur. Wenn du verstehst, was ich meine?“, dabei lächelt der Nikolaus vielsagend.

„Na klar. Dafür habe ich volles Verständnis. Ich bin dabei. Wenn ihr wartet, komme ich mit euch. Bin schnell bei unserer Chefin, um etwas zu klären und dann kann’s losgehen.“ Die Stimmung von Hans dreht in eine freundliche, ja ich möchte fast sagen, euphorische Ausgelassenheit.

„Auf fein“, quakt es aus dem Sack.

„Wir warten hier auf dich, Hans“, sagt der Nikolaus.

„Ja, bis gleich“, verabschiedet sich Hans und zieht mit der schnatternden Gans weiter.

Lange müssen die zwei Kollegen nicht auf Hans warten. Der, nennen wir ihn ruhig unglücklicher Hans, steht schnell wieder vor ihnen, die Gans sieht ein wenig gerupft aus, und dann schlagen die drei den Weg in Richtung Avocado Bar ein.

„Und, was gibt es Neues bei der Chefin?“, fragt der Nikolaus, während sie durch die Stadt laufen.

„Nichts, die spinnt wie immer. Ist nicht ganz dicht im Oberstübchen. Wenn die so weitermacht, kündige ich eines Tages. Stell dir vor, dieser Salvatore, ihr Diener, wollte der Pöttchen meine Gans zum Mittagessen servieren.“ Bei diesen Worten schnattert dic Gans besonders laut, so als wollte sie sagen, sie sei wichtig und niemand hätte das Recht, ihr, der großen Künstlerin, nach dem Leben zu trachten.

Gemeinsam ziehen die drei Schauspielstars zur Avocado Bar. Bis dahin ist ein Stückchen Wegs zurückzulegen, weswegen sie im Lebensmittelmarkt eine Flasche Hochprozentigen kaufen, den sie aber nur zu zweit austrinken. Der Frosch wird dabei ganz bewusst vergessen – er sieht ja eh nichts.

Aber wieder zurück in die Bar. Die drei Schauspieler führen hier ihre Unterhaltung weiter: „Du“, sagt der Nikolaus zu Hans und nickt dem Frosch zu, „mein Bruder hat eine Anzeige wegen so einer Chinesin laufen, die ihn, das musst du dir mal überlegen, die ihn, den Weihnachtsmann, überleg dir das mal, nicht kennt. Er hätte ihr albernes Balg belästigt, mit philatelistischem Dingsda oder so. Sagt jedenfalls seine Chefin, äh, also ich meine unsere Chefin, die Pöttchen, und die muss es ja wissen.“

Der Frosch springt ein: „Der Weihnachtsmann ist ein Pädophiler, hat die Pöttchen gesagt.“

„Woher willst du denn das wissen?“, fragt Hans im Glück.

„Als der alte Zausel mit ihr telefoniert hat, habe ich draußen im Vorraum einige von meinen Chlorophylltabletten geschluckt und das Telefonat mit angehört.“

„Und was ist jetzt ein Pädophiler?“, will der Nikolaus wissen.

„Ich glaube“, sagt Hans im Glück, „das ist ein Richter, Rechtsanwalt, Lehrer, Priester oder, na jedenfalls irgendetwas Studiertes. Ich habe in der Zeitung gelesen, dass das immer Leute sind, die was studiert oder irgendeinen wichtigen Posten innehaben. Das ist ein Studienfach. Der Kant und der Hegel haben das auch studiert. Sie sollen sogar Bücher über das Thema geschrieben haben. Kannst du mir glauben.“ Die Gans schnattert derweil aufgeregt. Sie entdeckt soeben Henriette Pöttchen, jedoch keinen der drei scheint ihr Geschnatter zu interessieren.

„Wer sind denn Kant und Hegel?“, fragt der Frosch.

„Ach, unwichtig“, winkt Hans ab.

„Siehst du“, sagt der Nikolaus, „dann ist mein Bruder ein Studierter, wusste ich ja schon immer, sonst wäre er nicht der Weihnachtsmann. Für solch eine Arbeit ist ein Diplom die erste Voraussetzung. Nicht wahr?! Ich habe es mit meiner Ausbildung zum Verkäufer nur bis zum Nikolaus geschafft. Das Schöne dabei ist, dass ich meinen Klienten nicht irgendwelche Sachen aufschwatzen muss. Das finde ich ganz toll. In meinem Job als Verkäufer ging es ständig um diese Verkaufszahlen, aber das ist ja jetzt alles Schnee von gestern. Also, prost Freunde!“ Die drei Kollegen heben ihre Gläser und schauen einander tief in die Augen, soweit ihr Zustand das noch erlaubt.

Der hochprozentige Inhalt verschwindet mit einem unangenehmen Brennen in den Kehlen der drei Kumpane. Unser Froschkönig rülpst und hüpft im Zickzack über den Tresen, die Pfützen von Restalkohol geschickt umgehend. Seine empfindliche, im Moment hellgrün leuchtende Haut reagiert allergisch auf das scharfe Zeug. Wenn der Frosch wüsste, was sein Magen dazu sagen würde, tränke er keinen Wodka. Aber reden sie mal mit einem Frosch. Manche kommen nicht einmal zur Besinnung, wenn längst alles zu spät ist. Die Gans hingegen lebte bis dato alkoholfrei, war ausschließlich dem Gänsewein verfallen. Angewidert schaut sie den Herren beim Trinken zu und knabbert vor sich hin schnatternd ein paar Nüsse, die ihr der Barkeeper, freundlich lächelnd, serviert hatte. So stehen die drei Freunde mit Gans an der Bar und trinken drei weitere Martini beziehungsweise Wodka mit Zitrone. Hans im Glück ist plötzlich der Meinung, er müsse alles bezahlen. Er hätte heute die

Spendierhosen an. Als er dem Barkeeper den Goldklumpen auf den Tresen wirft, herrscht für einen Moment Stille in der Avocado Bar. Alle Gäste schauen zum Tresen und warten ab, was nun passiert. Diese Gelegenheit nutzt Henriette und geht an den Tresen, bezahlt für die drei Saufkumpane und sagt nur: „Jungs, ihr lernt es nie. Und du, Hans, pack deinen Klumpen ein, den brauchst du heute bestimmt noch, stimmt's?" Sie klopft Hans auf die Schulter, lässt die drei Herren stehen und begibt sich wieder in Richtung ihres Büros. Als Henriette gerade die Bar verlassen hatte, kommen rein zufällig der Weihnachtsmann und der Osterhase von der Toilette zurück.

„Habt ihr ein Glück", sagt der Nikolaus, „unsere Chefin ist soeben raus."

„Tja, Glück muss der Menschen haben ...", erwidern die zwei Gabenbringer und grinsen ihre drei Kollegen breit an.

Henriette denkt auf dem Weg ins Büro über ihre Mitarbeiter nach. Was soll sie mit solchen Typen anfangen? Im Grunde genommen sind die für nichts mehr zu gebrauchen. Ein Trauerspiel. Sie sollte mal mit dem Tod sprechen. Vielleicht sieht der eine Lösung? Obwohl, ist das eine Option? Was würde ihr der Tod denn für eine Lösung anbieten? Im Moment, bei seinen Problemen mit dem Teufel, kann sie kaum auf einen kreativen Vorschlag hoffen. Alles, was abseits seines Kerngeschäfts liegt, ist für den Tod eine emotionale Belastung. Mit dieser Herausforderung wollte Henriette ihren Mitarbeiter nicht konfrontieren. Ob der Gevatter überhaupt in der Lage ist, über seinen Tellerrand hinauszublicken? Eine Frage, über die Fachleute seit Anbeginn der Zeit streiten.

Henriette Pöttchen ist wieder zurück in ihrem Haus. Bereits auf dem Flur hört sie das Telefon im Büro klingeln. Nein, eher schreien. Als sie abnimmt. ist der Teufel dran, der die heutige

Vorstellung von „Der Teufel mit den drei goldenen Haaren“ absagt, weil ihm gesteckt worden ist, am nächsten Tag, also morgen, käme wirklich die Steuerprüfung. Er hätte dringende Verpflichtungen gegenüber seiner Mutter. Einige Beweismaterialien müssten für die Steuerfahnder schöpferisch aufbereitet werden. Das Fegefeuer sei dafür besonders geeignet. So jedenfalls der Plan des Teufels. Aus dem Hörer dringt Henriette Schwefelgeruch entgegen. Der üble Gestank zieht gleich in ihre Haare und Kleidung ein. Henriette ist genervt. Der ehemalige Freund des Teufels, wir berichteten bereits, Gevatter Tod, hatte ihn verpfiffen, da der Teufel ihn angeblich beim Pokern übers Ohr gehauen hatte. In solchen Fällen bestraft der Tod seine Gegenspieler mit selbigem, was aber in diesem Fall mehr als absurd wäre und nun hat der Teufel ein echtes Problem an der Backe. Seit Jahren ist es ihm gelungen, seine Geschäftspraktiken zu verschleiern und das Finanzamt hinters Licht zu führen. Natürlich war der Tod die ganze Zeit im Bilde. Minutenlang jammert der Teufel Henriette die Ohren voll. Die hält den Hörer in sicherem Abstand von ihrem Ohr entfernt. Aus der Muschel dringt weiterhin eine gelbe Wolke aus Schwefel. Unangenehm so etwas.

Henriette Pöttchen ist mittlerweile der festen Überzeugung, sie hätte heute wirklich nicht auf Arbeit erscheinen sollen, und sowieso, mit Arbeit vertrödelt der Mensch den ganzen Tag. Sie unterbricht den Teufel in seinem Redeschwall und macht ihm ein Angebot, das der kaum ablehnen kann.

„Mein lieber Freund“, diese Formulierung benutzt Henriette Pöttchen immer dann, wenn die Situation an Ernsthaftigkeit nicht mehr zu überbieten ist, „warum schaltest du nicht eine Gegenanzeige beim Finanzamt und schwärzt den Tod deinerseits an? Das wird todsicher zu einer Lösung führen.“ Sie schüttelt den Kopf über ihre eigene Formulierung. „Der Tod wird

I like good
25
07
16

seine Anzeige zurückziehen, und wenn er genauso handelt, wie ich denke, dann ist die Sache vom Tisch."

„Meinst du? Darauf hätte ich auch kommen können. Die einfachsten Lösungen liegen so nah. Na, da wird meine Mutter erleichtert sein, wenn ich ihr davon erzähle."

„Sag ich doch. Frag deine Agentin, wenn du etwas nicht weißt. Deine Mutter würde ich übrigens aus dem Spiel lassen. Was sie nicht weiß, macht sie nicht heiß."

„Du hast völlig recht, Chefin. Du solltest mich mal in der Hölle besuchen, liebe Chefin. So, ich muss … Mutter wartet. Vielen Dank Henriette, bis bald", sagt der Teufel erleichtert und legt den Hörer auf.

Zeit zum Luftholen? Dieses Privileg verweigert der heutige Tag Fräulein Pöttchen. Die Ereignisse treiben Henriette. Die zweite Hälfte des Tages beginnt mit einem Auftritt von Salvatore: „Fräulein Pöttchen, darf ich Sie erinnern, ihre Heiligkeit, Inkontinenz IV. samt Nichte Antronette fahren soeben vor."

Henriette springt auf und eilt zum Fenster. „Ach du meine Güte, seine Scheinheiligkeit habe ich ja glatt vergessen. Der rote Teppich wird gerade ausgerollt. Und jetzt, kommen Sie Salvatore, das müssen sie sehen. Als Erstes ist ihr bestrumpftes Bein zu sehen, jetzt das rote Kleid. Mit einem weißen Spitzenüberhang, wie eine Braut, wunderschön … Oh nein, was rede ich da nur, das ist ja gar nicht seine Nichte, das ist seine Heiligkeit persönlich. Der trägt wohl die Frauenkleider seiner Vorgänger auf? Vollkommen aus der Mode gekommen. Ich sollte ihm meinen Typberater empfehlen. Und da, das scheint seine Nichte zu sein. Hm, von weitem … ich weiß nicht … Scheinbar reist seine Heiligkeit heute mit kleiner Entourage." Henriette wendet ihren Körper Salvatore zu: „Ist alles vorbereitet?"

„Selbstverständlich, Fräulein Pöttchen. Sie können seine Heiligkeit jetzt empfangen."

„Vielen Dank. Führen Sie seine Heiligkeit und die Nichte in den großen Saal, Salvatore."

Henriette tritt vor den Spiegel und richtet Haar und Kleidung.

„Wollen Sie sich das wirklich antun, Fräulein Pöttchen?", fragt der Spiegel niedergeschlagen.

„Im Leben kann ich mir meine Gesprächspartner leider nicht aussuchen." Henriette zupft ein wenig an ihren Haaren

„Ich drück Ihnen die Daumen, Fräulein Pöttchen." Auf der Oberfläche des Spiegelglases entsteht ein feuchter Belag. Henriette streichelt ihren treuen Spiegel liebevoll am goldenen Rahmen.

„Danke für dein Mitgefühl. Du bist ein echter Freund." Die Feuchtigkeit auf dem Spiegelglas kondensiert zu Tränen. Ein Schluchzen erfüllt den Raum. Die Computer stimmen ein trauriges Pfeifkonzert an.

Henriette holt Luft und geht entschlossen zur Tür, die ihr Büro mit dem großen Saal verbindet. Sie öffnet diese und tritt ein. Der Saal ist riesig und überaus geschmackvoll eingerichtet. An seinen Wänden wechseln sich große Spiegel mit Allegorien ab, die Szenen aus verschiedenen Märchen darstellen. In jeder Szene sind frivole Anspielungen versteckt. Im Saal selbst, auf dem Parkettboden, stehen keine Möbel. Nur ganz in der Mitte ist für den heutigen Besuch seiner Heiligkeit ein opulentes Büffet aufgebaut. Seiner Heiligkeit eilt der Ruf eines Gourmets voraus. Dafür ist er bekannt und gefürchtet. Von Entwicklungsländern wird er seit Jahren nicht mehr eingeladen, seitdem er einmal die halbe Ernte eines afrikanischen Staates verschlungen hat. Das gab damals ein Theater. Die Welternährungsorganisation glich die Sache stillschweigend aus und versorgte seine Inkontinenz IV. mit dem Allernotwendigsten, damit wenigstens der Rückflug gesichert war.

Henriette holt erneut tief Luft, seufzt und schreitet voller Selbstvertrauen voran. Am Ende des Saales öffnet sich die Tür und ihre Gäste betreten den großartigen Raum von der anderen Seite her. Henriette erkennt ihre Besucher kaum, so klein wirken sie aufgrund der Entfernung. Nach zehn Minuten des Aufeinanderzuschreitens stehen sie endlich einander gegenüber.

„Meine liebe Heiligkeit", Henriette beugt Knie und Haupt vor seiner Heiligkeit Inkontinenz IV. und küsst, mit breitem Grinsen, die beringte Hand, „welch eine große Ehre, Sie bei mir begrüßen zu dürfen, eure Inkontinenz IV." Seine Heiligkeit ist ganz gerührt. Überhaupt nicht verändert, diese Pöttchen, seit unserem letzten Treffen, denkt Inkontinenz IV.

„Die Ehre, liebe Henriette, liegt ganz auf unserer Seite. Ein kleines Weilchen ist es her, dass wir uns begegnet sind. Wann war das nur …" Seine Heiligkeit denkt nach. Im Hintergrund steht die vermeintliche Nichte Antronette. Sie blickt schüchtern zu Henriette hinüber.

„Wenn ich eurer Heiligkeit behilflich sein darf: 1812. Die unglücklich verlaufene Sache mit den Gebrüdern Grimm. Ich habe sicherlich ihre Erinnerungen geweckt."

„Oh ja, die Gebrüder Grimm. Der Plagiatsstreit, den Wir geschlichtet haben. So wie Wir ja bereits eine Menge von Streitigkeiten in der Weltgeschichte zu unseren Gunsten geschlichtet haben."

„Sie sagen es, eure Heiligkeit. Da bin ich ganz auf ihrer Seite." Manchmal spielt Henriette Pöttchen eine vorzügliche Heuchlerin. Sie macht sogar ihrer Scheinheiligkeit alle Ehre und Konkurrenz.

„Die Zeit vergeht, liebes Fräulein Pöttchen. Der Allmächtige hat mit uns Erdenwürmern kein Erbarmen." Dabei schlägt seine Heiligkeit ein Kreuz, das seine Nichte, zeitverzögert und unsicher, imitiert. Seine Heiligkeit fährt fort:

„Die Gebrüder Grimm, ich fand sie nett und authentisch. Sie waren anständige Menschen. Ihre Märchen sind Teil unserer Auffassung von dieser Welt. Das Gute siegt über das Böse. So gefällt uns die Welt. Wenn ich nur an diesen Hans Christian Andersen und seine anarchistischen Märchen denke! ‚Des Kaisers neue Kleider', unmöglich so etwas. Stellt den Kaiser und damit auch uns, die den Kaiser gesalbt haben, vor dem Volk bloß. Kein Respekt, diese Protestanten." Seine Heiligkeit bekommt einen hochroten Kopf. Henriette denkt, das passt gut zu seinem rotweißen Gewand. Das Rot verschwindet so schnell wie es gekommen ist und Inkontinenz IV. wechselt das Thema.

„Kommen wir zum eigentlichen Grund meines Besuches: Darf ich Ihnen meine Nichte Antronette vorstellen … Komm", seine Inkontinenz IV. winkt das unbeholfen wirkende Geschöpf freundlich lächelnd heran, „mach bitte einen Knicks, mein Kind." Antronette folgt der Aufforderung ihres vermeintlichen Onkels gehorsam.

Henriette nickt ein wenig mit dem Kopf und beschaut die Nichte durch ihre Lorgnette von oben bis unten. Sie denkt: „Oh je, hübsch ja, Verstand nein. Typ Blondchen. Besser in der Werbewirtschaft einzusetzen. Zum Verkauf von Dingen, die die Menschheit nicht braucht."

„Nun, eure Heiligkeit, wollen wir nicht ein wenig spazieren gehen? Platz soll hier genug für uns sein."

„In der Tat, Fräulein Pöttchen." Der Blick des Scheinheiligen schweift in den endlosen Weiten des Saales umher. Ein wenig irritiert über den Vorschlag, den Saal zu Fuß auszumessen, stimmt seine Heiligkeit zu. Erst jetzt wird ihm richtig bewusst, dass die Räumlichkeit kein Inventar beherbergt. Außer diesem Büffet, dessen Leckereien er bisher leider nicht erkennen kann und dessen Düfte seine Nase über Gebühr beanspruchen. Insgeheim hofft seine Inkontinenz auf ein standesgemäßes Mahl. Er blickt aus Verlegenheit kurz an die nächstgelegene Wand und sein Gesicht überzieht ein Lächeln. Diese Allegorien sind wirklich gut gearbeitet. Eine derartige Qualität ist, außer bei ihm zu Hause, nirgends auf der Welt zu finden. Er will Henriette dazu eine Frage stellen, doch dann sieht er bei dem kleinen Hänsel aus dem Märchen ‚Hänsel und Gretel' etwas Merkwürdiges, oder vielleicht ist das doch nur ein Faltenschlag in seiner Hose. Und da! Die Eltern der Kinder. Was machen die im Bett? Seine Inkontinenz IV. ringt um Fassung. Als Profi in solchen Dingen hält er seine Emotionen im Zaum und bewahrt Contenance. Er findet schnell zum Anliegen seines Besuches zurück.

„Warum ich Sie besuche, Fräulein Pöttchen", seine Heiligkeit nimmt Henriette vertrauensvoll in den Arm und schreitet mit ihr weiter, während Antronette ihnen in gebührendem Abstand folgt, „die junge Frau an meiner Seite ist meine Nichte, und ich will sie bei Film und Fernsehen unterbringen. Besteht denn Hoffnung? Was denken Sie, Fräulein Pöttchen, nach dem ersten Eindruck?" Der Heiligenschein blickt gebannt auf Henriettes Lippen.

„Für Hoffnung, eure Heiligkeit, bin ich nicht die kompetente Ansprechpartnerin. Das fällt in ihre Zuständigkeit."

„Ich weiß, Glaube und Hoffnung sind unsere Kernkompetenzen. Aber mal ehrlich, Fräulein Pöttchen, Sie wissen, auf was ich hinauswill." Seine Heiligkeit zeigt ein wenig Ungeduld, da ihm sein Anliegen peinlich ist. Er und ein Bittsteller, in dieser Rolle fühlt seine Inkontinenz IV. ein gewisses Unwohlsein.

„Was bringt denn das Fräulein Antronette für Referenzen mit?“ Fräulein Pöttchen hat Zeit und lässt ihren Gesprächspartner zappeln. Henriettes Entscheidung ist längst gefallen. Beim ersten Blickkontakt mit Antronette ist ihr klar, diese „Nichte“ kann überall mitspielen, nur in keinem Kindermärchen. Die Dame passt eher in einen Film für Erwachsene. Einen Film, der mit wenigen Kostümen auskommt und dem Auge des Voyeurs schmeicheln will. Über den Geschmack seiner Heiligkeit ist Fräulein Pöttchen einigermaßen entsetzt. Womöglich das Alter oder die schwindende Sehkraft. In anderen Ländern stolpern Staatschefs gewöhnlich über solcherlei Affären. Seine Heiligkeit sitzt das wie eh und je aus. Und wenn sie nicht seine Nichte wäre, dann wäre das junge Ding wohl die Haushälterin seiner Heiligkeit.

„Wie soll ich das beschreiben?“ Seine Heiligkeit windet sich einem Wurm gleich und denkt, die Pöttchen ist immer noch so direkt wie vor über zweihundert Jahren. Sehr unbequem, solch eine Frau. Außerdem riecht sie nach Schwefel. Komisch. Sie wird doch nicht? Der Teufel, ja richtig. Der steckt seine Nase überall rein. Arbeitet ja, wie der Tod und andere zwielichtige Knaben, bei Fräulein Pöttchen. Mit wem hat die denn keine Geschäftsbeziehungen? Seine Heiligkeit schlägt ein Kreuz, was Antronette ohne Aufforderung imitiert. Henriette ist vom Kreuz schlagen seiner Heiligkeit hingegen irritiert. Sie schweigt lieber.

„Die Sache ist zu einem guten Teil sehr diffizil, wenn Sie verstehen. Antronette ist womöglich talentfrei“, merkt Henriette an.

„Na, nicht ganz. Ihre Qualitäten liegen im Verborgenen. Sie da herauszuarbeiten, erfordert viel Fingerspitzengefühl“, sagt seine Heiligkeit eher zu sich selbst als an Henriette gerichtet. „Deshalb möchte ich sie in ihre Hände geben, Fräulein Pöttchen. Sie machen aus allem Gold. Antronette ist wie ein ungeschliffener Diamant. Sie verstehen, was ich meine.“ Er blickt Henriette von der Seite an.

„Bin ich denn die Heilige Mutter Kirche, die über eine solche Fähigkeit verfügt?“

„Darüber zu befinden sollten wir IHM überlassen.“ Die Blikke von Inkontinenz IV. gehen nach oben. „Wir sind einzig und allein die Arbeiter im Weinberg unseres Herrn. Wir bestellen sein Feld und warten, welche Früchte ER uns beschert.“ Seine Blicke gleiten auf dem Rückweg die Wand entlang. Ein weiteres Bild mit verwirrender Darstellung erregt im wahrsten Sinne des Wortes die Aufmerksamkeit von Inkontinenz IV. Seine Heiligkeit ringt mit seinem Gewissen und seiner Fassung. Er schaut genauer auf das große Wandbild. Er hat richtig gesehen. Der Wolf liegt mit einer Frau im Bett. Für die Großmutter ist sie zu jung, für Rotkäppchen zu alt. Dann kann das folglich nur die Mutter sein. Wenn Antronette das sieht? Um Gottes willen! Aber nein. Sie versteht das Dargestellte nicht. Gott sei Dank! Die innere Aufgewühltheit unseres Schürzenträgers lässt schnell nach.

„Der Herr gibt’s den Seinen. Die einen arbeiten im Weinberg und ernten goldene Trauben, die anderen suchen nach einer sinnvollen Beschäftigung ...“

„Das liegt einzig und allein an Unserer Bescheidenheit. So etwas belohnt der Weltenlenker.“ Seine Heiligkeit schlägt erneut ein Kreuz. Henriette denkt: Wenn das mit dem Kreuz schlagen so weitergeht, dann wirbelt der heilige Kleiderständer hier noch eine Menge Staub auf.

„Ich habe Sie seit ewigen Zeiten nicht mehr in der Messe gesehen, Fräulein Pöttchen.“

„Eure Heiligkeit, der Messwein, den verträgt mein Magen nicht."

„Wieso denn das? Wir importieren unseren Wein aus südlichen Gefilden. Beste Qualität."

„Das mag sein. Mein Problem liegt ganz woanders. Euer Wein ist viel zu dünn. Das schlägt mir auf den Magen. Mein Sodbrennen … sehr unangenehm das. Dem Wein eurer Heiligkeit fehlt die Tiefe und Ausgewogenheit."

„Das tut mir sehr leid, Fräulein Pöttchen. Ich werde umgehend Sorge tragen, dass Sie eine Kiste allerfeinsten Rebensafts aus meinem privaten Keller erhalten. Wir müssen sparen, wie überall. Das beginnt beim Wein … Wir denken darüber nach, die Messe zu optimieren, das erspart uns Arbeitsleistung. Die Kosten laufen aus dem Ruder. Sie glauben gar nicht, was so eine heilige Messe kostet. Dank unserer Freunde von der Unternehmensberatung ‚Himmelwärts' stellen wir uns gerade neu auf. Aber lassen wir das Thema ruhen. Zurück zu meiner Nichte Antronette. Ich stelle sie mir in der Rolle einer Prinzessin vor. Was sagen Sie dazu, Fräulein Pöttchen?"

„Prinzessin?", sagt Henriette nachdenklich. „In ihrem Alter? Sie geht höchstens als Königin durch, mit Verlaub, eure Heiligkeit."

„Ihr Traum ist, eine Prinzessin zu sein. Ganz in Rosa. Mit Tüll, Kleidchen, ein bisschen Tutu und Schleifen im Haar. Ich habe ihr …", jammert seine Heiligkeit, „… versprochen …"

„Und jetzt soll ich Ihm sein Versprechen erfüllen, damit aus dem Versprechen kein Versprechen wird. Obwohl eure Heiligkeit gerade in diesen Dingen geübt sein sollte." Henriette schaut seine Scheinheiligkeit von der Seite an.

„Trefflicher hätte ich die Situation nicht beschreiben können, Fräulein Pöttchen.“ Der Heilige mit dem Schein drückt seine beringte Hand in die ihrige.

„Ich werde sehen, was ich machen kann, eure Heiligkeit. Versprechen kann ich Ihnen nichts.“ Henriette lächelt seine Heiligkeit vielsagend an. Der versteht sofort, was sie meint, und sein Lächeln ist nachsichtig. Inkontinenz IV. denkt: Jetzt will mich die Pöttchen erpressen. In diesem Moment hasst Inkontinenz IV. Antronette und seine Schwäche gegenüber Frauen. Er schaut nach oben und denkt: Warum prüft mich mein Chef denn fortwährend? Hätte ich die dumme Trulle damals in der schwülen Gewitternacht bloß nicht … Sie mit ihrem vom Regen durchnässten Dirndl. Der Busen, der, so schien es, fast aus der stofflichen Verankerung zu fallen drohte. Immer diese Barmherzigkeit und die Nächstenliebe. Jetzt ist es leider zu spät. Seine Heiligkeit kennt seine Schwäche für Frauen mit blonden Haaren, die ihn immer so naiv-kindlich ansehen und dabei ihren Finger um die purpurroten Lippen kreisen lassen. In solchen Augenblicken erwacht in ihm sein väterlicher Beschützerinstinkt. Dabei, und das verwundet seine Inkontinenz selbst am allermeisten, darf er aus beruflichen Gründen gar kein Vater sein. Er weiß in diesen Momenten nur, dass er handeln muss.

Henriette wechselt das Thema. „Da wäre noch etwas. Die alte Geschichte. Die besagte Geschichte, mit der wir seit Jahren über Kreuz liegen. Ich hoffe, ich trete eurer Heiligkeit nicht zu nahe?“ Henriette schaut den Berufsheiligen an ihrer Seite fragend an.

„Ah, ich kann mir denken, worauf Sie hinauswollen, Fräulein Pöttchen. Die Sache mit Rotkäppchen und dem Pileolus. Ja, der Heilige Tisch drängt seit Jahren auf eine Lösung, wie Sie wissen. In dieser Angelegenheit kann ich Ihnen nichts Neues berichten, Fräulein Pöttchen.“

„Die Fronten sind also weiter verhärtet? Sehe ich das richtig?“, bohrt Henriette nach.

„So würde ich das nicht beschreiben, Fräulein Pöttchen. Es bestehen unterschiedliche Auffassungen in dieser Angelegenheit.“ Seine Inkontinenz IV. windet beide Hände ineinander.

„Ich für meinen Teil werde an der Ausstattung des Rotkäppchens festhalten. Was sollen die Kinder sagen? Ich gehe davon aus, dass eure Heiligkeit sicherlich in dieser Sache und mit Blick auf Antronette von der legendären Flexibilität der Kirche Gebrauch machen wird.“

Seine Inkontinenz IV. wird plötzlich kreidebleich und seine sonst ausgesprochen farbenfreudige Nase verblasst. Schweißperlen tanzen glitzernd auf der Stirn seiner Heiligkeit und eine unterschwellige Nervosität, die von ihm in Form pulsierender Strahlen ausgeht, scheinen den gesamten Raum zu erfassen.

Henriette sieht ihre Gelegenheit gekommen. Dazu hängt sie ihren linken Arm in seinen rechten ein und wird vertraulich. Sie bedrängt den Heiligen Aufträger alter Spitzentischdecken förmlich.

„Unser Streit währt seit ewigen Zeiten. Niemand hat ein Interesse an seinem Fortgang. Ich verstehe nicht, warum die Heilige Mutter Kirche dem Mädchen nicht sein rotes Käppchen gönnt?“

„Nun ja, Fräulein Pöttchen, die Kirche, wie soll ich sagen, wir haben eine gewisse Affinität gegenüber Mädchen. Vor allem“, er hebt seinen linken Zeigefinger, „Jungfrauen haben es uns angetan. Sie sind für uns einzig und allein wertvoll. Ihre Reinheit und Keuschheit, Fräulein Pöttchen, sind die Säulen unserer Mutter Kirche. Und das mit Rotkäppchen könnte unsere Zielgruppen verwirren. Unseren Gedanken sozusagen Konkurrenz machen.“

„Sie glauben also, eure Heiligkeit, Rotkäppchen ist eine Bedrohung für die Kirche?"

„Ja, Fräulein Pöttchen, wenn einer glaubt, dann wir. Zumal, wie Sie sagen, hier eine echte Bedrohung vorliegt. Außerdem, darf ich Sie daran erinnern, wir besitzen die Lizenz zum Glauben. Und Rotkäppchen ... so ganz allein im Wald, dazu der böse Wolf. Das weckt bei einem kleinen Teil der bei uns festangestellten Mitarbeiter gewisse Assoziationen. Von den Träumen die meine Mitarbeiter quälen, fast möchte ich sagen: nötigen, will ich lieber schweigen. Vor diesen seelischen Qualen muss ich sie schützen." Seine Heiligkeit wirkt jetzt sehr entschlossen.

„Ein kleiner Teil ihrer Mitarbeiter, sagen Sie ... der weitaus größere Teil frönt anderen, ich will es mal so formulieren, Hobbies."

„Nennen Sie die Dinge, wie Sie wollen ... Wir sind zu Höherem berufen, Fräulein Pöttchen."

„Ich bin die Vertreterin der Kinder. Und die Kinder haben ein Recht, Märchen zu lesen, zu hören und zu sehen. Mit ihren Stars. So wie ihre Mütter und Väter und deren Mütter und Väter."

„Das Recht bestreitet niemand. Aber die Kleine muss eine andere Kopfbedeckung tragen. Womöglich sollte die ganze Figur neu angelegt werden. Es könnte auch ein Junge ..." Was rede ich da, denkt seine Inkontinenz IV. Ich verliere während der Unterhaltung mit Fräulein Pöttchen meinen Kopf, im schlimmsten Falle meinen Verstand. Außerdem steht fest: Ob Junge oder Mädchen, beide stellen für uns eine Gefahr dar.

„Nein", sagt Henriette fest entschlossen.

„Nein?", wiederholt seine Heiligkeit ungläubig.

„Nein, das ist mein letztes Wort. Den Kindern zu liebe. Und allen Erwachsenen, die an Märchen glauben." Henriettes Aussage wirkt wie in Stein gemeißelt.

„Fräulein Pöttchen, das mit dem Glauben könnten wir übernehmen. Darf ich Sie daran erinnern, dass es nur einen wahren Glauben gibt! Die Lizenz dafür besitzen wir." Der heilige Tischdeckenträger wittert seine Chance.

„Das sagen alle, die sich darauf berufen. Eure Heiligkeit sollte das Thema mit den Vertretern der anderen Religionen ausdiskutieren. In dieser Frage bin ich die falsche Gesprächspartnerin."

„Ich sehe in diesem Punkt keine Diskussionsgrundlage, meine liebe Henriette. Die Fronten zwischen den Religionen bleiben seit Jahrhunderten unverändert verhärtet." Seine Heiligkeit setzt ein schmerzerfülltes Gesicht auf und fährt fort: „Die Geschichte mit dem Kreuz, daran haben wir seit Jahren zu tragen, wie der Sohn des Herren damals. Sie erinnern sich, Fräulein Pöttchen. Als junger Mann nahm ich selbst einmal das Kreuz, und nun macht mir mein eigenes so zu schaffen. Das ist schon ein Kreuz mit dem Kreuz."

Henriette kann alte Männer, die einen Hang zur Hypochondrie entwickeln, nicht ausstehen. Sie wechselt das Thema:

„Sie haben Antronette vergessen, eure Heiligkeit. Wie wollen wir in ihrem Fall verbleiben?"

Mittlerweile ist die Gesichtsfarbe seiner Heiligkeit Inkontinenz IV. in tiefstes Dunkelrot gewechselt. Seine Antronette hat er über all den Ärger mit dieser renitenten Henriette, diesem Fräulein, vergessen. Um einen Skandal zu vermeiden, die Nichte weiß zu viel, muss er ihr etwas bieten und seine Versprechungen erfüllen. Was tun? Guter Rat ist teuer. Im Grunde kommt er zu dem Eingeständnis, er, Seine Heiligkeit Inkontinenz IV., steht unter der Fuchtel der Frauen. Jede auf ihre Weise setzt ihn unter

Druck. Antronette wegen … an dieser Stelle bricht er seine Gedanken ab, und Henriette ist einfach nur störrisch. Sie weicht keinen Millimeter von ihrer Linie ab. Verhandlungen mit ihr führten nie zu einem für die Kirche befriedigendem Ergebnis. Und das muss alles gerade ihm passieren. Hätte er nur auf die großen Kirchenlehrer gehört. Oder wenigstens auf diesen Atheisten Nitzsche. Frau und Peitsche, so hätte er sich Antronette vom Leibe halten können. Unsere Kirche ist zu barmherzig und misst der Nächstenliebe viel zu viel Bedeutung bei, findet seine Heiligkeit. Das trifft auch auf ihn zu. Seine Scheinheiligkeit ändert die Strategie.

„Fräulein Pöttchen, dem Glück meiner Nichte soll nichts im Wege stehen. Ebenso soll das kleine rote Käppchen uns nicht länger trennen. Schließlich haben wir eine Menge gemeinsam: Denken Sie nur an die vielen Wunder, die Ihnen und uns, ja, ich kann sagen den Gläubigen, täglich widerfahren. Allein hieraus sollten wir unsere gemeinsame Kraft und den Optimismus schöpfen. Alles Alte beiseitelassen und in die Zukunft schauen."

„Eure Heiligkeit beschämen mich. Natürlich werde ich alles tun, um Fräulein Antronette eine Rolle zu verschaffen. Sie ist doch noch Fräulein?" Henriettes Blicke sowie die Frage treffen seine Scheinheiligkeit unerwartet. Dieses ist seiner Inkontinenz IV. sichtlich peinlich. Er faltet seine Hände und schaut hoch zu seinem Chef: „Das möge der Herr allein wissen."

„Und ich dachte, eure Heiligkeit sei informiert. Eine Prinzessin sollte, wegen der Kinder und überhaupt …"

„Ich verstehe Fräulein Pöttchen. Ich glaube im Alter meiner Nichte ist dies schwierig zu beurteilen …"

„Schauen Sie mich an, eure Heiligkeit." Henriette breitet die Arme vor der weißen Tischdecke aus.

„Oh ja, Fräulein Pöttchen, davon fehlt es unserer Kirche. Keuschheit und Reinheit. Wer kann das heute noch von sich behaupten?“ Seine Heiligkeit schlägt ein Kreuz, das fast über ihm zusammenzubrechen droht. Das alles macht einen zutiefst theatralischen Eindruck. Er scheint damit sein schlechtes Gewissen, einem Voodoo-Priester gleich, fortscheuchen zu wollen.

„Dann würde ich sagen, die Verhandlungen sind erfolgreich abschlossen.“ Seine Inkontinenz lächelt über die Aussage von Henriette, und in seinem Kopf fliegen die Gedanken hin und her. Plötzlich steht neben Henriette, wie aus heiterem Himmel, Salvatore mit Schreibset und Papier. Viel Papier. Sehr viel Papier.

„Fräulein Pöttchen, die Vertragsunterlagen“, flüstert Salvatore so, dass auch seine Heiligkeit die Worte hören kann.

„Danke Salvatore, legen Sie die Unterlagen bitte auf den Tisch neben das Bufett.“

Seine Heiligkeit ist vollkommen überrumpelt. In kurzer Entfernung steht hinter ihm ein nicht enden wollender Tisch, auf dem erlesene Speisen ihrem Verzehr entgegenfiebern. Der Duft von allerlei Köstlichkeiten umweht plötzlich die Nasen der beiden Gäste.

„Unseren Vertag sollten wir feiern. Salvatore, den Riesling aus der Steillage bitte.“ Henriette klatscht in die Hände.

Die Augen seiner Heiligkeit können kaum fassen, was sie da auf dem Tisch angerichtet sehen. Mit Genuss, seine Umgebung ausblendend, schreitet der Gast von Henriette Pöttchen der Tafel und ihren Freuden entgegen. An der Tafel angekommen, ergreift er den goldenen Füllfederhalter, den ihm Salvatore reicht, und mit seinem auf die Köstlichkeiten gerichteten Blick unterschreibt seine Inkontinenz IV. in absoluter Trance den Vertrag. Henriette entzieht ihm schnell das Papier und Salvatore reicht den beiden Vertragspartnern und Antronette die Gläser mit edlem Riesling. Sie stoßen an und richten ihre Aufmerksamkeit auf die Köstlichkeiten.

Seine Heiligkeit ist entzückt von den vielen Delikatessen. Fleisch, Gemüse, Obst, Käse, Brot, Naschwerk in allen erdenklichen Variationen. Dazu Getränke in Hülle und Fülle. Das Herz seiner Heiligkeit Inkontinenz IV. schlägt höher und höher.

„Fräulein Pöttchen, nein, womit haben meine Nichte und ich das verdient. Soviel Aufmerksamkeit." Seine Heiligkeit kann es einfach nicht lassen. Sein Arm greift, obwohl sein Hirn dagegen ist, über die Tafel und pflückt eine Weintraube.

„Eure Heiligkeit, ich habe mir erlaubt, obwohl es ja bei Ihnen nicht gern gesehen ist, zumal in der Fastenzeit, fleischliche Genüsse zu servieren."

Seine Heiligkeit wird rot im Gesicht. „Fräulein Pöttchen, Sie meinen bestimmt andere Genüsse, von denen wir uns tatsächlich fernhalten sollten." Er faltet seine Hände zum Gebet und schaut nach oben. Jedoch lenken die vielen Köstlichkeiten auf der Tafel seine Inkontinenz IV. ab. Sein Fleisch ist schwach und erst der Wille. Salvatore reicht ihm ein goldenes Tellerlein, und von da an ist seine Heiligkeit nicht mehr zu halten. Wie ein Arbeiter im Weinberg des Herrn arbeitet Henriettes Gast in Zusammenarbeit mit seiner Nichte das Büfett ab.

Nach einigen Minuten verabschiedet sich Henriette Pöttchen von ihren Gästen und übergibt sie den treusorgenden Händen von Salvatore. Mit dem Vertrag unter dem Arm betritt sie ihr Büro und schließt das wertvolle Papier in den Safe ein. Endlich ist der seit Jahrhunderten schwelende Streit um das rote Käppchen entschieden. Jetzt heißt es, diese Antronette in eine Rolle zu packen. Bloß, in welche? Henriette würde dazu bestimmt etwas einfallen.

Seine Inkontinenz ist derweil beschäftigt. Es wird bis tief in die Nacht dauern und Salvatore so manchen Nerv kosten bis der Heilige Kostgänger und die anhängige Nichte Antronette den Saal unter vielen Grüßen an Fräulein Pöttchen verlassen werden. Darüber werden wir zu gegebener Zeit berichten.

In der Zwischenzeit nimmt der Wahnsinn in Henriettes Büro seinen Lauf. Ein Computer pfeift mittels seines Überdruckventils eine beschwingte Melodie. Andere Geräte fallen daraufhin ein und so entsteht ein kleines Konzert. Erst nach Henriettes ermahnendem Blick stellen die Geräte ihre, sagen wir mal, Geräusche ein. Das musikalische Talent der Maschinen ist ausbaufähig, im Moment jedoch sehr gewöhnungsbedürftig. An der Bürotür ist ein zaghaftes Klopfen zu vernehmen. Henriette ruft in schneidendem Ton: „Herein". Sie ahnt weiteres Ungemach.

Ihr Bruder Hans-Peter betritt schüchtern den Raum. Ungewöhnlich, denn das widerspricht seinem Naturell.

„Hallo Hans-Peter", sagt die Schwester verwundert, „wie siehst du denn aus? Also wirklich, mein lieber Bruder. Jedes Mal bringst du etwas Neues mit. Unmöglich, dieses Transen-Outfit … Bist du wieder zum anderen Ufer geschwommen?" Henriette schüttelt mit dem Kopf und blickt angestrengt durch ihre Lorgnette. „Wer hat dir das denn verpasst? Die Kleider, deine Figur, die Muster … Das sieht ja fürchterlich aus. Wenn das deine, unsere Eltern sehen würden … Wer auch immer dir diese Sachen angezogen hat, von Geschmack hat dieser Jemand keinen blassen Schimmer. Wenn du dein Image verändern willst, gebe ich dir, als deine Schwester, einen Rat: Mach lieber einen auf intellektuellen Spießer. Schließlich hast du das entsprechende Gesicht und trägst die dazu passende Brille, mein kleiner Schwerenöter." Henriette ist aufgestanden und fasst ihren Bruder an sein Kinn, was dieser überhaupt nicht leiden kann. Seine Schwester spielt allzu gern die fürsorgliche Mutter.

„Sag so etwas nicht, liebe Schwester. Die Kleidung, die ich trage, überließ mir ein berühmter Designer. Er ist dafür bekannt, nur Magermodels, also fleischgewordene Kleiderständer, auf den Laufsteg zu schicken. Sieht fürchterlich aus, ich weiß. Bei manchen Männern scheint so ein junges Ding, bei dem man auf den Rippen Klavier spielen kann, die erotischen Fantasien zu beflügeln. Mich kleidete der Künstler ganz nach meinem Geschmack ein. Mein Bodymaßindex liegt im grünen Bereich."

„Berühmter Designer? Was heißt das schon, berühmt zu sein? Damit kann dein prominenter Designer im Jenseits keine Türen öffnen. Jedenfalls ziehst du die Sachen sofort aus. Und von wegen Geschmack." Henriette kehrt die Resolute hervor. Sie greift beherzt zu und reißt ihrem Bruder das rosarote Kleid mit dem großflächigen Blumenmuster vom Leib. Den Hut, auf dessen breiter Krempe ein ganzer Obstsalat drapiert ist schmeißt sie gleich mit in den Mülleimer. Im gleichen Atemzug wischt sie Hans-Peter die Schminke aus dem Gesicht. Dazu muss ich an dieser Stelle bemerken, dass Hans-Peter in dieser Situation nicht nackt vor seiner Schwester steht. Er trägt unter dem Kleid seinen Konfirmandenanzug auf, der natürlich ein wenig knapp sitzt. Trotzdem gefällt er Henriette so am besten, weil er darin jünger wirkt und seinen Marktwert steigern kann. Henriette wird plötzlich klar, warum ihr Bruder Hans-Peter solchen Erfolg bei Frauen hat. Er erscheint in seinem viel zu kleinen Anzug mit der runden Brille hilflos. Dass sein Aussehen die Mutterinstinkte seiner weiblichen Fans weckt, ist kein Wunder. Henriette Pöttchen schüttelt beim Anblick des Bruders den Kopf.

Sie geht zu ihrem Schreibtisch zurück und lässt ihren Körper in den Sessel fallen. Hans-Peter nimmt auf dem Besucherstuhl ihr gegenüber Platz.

„Sag mal, wie kommst du plötzlich auf die Idee, ein Transvestit sein zu müssen? Ist wohl wieder ein neuer Marketinggag von deinem Manager? Erst bist du vom anderen Ufer und jetzt ein Transvestit. Was für eine Idee erwartet deine Schwester das nächste Mal?"

„Nee, der weiß nichts davon. Ich wollte Eugenhart damit überraschen. Die Überraschung ist nun passé."

„Die Überraschung wäre dir gelungen. Sein schwaches Herz wäre ausgestiegen bei deinem Anblick. Darf ich dich daran erinnern, mein lieber Bruder, dein Manager ist 92 Jahre alt. Der hätte dich nicht einmal erkannt. Eventuell hätte er dir einen Antrag gemacht. Er soll ja in seiner Jugend ein Lüstling gewesen sein. Fest steht, du sahst in den Klamotten zum Fürchten aus. Hans-Peter, du solltest dich in Sachen Imagefragen mit Eugenhart besprechen. Denk daran, du kassierst sonst eine Vertragsstrafe. Einfach mal so das Geschlecht wechseln oder seine sexuellen Neigungen – das ist unmöglich. Und was sollen deine weiblichen Fans sagen? Hast du dir darüber mal Gedanken gemacht? Solche Dinge solltest du erst aus der Schublade ziehen, wenn deine Karriere optimal läuft. Damit kannst du gezielt Aufmerksamkeit erregen. Wir wollen ja nicht, dass du irgendwann auf der Stufe eines C-Promis landest."

„Ich weiß, aber seit einer Woche ist mir so blümerant und da dachte ich … Diese Hitzewallungen."

„Dachte ich … Die Wechseljahre werden es ja wohl kaum sein … in deinem Alter …", unterbricht ihn seine Schwester, „Denken solltest du den Erwachsenen überlassen, mein lieber Hans-Peter, wenn du mal angefangen hast zu denken, kam nie etwas Vernünftiges dabei heraus. Ich erinnere mich daran, als du gegen den Drachen gekämpft hast, welch idiotischer Einfall von dir. Das Geschrei vom Professor habe ich heute noch im Ohr. Zusätzlich hatte ich dann den Heiligen Georg am Hals, der mir mit einer Unterlassungsklage drohte. Schließlich sei das seine Nummer, mit der er seit Jahrhunderten über Land ziehen würde, und diese Nummer würde er sich nicht von so einem Milchbubi, das hat er wirklich über dich gesagt, kaputt machen lassen. Ich habe Georg versprechen müssen mit ihm Essen zu gehen. Der alte Lüstling kommt kaum noch auf sein Pferd, in seiner rostigen Rüstung, aber bei Frauen die ganz große Nummer abziehen wollen. Bei dem tut mir nur der Drache leid, der immer einen auf ‚Ich bin der Böse und deswegen muss ich gleich sterben' machen muss. Dabei ist er ein ganz patenter Kerl, bescheiden und grundsolide, Frau und zwei Kinder, ein kleines Häuschen in der Vorstadt. Da soll sich diese aufgeplusterte, mit rostigen Intarsien versehene Blechschachtel Georg mal ein Beispiel nehmen, dieser fahrende Hallodri. Über dem Eingang seiner halb verfallenen Burg steht ‚Mon Pläsir'. Und überhaupt, deine Hitzewallungen kannst du dir aus dem Kopf schlagen, lieber Hans-Peter. In diesem Punkt bin ich als Frau die Spezialistin. Beenden wir das Thema. Ich rege mich bloß auf. Ich schmeiße den Fummel da weg, und du hörst auf, eine Frau sein zu wollen, verstanden? Damit verdienst du kein Geld. Die Nummer ist bereits von anderen besetzt, du bleibst, wer du bist, Hans-Peter Pöttchen, ist das klar?"

„Ja, Schwesterherz", sagt Hans-Peter beschämt und zugleich erleichtert. Als Frau ist Hans-Peter in das Büro eingetreten, jetzt verlässt er es wie ein überglückliches Kind im Konfirmandenanzug. Nicht, ohne dass sie ihm noch die versprochenen Tabletten, die sie ihm eigentlich schicken wollte, in die Hand drückt.

Bunte Placebos gefüllt mit Schokolade. Hans-Peter ist das egal, Hauptsache er hat eine Beschäftigung. Eigentlich, so denkt Henriette, könnte er mit dem Froschkönig eine Wohngemeinschaft gründen. Sie könnten einander in die Arme fallen und über ihre Empfindlichkeiten oder besser gesagt Befindlichkeiten philosophieren.

An der Tür zum Büro, beim Verlassen desselben, stößt Hans-Peter fast mit Rotkäppchen zusammen, die ihm einen lüsternen Blick zuwirft, mit ihrer Zunge über die knallroten, aufgespritzten Lippen leckt und ihm ihre Telefonnummer zusteckt. Hans-Peter stolpert derweil verwirrt und mit hochrotem Kopf, aus dem Haus. Gerade war er selbst noch eine Frau und einen Augenblick später das Objekt der Begierde von Frauen. Das alles beobachtet natürlich auch Henriette Pöttchen sehr genau. Völlig unbefangen spricht sie Rotkäppchen an, die das Büro betritt.

„Und, mein Kind, was führt dich denn zu mir? Sag nicht, der Wolf ist tot. Das soll in den besten Familien vorkommen", scherzt Henriette.

„Ach, ich dachte, ich komm mal so vorbei." Rotkäppchens Tonfall gleitet ins Gelangweilte ab. Sie fällt in den Besucherstuhl. Den Korb mit den Leckereien für die Frau Großmama knallt sie dabei auf den Schreibtisch.

Aus Henriette platzt es heraus: „Mir die Zeit stehlen, hast wohl nichts Besseres zu tun, dumme Trine? Apropos, hat der nichts zu tun, dein Kollege, der Jäger, wie ist der denn so drauf?"

„Wieso fragst du?" Rotkäppchen mimt die Unschuld vom Lande.

„Nur so. Der war heute hier im Büro und hat von mir verlangt, ich solle ihm eine neue Knarre kaufen. Dabei benutzt er sein altes Ding überhaupt nicht mehr. Wozu also ein neues kaufen?“

„Was weiß ich, der hat nicht alle Tassen im Oberstübchen beisammen, faselt den ganzen Tag von Gewehren und technischen Parametern und was er mit einer neuen Flinte alles anstellen könnte. Selbst der Wolf hat ihm schon einen Vogel gezeigt. Das hat der Jäger aber nicht begriffen. Na, und Großmutter, die hat ihm eine geklatscht, er solle mit dem Unfug aufhören. Schließlich sei Opa aus dem letzten Krieg bis heute nicht heimgekehrt und sie könnte ihm mal zeigen, wie so ein Gewehr in Wirklichkeit funktioniert. Das war zu viel für ihn. Er bekam einen Nervenzusammenbruch. Eine Genesung ist kaum abzusehen. Wenn du ihn so auf der Straße siehst, glaubst du nicht, dass er da oben was zu laufen hat.“ Rotkäppchen greift an ihren Kopf.

„Das habe ich heute Morgen bemerkt“, unterbricht Henriette sie.

„Vielleicht hat die Großmutter zu kräftig zugeschlagen? Aber das geht eigentlich nicht, weil sie nur mit der Hand zugehauen hat. Das war wohl zu viel für den Jäger. Anschließend rief er alle Mitglieder des Künstlerkollektivs des Märchens ‚Rotkäppchen‘ zusammen und verkündete, dass er jedem seine gerechte Strafe zuführen werde. Mit Drohgebärden versuchte er uns einzuschüchtern. Du hättest mal die Großmutter erleben sollen. Sie geriet in Rage, nahm ihre alte Pfanne, die Standardwaffe einer guten Hausfrau, und verpasst dem Jäger damit eine. Seitdem sitzt er bei ihr in der Waldhütte, schält Kartoffeln, schnitzt daraus Maschinenpistolen und macht Ratatata.“ Rotkäppchen deutet dies mit einer Geste an.

„Ah, interessant, hier oben", Henriette führt den Zeigefinger gedankenversunken an ihre Stirn, „ist bei ihm eine weiche Stelle."

„Stimmt, habe ich auch festgestellt, so wie bei einer Apfelsine, kurz bevor sie anfängt zu faulen."

Das Thema Jäger ist beendet. Henriette mustert Rotkäppchens Kopfbedeckung. Sie denkt dabei an Inkontinenz IV., der im Nachbarraum dem Büfett zu Leibe rückt. Seine Scheinheiligkeit müsste die ihm gestellte Aufgabe bald erfüllt haben, denkt sie und liegt damit völlig daneben.

„Sieht nicht mehr schön aus", sagt sie zu Rotkäppchen.

„Was meinst du?", fragt Rotkäppchen.

„Deine rote Kappe. Komm mal mit." Sie gehen in eine Kammer, die sich direkt neben dem Spiegel befindet, und Fräulein Pöttchen kramt aus ihrem Fundus ein Käppchen heraus, das haargenau dem gleicht, das Rotkäppchen in den vergangenen zweihundert Jahren trug. Das alte Käppchen fliegt in den Müll zu Hans-Peters Sachen, und Rotkäppchen ist wieder ein schönes kleines Mädchen. Klein ist mächtig übertrieben. Sie ist ein durchtriebenes kleines Luder. „Wenn deine Mutter sich über die neue Kappe beschwert, bestelle ihr einen schönen Gruß und richte ihr aus, sie solle mehr auf dich achten. Hast du mich verstanden? Also, zumindest, was das Äußere betrifft. Das andere sowieso", redet Henriette auf ihre Schauspielerin ein.

„Ja, Henriette", antwortet das Rotkäppchen artig.

„Noch eins", sie zieht das Mädchen vertrauensvoll an sich, „meinen Bruder kannst du dir aus dem Kopf schlagen. Du musst nicht denken, mir wäre vorhin an der Tür entgangen, dass du Hans-Peter deine Karte mit der Telefonnummer zugesteckt hast. Deine Geste war mehr als eindeutig. Nimm dich in Acht liebes Fräulein." Henriette stutzt: „Du bist doch noch im Stande

30
07
16

einer Jungfrau, oder? Ach, ist auch egal. Was muss mich das interessieren. Meinen Bruder Hans-Peter bringe ich jedenfalls ganz persönlich unter die Haube und die wird nicht rot sein. Das habe ich unseren Eltern versprochen. Hast du mich verstanden?“ Rotkäppchen nickt und setzt ein ernsthaftes Gesicht auf. „Ich pflege im Übrigen sehr gute Beziehungen zum Heiligen Tisch. Seine Heiligkeit Inkontinenz IV. besitzt eine Menge Frauenklöster. Du verstehst? Auf dein Käppchen ist der besonders scharf.“

Die Farbe von Rotkäppchens Kopf wechselt in ein gedecktes Rot. Dabei denkt Rotkäppchen wütend: Die dumme Kuh, ich mach eh, was ich will und dein doofer Bruder, wenn du wüsstest, der ist doch hinter jedem Rock her. Vor dem ist keine Prinzessin im Märchenland sicher. Mit allen deinen weiblichen Stars hatte Hans-Peter was am Laufen. Schwerenöter ist eine schmeichlerische Umschreibung für das, was er den ganzen Tag mit uns Frauen macht. Für Hans-Peter sind wir Freiwild. Den Spieß werde ich umdrehen. Und deinen Heiligen, der soll mir mal mit seinen Frauenklöstern kommen. Auch so ein Lüstling. Steht auf mein rotes Käppchen. Wie pervers ist das denn? Früher standen die Männer auf Strümpfe und so einen Firlefanz. Da halte ich mich lieber an deinem Hans-Peter schadlos.

„So, meine Liebe“, sagt Henriette im liebreizesten Ton und streichelt Rotkäppchen dabei über den Kopf, „jetzt geh und grüß mir die Mutter und die Großmutter. Sag ihnen, nächsten Donnerstag treffen wir uns um 15 Uhr zu Kaffee und Kuchen. Diesmal aber nicht bei deiner Großmutter im Waldhaus, sondern bei mir im Büro. Großmutter möge ein Fläschchen von ihrem Selbstgebrannten mitbringen.“ Rotkäppchen ist fast zur Tür hinaus, da ruft Henriette sie mit strengem Ton zurück: „Rotkäppchen, hast du nicht etwas vergessen?“

Die dreht sich um und stutzt: „Ach ja, mein Körbchen. Danke.“ Rotkäppchen kommt zurück und greift nach ihrem Korb.

„Halt!“, erschallt der Ruf ihrer Chefin. Henriette wühlt im Korb herum. „Sag mal, was ist denn das? Das ist ja Sekt! Seit wann bringst du der Großmutter Schaumwein? Wenn die Alte den trinkt, muss sie immer aufstoßen. Dann habe ich den Wolf am Hals, der wieder über Magenprobleme und Sodbrennen klagt, nur weil die Oma in seinem Bauch Remmidemmi macht. Bloß kein bisschen mitdenken, für was bezahle ich dich eigentlich? Die Flasche bleibt hier, deine Mutter soll dir eine neue Flasche, einen ausgewogenen Chianti, Sangiovese und Canaiolo aus biologischem Anbau, mitgeben, die vertragen die Oma und somit auch der Kollege Wolf besser. Gesundheitsmanagement! Verstehst du?“

Beleidigt zieht Rotkäppchen ab. Die Chefin hat sie wie zehn Pfund Schmierseife gefressen. Der Schaumwein war nicht für die Oma bestimmt, den wollte sie mit Hans-Peter, gemischt mit ein paar K.O.-Tropfen, trinken, bevor sie ihn vernaschen würde. Hans-Peter verträgt eigentlich nichts. Ein Glas und der Rest bis zu ihrem Bett wäre reine Formsache gewesen. Würde sie eben eine neue Flasche besorgen. Nichts leichter als das.

Rotkäppchen ist soeben aus dem Büro verschwunden, da fällt es Henriette wie Schuppen von den Augen. Frank, den wollte sie anrufen. Den Meisterspion hatte sie ganz vergessen. Sie greift entschlossen zum Hörer.

„Frank? Henriette hier. Wie ist der Stand deiner Ermittlungen? Ich hoffe das Hôtel d‘Amour und deine liebreizende kleine Freundin Chantalle liegen hinter und nicht unter dir.“

„Hallo Chefin, alles im grünen Bereich. Den Kollegen Zwerg habe ich in der roten Mühle gefunden. Ich trete gleich den

Rückweg mit dem Delinquenten an. Von Chantalle soll ich dir liebe Grüße bestellen."

„Interessant. Das mit dem ‚nach Hause kommen' dauert mir zu lange. Ich schicke dir den fliegenden Teppich."

„Wie, du besitzt das Original?", fragt Frank erstaunt.

„Nein, nicht das Original. Das hätte mir Aladin nie überlassen. Ich habe ein Exemplar aus Fernost gekauft. Die Chinesen sind in dieser Sache unschlagbar. Die kopieren einfach alles. Ich schicke ihn dir nach Paris. Dann bis du heute wieder zurück. Das ist doch wohl auch in deinem Interesse?"

„Niemals!", schreit Frank plötzlich in die Leitung. „Ich fliege nur mit dem Original. Keine Plagiate aus Fernost."

„Was soll das? Der Teppich hat TÜV und eine Zulassung vom Bundesluftfahrtamt. Keine Diskussion, du und Klaus Karli, ihr fliegt. Basta!" Henriette knallt den Hörer auf und schüttelt mit dem Kopf. „Liebe Grüße von Chantalle. Die muss ja mächtigen Eindruck bei meinem Starermittler hinterlassen haben. Ich hätte ihren Brüsten gute Besserung wünschen sollen. Hauptsache Frank bringt das Exemplar französischer Zweisamkeit nicht mit. Tussis habe ich hier im Dutzend unter meinen Schauspielerinnen."

Wir wollen an dieser Stelle Henriette ein wenig Ruhe gönnen und einen Blick in die Avocado Bar werfen.

In der Avocado Bar stehen die fünf Herren am Tresen und lamentieren über die Schlechtigkeit der Welt und die ihrer Chefin.

„An keinem Ort der Welt bist du mehr sicher. Überall taucht die Pöttchen auf. Wer weiß, wer hier als getarnter Spion arbeitet." Der Nikolaus schaut den Barkeeper an. Alle Augenpaare nehmen den Mann plötzlich ins Visier. Dem fällt fast das Glas, das er soeben poliert, aus der Hand.

„Ich, ein Spion von der Pöttchen. Sag das nochmal!" Der Barkeeper ist auf dem Sprung über den Tresen hinweg.

„He, das war nicht so gemeint", beschwichtigte ihn der Nikolaus.

„Nicht so gemeint. Raus. Macht, dass ihr verschwindet."

Die Herren schauen einander an, und langsam setzen sie ihre Körper in Bewegung.

„Hausverbot! Verstanden! Eine Woche lang", fügt der Barkeeper schnell hinzu. So gute Gäste kann er nicht auf Dauer vergraulen. Maulend ziehen die Helden der Unterhaltungsbranche ab. Nikolaus, Hans im Glück und der Frosch gehen jeder seiner Wege. Weihnachtsmann und Osterhase schlendern gemeinsam die Straße entlang. Sie wissen nicht, wie sie den angefangenen Tag beschließen sollen.

„Du, Osterhase, ich habe Hunger. Gehen wir ins *Green Inn*? Die dicke Berta macht den besten falschen Hasen der Stadt." Der Osterhase ist einer Ohnmacht nahe.

„Was sagt du? Falscher Hase? Ich bin entsetzt. Das hätte ich nie von meinem besten Freund gedacht. Irgendwann verschwinde ich in einem deiner Töpfe."

„Wieso? Was habe ich denn gesagt? Falscher Hase ist ein Hackbraten. Der heißt so. Was kann ich dafür? Mit dir hat das nichts zu tun. Die Berta kocht den auch ganz ohne Fleisch mit Soja, Tofu, Grünkernmehl, Dinkel, Mangold und Sesam. Schmeckt echt lecker. Wirklich", beteuert der Weihnachtsmann, der sich keiner Schuld bewusst ist und von der Reaktion seines Freundes vollkommen überrumpelt ist.

„Ich weiß, wie du das meinst. Ihr habt es auf unser zartes Fleisch und unsere drahtige Springmuskulatur, abgesehen. Du bist ein falscher Freund. Wie konnte ich mich all die Jahre nur so in dir täuschen. Ab jetzt herrscht zwischen dem Osterhasen und dem Rest der Welt Krieg. Ihr werdet bald von mir hören." Ohne auf eine Reaktion des Weihnachtsmannes zu warten, springt der Osterhase davon. Der Rauschebart schüttelt mit dem Kopf und beschließt, allein zur dicken Berta zu gehen. Zum Trotz wird er das Original mit echtem Schweinefleisch essen. Soll der Osterhase doch sehen, wo er bleibt. Krieg mit der ganzen Welt? Dass ich nicht lache, denkt der Weihnachtsmann. Es reicht, wenn die Pöttchen Stress macht oder so eine Mutter aus China. Aber heute scheinen alle ein wenig Gaga in der Birne zu sein.

Derweil die Uhrzeiger auf halb drei stehen, sitzt Fräulein Pöttchen im Büro und ist völlig ausgebrannt. Henriette steht auf, geht zur Kaffeemaschine und kocht einen weiteren Becher Kaffee. Sie denkt über Rotkäppchen nach. Dem jungen Gemüse würde sie ihren Bruder niemals anvertrauen. Das Ding ist viel zu naiv oder sehr gerissen und falsch. Ihr Hans-Peter verdient etwas Besseres. Während sie nachdenkt, bemerkt sie nicht, dass der Gestiefelte Kater ins Zimmer geschlichen kommt, da sie mit dem Rücken zur Tür steht. Das, was sie von ihrem Besucher zuerst wahrnimmt, ist eine süße, schwere Parfümwolke à la *Amalgamium 17*. So ein billiges Zeug, denkt Henriette. Dann dringen die Klänge eines altbekannten Liedes an ihr Ohr. Sie überlegt, wer das damals gesungen hat. Richtig, Julio Iglesias flötete die Schnulze in die Ohren aller Schwiegermütter: „*Amor, Amor, Amor nació de ti, nació de mi de la esperanza …*" Och nö, denkt Henriette, der hat mir heute in meiner Raupensammlung noch gefehlt. An diesem Tag kommt aber auch alles zusammen. Ohne den Kater anzuschauen, fragt sie ihn: „Auch einen Kaffee, Katerchen?"

Zu diesem Zeitpunkt ist der Kater bereits ganz nah an Fräulein Pöttchen herangestiefelt. Gekonnt umfasst er Henriettes

Hüfte und zieht sie leicht an seinen Körper heran. „Na klar, mein Mäuschen", flüstert der Kater ihr ins Ohr und lacht. Henriette bemerkt, dass der Kater trotz oder gerade wegen *Amalgamium 17* nach Katze riecht. Irgendwie unangenehm. So wie er aussieht, riecht er leider auch. Da hilft auch kein Parfüm. Henriette schaut kurz zur Seite, und was sie außerdem vom Kater sehen kann, ist sein gegen den Strich gebürsteter Schwanz, der wohl die Hauptquelle des Parfümgeruchs sein muss. Der sieht ja wieder aus, denkt sie. Wie ein Zuhälter. Ekliger Typ. Niemand würde denken, wenn man ihn so sieht, dass dieser Kater Mäuse frisst. Roh und natürlich nur bei Körpertemperatur. Macht einen auf Liebhaber und Charmeur, aber seine Essgewohnheiten sind archaisch.

Mit zwei Bechern Kaffee in der Hand steuert Henriette ihren Schreibtisch an und sucht gleichzeitig den Kater, der unentwegt im Büro umher tänzelt und *Amor, Amor, Amor nació de ti, nació de mi de la esperanza* singt. Mal ist er rechts, dann wieder links neben ihr, bis Henriette ausflippt. „Setz dich hin, du raubst mir den letzten Nerv mit diesem Lied und deinem Herumgeschwänzel. Du bist wohl nie außer Atem, wenn du singst?"

Seiner Chefin gegenüber besitzt der Kater eine gehörige Portion Respekt. Sofort sitzt das liebestolle Katzentier ganz artig auf dem Stuhl vor Henriette und trinkt pustend seinen Kaffee. Auf die Frage von Fräulein Pöttchen geht der Gestiefelte nicht ein. Für eine Weile herrscht Ruhe im Raum. Nur nicht im Kopf von Henriette, da dreht Amor, Amor seine Runden. Sie blickt den Kater böse an und stutzt. Ihr Gegenüber sitzt nur auf der halben Pobacke. Sieht aus, als hätte er Rücken. Aber nein, auf der anderen Seite reckt sich sein bestes Stück nach oben, dessen Ende unablässig zappelt. Es fehlen nur noch Goldkettchen, Dauerwelle, goldene, abgedunkelte Brille und Brusthaartoupet – dann wäre das Gigolo-Double perfekt. Was für ein schleimiger Typ, denkt Henriette. So einer spielt höchstens in zwielichtigen Filmen einen Stenz. Was sie den ahnungslosen Kindern alles zumutet. Glücklicherweise blieb sie bisher von Beschwerden der Eltern verschont.

Aus welchem Grunde der Kater zu ihr gekommen ist, hat er ihr bisher nicht mitgeteilt. Um ihn aus dem Büro wieder herauszubefördern, muss Henriette ein Gespräch beginnen. „Du bist aus einem bestimmten Grund zu mir gekommen?"

„Nein, ich habe gerade nichts zu tun, und da dachte ich so, gehst du mal deine schöne Agentin besuchen." Mit seiner linken Hand streichelt der Kater unablässig seinen plüschigen Schwanz.

„Aber sonst ist alles in Ordnung im Oberstübchen?" Die Frage versteht der Kater nicht, und Henriette denkt nur: Dieser aufgeblasene Wichtigtuer. Denkt, ihm könne keine Frau widerstehen. Na ja, Männer halt! Einfach gestrickt und auf ihre Art und Weise mit der Welt glücklich verheiratet.

„Ist ja schön, mein liebes Katerchen …" Weiter kommt sie nicht, denn das Telefon klingelt und sie greift zum Hörer. „Moment", sagt sie zum Kater.

„Henriette Pöttchen, Künstleragentur … Ach Frank, du bist es. Ist der Teppich da? Ja? Dann kommt endlich zurück."

„Es gibt ein Problem. Wieso? Der Zwerg spielt nicht mit. Au, du sollst nicht beißen. Kleines Miststück", flucht Frank. Klaus Karli rammt ihm gerade seine Zähne in die Wade.

„Wieso kommt Klaus Karli nicht mit? Wer ist denn in Paris der Chef? Du oder der Zwerg?"

„Im Teppich ist ein Loch und deswegen will Klaus Karli nicht mitfliegen. Er sagt, der Materialfehler könne ihm beim Flug zum Verhängnis werden."

„Deswegen will der Zwerg nicht mitfliegen? Gib ihn mir mal an die Strippe!", befiehlt Henriette energisch.

Eine weinerliche Kinderstimme ist im Hörer zu vernehmen. „Henriette? Mama, ich fliege nicht. Der Teppich bringt uns nie im Leben nach Hause." Der Zwerg ist nun völlig aufgelöst und weint hemmungslos. Ja, seit der Handaufzucht ist Henriette die Ersatzmutter der sieben kleinen Herren.

„Hör auf zu heulen, Klaus Karli. Du kommst jetzt zurück zu Mutti und hörst auf den lieben Onkel Frank." Fast tat ihr der Lieblingszwerg leid. „Also komm brav nach Hause und deine Henriette singt dir heute Abend ein Schlaflied. Zipfel auf, mein kleiner Liebling!"

Die Stimmung von Klaus Karli kippt binnen Sekunden. „Jaaaa! Kochst du mir auch einen Kakao?"

„Natürlich." Henriette bemerkt, wie mit ihr die Muttergefühle durchgehen. Sie spürt eine gewisse Beklemmung in der Brust.

„Lieber Klaus Karli, tust du mir einen Gefallen, gibst du mir bitte Frank."

„Ja, Mutti, bis gleich", schluchzt der Zwerg.

„Frank, schnapp dir den kleinen Wicht und dann ab nach Hause. Ich habe ihn soweit. Wir sehen uns nachher in meinem Büro."

„Alles klar, Chefin."

„Ach, warte mal", Henriette spricht, mit vorgehaltener Hand, damit der Kater nichts mitbekommt, sehr leise in die Muschel, „wenn du wieder hier bist, beschatte mal Rotkäppchen, die will was mit Hans-Peter anfangen. Das musst du unbedingt verhindern und die Rechnung für Karli kannst du mir gleich mitbringen. Die Kosten ziehe ich ihm von seinem Gehalt ab. Bis bald in diesem Theater."

Henriette hatte den kleinsten der Zwerge belogen. Weder würde es heute Abend ein Lied noch Kakao geben. Eine saftige Konventionalstrafe droht dem Gnom. Der wird ein Jahr für sie umsonst spielen.

In der Zwischenzeit sitzt der Gestiefelte Kater gelangweilt auf dem Stuhl und bürstet mit einer kleinen Bürste seinen Schwanz auf, dass die Haare nur so im Büro herumfliegen. Dabei zappelt das Prachtexemplar wie eine Ringelnatter hin und her.

Henriette schaut ihr Gegenüber durch die Lorgnette an. Sie ist jetzt so richtig in Brass und spricht den Kater an: „Haben wir endlich ausgetrunken?"

„Ja", antwortet der Kater artig.

„Fein, wenn er nichts mehr vorzutragen hat, kann er seinen duftenden Alabasterkörper durch die Tür schieben. Aber bevor er mich verlässt, da stehen Schaufel und Besen. Die Haare!" Fräulein Pöttchen deutet in Richtung Boden und der Kater steht irritiert auf. Gequält kehrt er die Haare zusammen. Beim Bükken passiert es dann, die Naht der Hose gibt nach. Das Geräusch der aufplatzenden Naht piesackt die Ohren von Henriette. Mit hochrotem Kopf, vorbei sein Amor, Amor, strebt der Kater der Bürotür entgegen, die Haare in den Mülleimer entsorgend. Das letzte Körperteil, das von ihm verschwindet, ist sein Schwanz. Nun, das ist nicht ganz richtig, da das Lied Amor, Amor weiter im Büro herumschwebt, besser gesagt im Kopf von Henriette. Eine Hinterlassenschaft des Katers. Das würde sie ihm bei passender Gelegenheit heimzahlen. Amor, Amor. So ein Wichtigtuer.

Bei Henriette verschwindet das Verlangen, am heutigen Tag einer weiteren Tätigkeit nachzugehen. Die Lustlosigkeit legt einen Mantel um ihre Schultern. Sie spürt die Last so schwer wie Blei. Fräulein Pöttchen weiß, danach geht es im Showbiz nicht.

Die Show muss weitergehen. Das ist sie den Kindern schuldig. Nie soll ein Kind von den Mühen erfahren, die die Aufführung eines Märchens kostet. Alles soll federleicht aussehen, eben märchenhaft.

Ein leiser Windhauch streift Henriette. Irritiert blickt sie im Zimmer umher. Nicht schon wieder der Kater. Bei dem wäre sie nicht sicher, ob er zu den Wiedergängern gehört. Aber nein, vor ihr steht unerwartet die 13. Fee. Wie sie den Raum betreten hat, bleibt ihr Geheimnis. Zur Tür ist sie jedenfalls nicht eingetreten.

„Ach, Grüß dich, meine Gute." Sie geht um den Schreitisch herum, Henriette steht auf, und die Fee verteilt Bussi.

„Gut siehst du aus, Henriette. Ich dachte, ich schaue mal bei meiner Chefin vorbei, wir haben uns ja lange nicht mehr gesehen. Schau, hier habe ich dir ein paar Pralinen mitgebracht. Die schmecken einfach köstlich. Habe ich bei Kranzmeyer gekauft. Neuste Kreation vom Meister. Ich sage dir, die zergehen einem auf der Zunge. Bei Kranzmeyer habe ich soeben auch den Gestiefelten Kater getroffen. Mein Gott, wir haben uns eine Ewigkeit nicht gesehen. Der sah ja wieder fesch aus. Wir haben bei Kranzmeyer im Café gleich einen Prosecco getrunken. Der Kater erzählte mir ja Sachen, nicht zu glauben. Der Klaus Karli ist ausgebüxt. Na, der kleine Schlingel. Dem würde ich ja was erzählen, wenn ich seine Chefin wäre. Lässt seine Brüder allein und amüsiert sich in Paris. Ach, und wie geht es deinem Bruder? Man hört so einiges. Er soll jetzt ein Verhältnis mit Rotkäppchen haben. Ich frage mich ja immer, nach wem Hans-Peter wohl kommt. Mit wem hat Hans-Peter denn kein Verhältnis? Sein treudoofer Kuhblick hinter der runden Brille, der macht die jungen Dinger natürlich zuerst nervös und dann sinken sie reihenweise in seine Arme. Der kleine Charmeur. Der weiß, wie man Frauen rumkriegt. Von wem er das wohl hat? Sein Vater war ja ein ganz fescher. Den hätte jede Frau … Mein Typ ist er nicht. Ah, da fällt mir ein, der Schnitter lief mir heute Morgen ebenfalls über den Weg. Wenn das kein schlechtes Omen ist, dann weiß ich auch nicht. Der liegt mit seinem besten Freund, dem Teufel, im Clinch. Hat er mir erzählt. Aber da ist er selbst daran schuld. Wer den Teufel seinen Freund nennt, muss sich nicht wundern, wenn er in schlechte Gesellschaft gerät. Du kannst reden, wie du willst, der Schnitter weiß alles besser. Dann muss er mit den Folgen eben leben. Und, liebe Henriette, du glaubst es kaum, das tapfere Schneiderlein baut sich im Varieté gerade eine zweite Existenz auf. Es tritt da in Dessous auf. Das habe ich gestern Abend selbst erleben dürfen. Er ist der neue Star am Varietéhimmel. Die Frauen liegen ihm zu Füßen. Macht dem Hans-Peter ganz schön Konkurrenz. Ich fand ihn ja eher geschmacklos. Seine dürre Figur und dann diese Dessous. Das sah vielleicht aus! Ein Nachtgespenst ist dagegen harmlos. Seinen Popo habe ich heute verarztet. Er hat wohl mächtige Haue bekommen, der Schneider. Vor dem Etablissement hocken übrigens seine zwei Kumpane, die aus dem Märchen. Na, wie heißen die gleich? Ach, ärgerlich, die Namen sind mir entfallen. Also, du weißt schon, die Riesen. Die warten geduldig auf ihr kleines Schneiderlein und gemeinsam machen sie nach der Vorstellung die Nacht zum Tag. Natürlich habe ich meine Kontakte. Der Chef vom Varieté zahlt dem Schneiderlein 1000 Goldstücke pro Auftritt. Ich möchte mal wissen, wie lange der dann noch seine Märchen spielt. Mit dem Varieté-Gehalt hat er ja bald ausgesorgt. Dann wird er ganz schnell zu einer guten Partie. Denke an die ganzen verrückten und hormongesteuerten Prinzessinnen. Zum Beispiel die Doofe vom Frosch. Die will ja mit ihrem Partner nichts mehr zu tun haben, sagt man. Passt ihr so ein reiches Schneiderlein ganz gut ins Konzept. Bei Geld spielt das Aussehen keine Rolle mehr. Da schaut man gern einmal weg. Und der Vorteil, die faule Trine muss nicht mehr arbeiten gehen. Hat ja dann einen reichen Macker. Ach, ich suche auch noch einen für mich. So einen Adonis. Kannst du mir nicht einen von deinen Schauspielern empfehlen. Gut müsste er aussehen, groß, kräftig, aber nicht zu fett – das kommt später von ganz alleine. Blaue Augen und pechschwarzes Haar. Dazu intelligent … Das ist bei Männern wohl zu viel verlangt, das gebe ich zu. Geht auch mit weniger Grips. Deswegen habe ich keinen Mann. Es scheitert immer am IQ. So meine liebe Henriette, war schön mit dir zu plaudern. Sag deinem Bruder einen schönen Gruß von mir. Er soll kürzertreten. Ich muss los. In ein paar Minuten geht es am Set weiter. Die Prinzessin wird gleich wachgeküsst. Wir sehen uns." Die 13. Fee springt auf, holt in diesem Moment das erste Mal Luft und verschwindet. Henriette sitzt, tief in ihren Sessel eingesunken, vollkommen apathisch da. Sie denkt, oder zumindest glaubt sie zu denken. Ihre Gedanken könnten mit der Geschwindigkeit einer Schnecke in Konkurrenz treten. Was hat mir die 13. Fee alles erzählt? Henriette brummt der Kopf. Der Spiegel fragt besorgt: „Fräulein Pöttchen, kann ich Ihnen helfen? Soll ich Salvatore rufen?"

„Ja, ruf Salvatore. Ich benötige eine Kopfschmerztablette."

Wenige Augenblicke später steht Salvatore an der Seite von Henriette mit einem silbernen Tablett. Darauf steht ein Wasserglas mit einer großen roten Pille. Etwa fünf Minuten später steht Salvatore neben seiner Chefin, die vollkommen abwesend scheint. Der Spiegel flüstert: „Salvatore, sag etwas. Du musst sie ansprechen." Ganz leise flüstert Salvatore:

„Fräulein Pöttchen? Ihre Tablette …" Eine Weile vergeht. „Ah, Sie sind es, Salvatore. Haben Sie die Tablette?"

„Ja."

Henriette greift zu Glas und roter Pille und schluckt die Arznei mit Wasser herunter.

„Salvatore, Sie können gehen. Danke. In der nächsten halben Stunde bin ich für niemanden zu sprechen. Sagen Sie, wie geht es seiner Heiligkeit?"

„Unsere Gäste sind auf einer Entdeckungsreise für Gourmets. Eine Köstlichkeit nach der anderen springt ihnen ins Auge und erreicht dann zügig den Gaumen."

„Seit wann essen sie?" will Henriette, die jedes Zeitgefühl verloren hat, wissen.

„Vor zweieinhalb Stunden begann das Festgelage. Seine Heiligkeit kreist langsam den Teil des Büfetts mit dem Käse ein. Er ist der Meinung, der Käse würde seinen Magen schließen. Bei der Menge, die er gegessen hat, werden wohl zwei Kilogramm Käse kaum reichen, das Loch zu verschließen. Ich lege ständig frische Lebensmittel aller Art nach."

„Was macht seine Geliebte? Ich meine natürlich die Nichte." Henriette greift an ihren Kopf, der heftig schmerzt.

„Nach circa einer Stunde ist sie unter das Büfett gerutscht und mit einem Stück Torte, das zum Teil aus dem Mund ragt, eingeschlafen. Ihr Gesicht ziert ein glücklicher Ausdruck. Sie können sicher sein, Fräulein Pöttchen, für unsere Gäste geht ein schöner Nachmittag langsam in einen ausgelassenen Abend über. Ein Ende ist nicht abzusehen."

„Das wollte ich nur wissen. Sehr gut, Salvatore. Begleiten Sie unsere Gäste, solange sie im Haus verweilen. Ihnen soll es an nichts fehlen. Danke, Sie können gehen."

Salvatore verlässt mit Verbeugung auf Zehenspitzen das Büro. Henriette greift in das mittlere Schubfach ihres Schreibtisches und holt die Augenbinde heraus, die sie nun aufsetzt. Dazu Ohrstöpsel. Ruhe. Himmlische Ruhe in ihrem Büro. Henriette schlummert selig ein.

Ein ohrenbetäubendes Geräusch lässt Henriette nach knapp einer halben Stunde hochfahren. Die Ohrstöpsel fliegen ihr buchstäblich aus den Ohrmuscheln. Zuerst weiß sie nicht, wo sie ist. Alles ist dunkel um sie herum. Eine Weile dauert es, bevor sie bemerkt, dass sie die Augenbinde lösen muss. Die Tür zum Büro fliegt auf und Henriette denkt schon, die Scheibe wird nun endgültig aus dem Rahmen springen. Vor ihr steht die Plage schlechthin, wie sie die beiden Gören seit Jahren nennt. Hänsel und Gretel. Die geben ihr heute den endgültigen Rest. Hätte sie damals, bei der Unterzeichnung des Vertrages mit den Eltern gewusst, dass deren Gören eine Aufmerksamkeitsstörung haben, wäre der Vertrag garantiert nie und nimmer zustande gekommen. Etwas Positives hat die Sache jedoch. Der Knall, der durch die aufspringende Tür verursacht wurde, vertrieb Henriette die Schmerzen aus dem Kopf. Schnell sammelt sie ihre Gedanken. Sie lässt gleich die Gouvernante raushängen, setzt ihre Lorgnette auf und blickt streng über dessen Rand. Mit dieser Plage, das weiß sie, darf sie nicht zimperlich sein. Etwas Anderes verstehen die Gören nicht. Die Kinder sind eindeutig milieugeschädigt. Nebenbei zieht sie die Schublade des Schreibtischs auf und vergewissert sich, dass sie eine Packung Ritalin vorrätig hat. „Wo sind eure Eltern? Na, wird's bald! Heraus mit der Sprache! Ihr müsstet längst am Set sein." Henriette schaut auf ihre Uhr. In der Hand hält sie mittlerweile nicht mehr ihre Lorgnette, sondern die Elle des Schneiderleins.

„Die sind im Wald", lügt Gretel gelangweilt, so als machten ihr die scharfen Worte von Henriette nichts aus.

„Und warum seid ihr nicht da, ihr kennt eure Rollen?"

„Nee, mit unseren Alten ziehen wir nicht mehr los. Vater ist eine Pfeife, das sagt sogar unsere Mutter. Und außerdem haben wir heute frei." Hänsel wirkt genauso gelangweilt wie seine Schwester. Henriette legt die Elle weg, greift ihre Lorgnette, klickt im Computer den Spielplan an und siehe da, die Gören haben sie natürlich angelogen.

„Das ist ja pädagogisch sehr wertvoll von eurer Mutter, ihren Mann, euren Vater, eine Pfeife zu nennen. Ich sollte euch in den Kindergarten bringen."

„Nee, die Erzieherin ist nicht von diesem Stern. Als wir ihr sagten, dass Papa eine Pfeife ist, da meinte sie, das wäre falsch, da Papa eine Pfeife hat, aber keine Pfeife ist. Und sie müsste jetzt mal den Erziehungsauftrag, den sie übertragen bekommen hat, erfüllen. Ich weiß, dass sie mit unserem Vater eine Affäre hat."

„Quatsch nicht. Das sind alles Gerüchte." Gretel steht auf und will nach ein paar Bonbons aus der Schale greifen, die auf dem Schreibtisch steht, und in ihre Schürze stecken. Der drohende Blick von Henriette lässt sie zurückschrecken. Dagegen greift Hänsel ungeniert zu, woraufhin ihn seine Schwester böse anschaut. Henriette bekommt die Elle des Schneiderleins zu fassen und haut ihm ein paar auf die Finger. Hänsel fängt an zu schreien: „Das sag ich meinen Alten, die schalten ihren Rechtsanwalt ein. Kinder darf man nicht schlagen." Daraufhin versetzt ihm Henriette noch eins. Endlich ist Hänsel ruhig.

„Rechtsanwalt. Das ich nicht lache. Die schlagen ihre Kinder auch. So, und jetzt ist Schluss mit dem Theater! Im Gesetz steht nur, dass Eltern ihre Kinder nicht schlagen dürfen. Ich bin eure Chefin, ich darf das. Ihr kommt jetzt mit." Sie springt kurzerhand auf, nimmt die Blagen an die Hand, kehrt jedoch noch mal kurz um, um ihr Mobiltelefon einzustecken. Sicher ist sicher, denkt Henriette.

„Ich bringe euch zurück ans Set zu euren Eltern." Die Gesichter der Blagen hätten Sie sehen sollen! Gretels Augen funkeln und Henriette wusste, wenn hier ein Ofen gewesen wäre, hätten Hänsel und Gretel ihre Agentin darin versenkt oder zumindest den Versuch unternommen. Aber nicht mit ihr. Hier, bei ihr im Büro herrschen andere Gepflogenheiten.

Fräulein Pöttchen ruft Salvatore, der wie gewohnt sofort da ist. „Salvatore, ich fahre ans Set und bringe die Quälgeister zu ihren Eltern. Sie halten hier die Stellung. Wenn irgendetwas sein sollte, rufen Sie mich an. Was macht seine Heiligkeit?"

„Fräulein Pöttchen, seine Heiligkeit genießt soeben den Romadur und ist im Begriff den Tilsiter in Angriff zu nehmen. Der Nichte geht es soweit gut, sie schlummert in ihren süßen Träumen dahin. Ich habe sie mittlerweile zugedeckt. Es kann weitere Stunden dauern. Ein Ende ist wohl in weiter Ferne. Seine Heiligkeit geht sehr systematisch und bedächtig vor."

„Gut, sehr schön! Halten Sie alles unter Kontrolle! Wenn seine Heiligkeit einen Wunsch hat, lesen Sie ihm diesen von den Augen ab. Ich bin Ihnen sehr dankbar."

„Jawohl, Fräulein Pöttchen." Salvatore verneigt artig seinen Oberkörper und die Blagen feixen hinter vorgehaltener Hand über den Butler. Auf einmal saust die Schneiderelle über sie hernieder und ein lautes Geschrei heult auf. Henriette schnappt sich Hänsel und Gretel. Mit dem Auto, einem großen SUV, den Henriette liebevoll Tankette nennt, fahren sie in rasantem Tempo zum Set, wo die Eltern zuerst nicht aufzufinden sind, doch dann taucht plötzlich der Vater auf. Als er seine Kinder und die Chefin sieht, bricht für ihn eine Welt zusammen. Fräulein Pöttchen denkt, der Vater wäre so niedergeschlagen, weil seine Kinder verschwunden waren. Weit gefehlt. Beim Anblick von Hänsel und Gretel verzieht er keine Miene und Henriette weiß, das

Problem liegt tiefer. Sie stellt die Kinder im Backstage-Bereich unter Aufsicht des Feuerwehrmannes ab und nimmt den Vater vertrauensvoll bei Seite.

„Was ist denn bei euch los, Günter?"

„Lass mich, ich will nicht darüber reden." Henriette hält den Vater am Arm fest.

„Was ist los? Komm, raus mit der Sprache! Deine Kinder spielen verrückt. Bei euch brennt der Baum. Stimmt's?"

Der Vater senkt seinen Kopf und zögert. Henriette ist ungeduldig. Ihre Stirn liegt in Falten. Kleinlaut sagt der Vater: „Meine Frau ist schwanger."

„Schwanger? Noch so ein kleines Balg? Das können wir unmöglich ins Märchen einbauen. Nein, das geht überhaupt nicht. Sag mal, Jahrhunderte lang ist nichts zwischen euch passiert und im Zeitalter der Verhütung wird deine Frau plötzlich schwanger. Das ist jetzt nicht dein Ernst, oder? Oder hat der Heilige Geist nachgeholfen? In welchem Monat ist sie? Ich bitte um eine Erklärung."

„Im vierten Monat, glaube ich. Und das lag nur an diesem Sexvideo."

„Sexvideo?" Henriette kann nur fassungslos mit dem Kopf schütteln.

„Ich war in der Videothek und muss mich wohl vergriffen haben. Jedenfalls war zu Hause beim Auspacken der Filme diese DVD dabei … war ein sehr schöner Abend …"

„Wo ist sie?", will Henriette wissen.

„Wer?"

„Oh Mann, deine Al…, deine Frau. Wer sonst?" Henriette kann bloß mit dem Kopf schütteln. „Nichts auf die Reihe kriegen, aber Kinder zeugen …", murmelt sie vor sich hin.

„Jetzt?“ Der Vater schaut zur Uhr. „Jetzt müsste sie bei dieser Schwangerengymnastik sein.“

„Müsste sie …? Habt ihr nicht euren Auftritt? Und wo ist die überhaupt, diese Gymnastik?“, fragt Henriette. Der Vater nennt seiner Chefin die Adresse.

„Wir fahren zu deiner Frau. Die Vorstellung kann warten.“ Henriette Pöttchen ruft den Regisseur des Märchens an, klärt die Detailfragen und beschließt letztendlich, dass das Märchen ausfällt. Auf dem Weg zum Auto gibt Henriette dem Feuerwehrmann Instruktionen, die Kinder nicht aus den Augen zu lassen. Er haftet ihr persönlich dafür, dass sie keinen Unsinn machen. Kurze Zeit später steigen Henriette und der Vater von Hänsel und Gretel in das Auto. Sie treffen gerade noch rechtzeitig ein und erwischen die Mutter, als sie das Haus, in der die Schwangerengymnastik stattfindet, verlässt. Als die Mutter ihre Chefin sieht, ahnt sie, was für ein Donnerwetter über sie hereinbrechen wird.

„Steig ein, wir müssen reden!“, befiehlt Henriette, kurz angebunden, der Mutter.

Auf der Fahrt prasseln über die Schwangere alle möglichen Vorwürfe nieder; ihr Mann sitzt wie ein begossener Pudel daneben. Am Set angekommen, der Vater ist bereits ausgestiegen und in die Garderoben gegangen, hält Henriette die Mutter am Arm fest.

„Und jetzt erzählst du mir mal, was wirklich passiert ist, Bärbel.“ Henriette beschleicht eine Vermutung.

„Das Kind ist nicht von ihm“, flüstert sie ihrer Managerin ins Ohr.

Henriette schaut die Mutter an: „Ich denke ihr habt ein Sexvideo …“

„Das war nur zur Ablenkung.“

„Und wer ist der Vater? Raus mit der Sprache."

Die Mutter senkt den Kopf und die Farbe ihres Gesichtes wechselt ins Dunkelrot: „Der Gestiefelte Kater."

„Nein!", schreit Fräulein Pöttchen. „Was soll denn aus dem Kind werden? Du glaubst wohl allen Ernstes, dass dein Alter das nicht merkt. Er ist zwar ein bisschen gaga, aber trotzdem! Das arme Balg. Die ganze Welt wird über dich lachen. Vermutlich besitzt der kleine Erdenwurm dann auch so einen aufgebürsteten Schwanz." Die Mutter bricht in Tränen aus. „Das wollte ich alles nicht. Dieser Kater, er roch so gut ... und er war so liebevoll zu mir ... mein Mann ... der weiß gar nicht, was Liebe ist. Und der Kater war zuvorkommend, umschmeichelte mich ..." Henriette fällt der Mutter ins Wort. „Und an der Stelle setzte der Verstand aus. Die Hormone! Meine Liebe, wir haben, du hast ein Problem. Bring das mal deiner Familie bei, wie, weiß ich nicht. Spätestens nach der Geburt kannst du nichts mehr verheimlichen. Ich muss mich um Ersatz kümmern. Mit der Elternzeit fällst du ja für mindestens drei Jahre aus. Ach, da fällt mir ein, ich habe eine Vertretung für dich. Das erzähle ich dir, wenn es soweit ist. Solange das Publikum bei dir nichts sieht, spielst du weiter." Plötzlich lacht Henriette laut auf: „Wenn ich mir ausmale, wie das Kleine aussehen wird ... Nicht auszudenken. Putzig, riecht wie sein Vater, nur der Schwanz ist ..." Sie wird plötzlich sehr ernst: „Lassen wir das."

Der Mutter ist in ihrer Situation nicht zum Lachen zumute. Verzweifelt kratzt sie allen Mut zusammen und sagt: „Wir werden das Kind schon schaukeln."

„Ja, schaukeln werdet ihr das Kind auf jeden Fall, wenn es in seiner Wiege liegt."

„Ja", gibt die Mutter kleinlaut von sich. Mit dem Taschentuch tupft sie die Tränen von ihren Wangen.

„Geh jetzt zu deinem Mann. Ich denke, ihr habt reichlich Gesprächsstoff. Für das Kind werde ich einen Fond einrichten. Ihm wird es an nichts fehlen.“ Plötzlich fasst sich Henriette an die Stirn: „Ach du lieber Gott! Wir haben die Kinder ganz vergessen! Die stehen unter Aufsicht des Feuerwehrmannes. Geh jetzt, ich kümmere mich um deine Kinder. Eure Aufführung wird für heute abgesagt. Dein Mann weiß Bescheid. Ich schicke Hänsel und Gretel in eure Garderobe. Dann fahrt ihr gemeinsam nach Hause. Die alte Hexe informiere ich.“ Die Mutter schleicht in die Garderobe. Henriette ruft die Hexe an und gibt ihr für den restlichen Tag frei.

Nun eilt Henriette zum Feuerwehrmann. Auf dem Weg dahin zückt sie ihr Mobiltelefon und ruft seine Heiligkeit Inkontinenz IV. an. Der ist natürlich mit der neuesten Kommunikationstechnik ausgerüstet. Schließlich heißt es für seine Scheinheiligkeit, für den eigenen Chef immer erreichbar zu sein.

„Meine liebe Heiligkeit, mundet Ihnen und Antronette das Büfett?“

„Oh, mein hochverehrtes Fräulein Pöttchen, wunderbar! Ein Genuss! Sensationell. Etwas derart Köstliches passierte meinen Gaumen … Dass ich das einmal erleben würde … Dem Herrn sei Dank. Es geschehen eben doch noch Zeichen und Wunder. Wenn Sie nichts dagegen haben, werde ich ein paar weitere Stündchen am Büfett verweilen. Ich arbeite kontinuierlich am Käse. Bekanntlich öffnet der ja den Magen.“

„Das höre ich gern, eure Heiligkeit. Danken Sie nicht Gott für das Essen, sondern meinem Diener Salvatore. Er zeichnet für das Büfett verantwortlich. Übrigens, ich habe erfreuliche Neuigkeiten für Sie, eure Heiligkeit. Eine Rolle für Antronette.“

„Nein, was Sie nicht sagen, Fräulein Pöttchen. Das ist ja großartig." Henriette hört seine Heiligkeit nach Antronette rufen.

„Ich muss jetzt auflegen, die Pflicht ruft. Alles Weitere bespreche ich mit ihrer Nichte demnächst. Tschüss und einen gesegneten Appetit, eure Heiligkeit."

„Tschüss, tschüss, Fräulein Pöttchen", antwortet seine Inkontinenz IV. ein wenig verdutzt.

Hinter der Bühne angekommen, erlebt Henriette die von ihr befürchtete Katastrophe. Der Feuerwehrmann sitzt gefesselt auf seinem Stuhl und Gretel stopft ihm gerade jede Menge Löschpapier in den Rachen. Die herausquellenden Augen unter dem Schutzhelm und der Schweiß auf der Stirn lassen erahnen, in welcher Bedrängnis der arme Mann seit Minuten lebt und leidet.

Henriette stürmt auf die Gören zu und packt sie an den Ohren. Ein grässliches Aufheulen hallt durch die Kulissen. Über Hänsel und Gretel bricht ein Gewittersturm herein. Sie binden den Feuerwehrmann kleinlaut los. Zur Strafe werden sie von Henriette für den Brandschutzdienst eingeteilt. In den kommenden zwölf Wochen rund um die Uhr, Montag bis Sonntag. Ausnahmen stellen nur ihre eigenen Auftritte dar. Na, die Gesichter von Hänsel und Gretel hätten sie sehen sollen. Ihrem Mienenspiel folgend, das die Gedanken der Kinder verrät, stand die Chefin kurz davor, die Rolle der Hexe zu übernehmen. Kriminelle Energie sprühte aus den funkelnden Augen der Kinder. Henriette Pöttchen beobachtet alles sehr genau und denkt: Wartet mal ab ihr zwei Taugenichtse, irgendwann kommt der Tag, an dem ein Arbeitsunfall euch zufällig im Ofen verschwinden lässt, denkt Henriette und lacht die Kinder dabei freundlich an. Die Plagegeister versuchen heimlich ihrer Chefin zu entweichen.

Mit einem bösen Blick hält Henriette die Kinder in ihrer Nähe fest. Ein Entkommen ist aussichtslos.

Der Feuerwehrmann indes trabt ganz und gar geknickt nach Hause, mit dem Hinweis, er werde wohl in den nächsten Wochen wegen einer schweren Depression krankgeschrieben sein. Henriette soll bitte niemandem erzählen was ihm heute passiert ist. Wenn das seine Kinder erfahren … diese Blamage.

Henriette kann nun ihre ganze Aufmerksamkeit auf die Kinder lenken.

„Sagt mal, was habt ihr euch eigentlich dabei gedacht? Was hat euch der Feuerwehrmann getan? Raus mit der Sprache!" Henriette stützt ihre Arme in die Seiten und steht breitbeinig vor den Kindern.

„Wir haben die Nase voll von deinem ganzen Märchenquatsch. Immer die gleiche Rolle. Ist das langweilig! Jedes Mal müssen wir die alte Hexe auf ein Neues in den Ofen schieben … Was haben wir mit dieser alten Frau zu tun? Ihre Pfefferkuchen sind die besten weit und breit, das sollten wir den Kindern erzählen. Und unsere Alten, mit denen kannst du dich nirgendwo sehen lassen", sagt Hänsel und Gretel pflichtet ihm mit einem heftigen Kopfnicken bei.

„Ihr habt eine Verpflichtung euren Eltern gegenüber! Und die Qualität der Pfefferkuchen, die gehört zu meinen Betriebsgeheimnissen. Ich drücke euch eine Konventionalstrafe rein, wenn ihr nicht mehr mitspielt. An dieser werdet ihr Jahrzehnte zu knabbern haben."

„Verpflichtungen gegenüber unseren Eltern? Unsere Alten sind uns vollkommen egal. Die sind in ihrer zweiten Pubertät. Laufen rum wie zwei Teenager. Rauchen Gras und erzählen ständig etwas von Flower-Power. Echt peinlich. Um uns kümmern die sich überhaupt nicht."

„Genau", pflichtet ihm seine Schwester bei. „Die können ja nicht einmal verhüten. Wir wollen kein Geschwisterchen. Außerdem werden wir kündigen. Dann kannst du uns mit dieser Konventionalstrafe mal kreuzweise", klagt Gretel.

Henriette ist von den Kindern genervt. Was soll sie mit dieser Plage machen?

„Also hört mal zu. Eure Eltern befinden sich in einer Krise. Ihr solltet Empathie entwickeln und Verständnis für die Eltern aufbringen", versucht Henriette es auf die weiche Tour.

„Träum weiter ...", gibt Hänsel Fräulein Pöttchen zur Antwort. Daraufhin holt Henriette aus, packt Hänsel am Kragen und schüttelt ihn so kräftig durch, dass Seismologen an diesem Tag ein Erdbeben der Stärke 2,6 auf der offenen Richterskala vermelden.

„Schluss jetzt! Wenn ihr eure Eltern nicht unterstützt, seid ihr raus aus der Nummer und ihr spielt nie wieder in einem Märchen mit. Dann müsst ihr das erste Mal in eurem armseligen Leben richtig arbeiten gehen. Wenn ihr überhaupt wisst, was das ist: Arbeiten?"

Hysterisch heult Gretel auf und beschwört ihren Bruder auf Knien: „Hänsel, das kannst du nicht machen. Ich habe solche Angst. Mutter hat uns immer davor gewarnt. Mit Arbeit, hat sie gesagt, würde man sich den ganzen Tag versauen. Ich will nicht arbeiten!"

„Ja, ja. Ist gut, Schwesterchen. Ich halte mich zurück, damit du deinen Willen hast." Hänsel umarmt die Schwester und plötzlich herrscht traute Zweisamkeit.

Henriette hat das Gefühl, dieses Problem zwar nicht geklärt, aber momentan im Griff zu haben.

„Also ihr beiden, ihr geht jetzt in die Garderobe der Eltern und fahrt mit ihnen nach Hause! Hier ist Geld für das Taxi. Eure

Eltern benötigen in dieser schwierigen Situation jede helfende Hand. Habt ihr mich verstanden? Ich setze auf euch."

„Ja, verstanden", erklingt die eintönige Melodie aus den Mündern der zwei Kinder.

Henriette lässt Hänsel und Gretel stehen und eilt zu ihrer Tankette. Auf zum nächsten Märchen oder besser gesagt Problem, denn sie spürt, dass heute Einiges in der Luft liegt. Diese Unruhe überall; Vibrationen durchziehen ihren Körper. Ihr Fahrzeug rast zum nächsten Set. Sie ist kaum aus dem Auto gestiegen, da hört sie, wie einer der Produktionsleiter durch eine Flüstertüte brüllt: „Sieben Geißlein heute nicht! Dafür das tapfere Schneiderlein."

Aus dem Hintergrund brüllt jemand durch ein Megafon: „Schneiderlein fällt heute ebenfalls aus. Ist unterwegs und telefonisch nicht zu erreichen. Ich schlage vor, wir gehen alle nach Hause."

Henriette reißt dem Mitarbeiter die Flüstertüte aus der Hand und plötzlich ertönt die Stimme der Chefin am Set: „Niemand geht hier nach Hause! Ich kläre das Problem." Himmlische Ruhe am Set. Mit der Chefin hatte in diesem Moment keiner der Angestellten gerechnet. Henriette geht zielgerichtet auf die Garderobe der Ziegenmutter zu. Drinnen ist die Stimmung völlig am Boden. Die Mutter weint. „Was ist denn bei euch los? Hat der Wolf die Geißlein gefressen?", fragt Henriette Pöttchen die Mutter. Der Scherz kommt schlecht bei der alten Geiß an.

„Henriette", sie schluchzt, dass einem das Herz bricht. Nur Fräulein Pöttchen bleibt von diesem Gefühlsausbruch der Mutter ungerührt. Selbst die heulende Kinderschar weckt bei ihr keine Gefühle. Zu häufig hat sie solche Situationen schon erlebt und in den meisten Fällen war es falscher Alarm. „Ich war heute Morgen mit den Sieben beim Arzt, seit drei Tagen haben sie verquollene Augen und bekommen schlecht Luft."

„Was sagt der Arzt? Was haben die Kleinen?", fragt Henriette ohne Gefühlsregung.

„Der Arzt sagt, es sei eine Mehlstauballergie. Der Kollege Wolf bestreut seinen Arm mit Mehl, woher die Allergie wohl kommt. Wahrscheinlich nimmt er nicht mehr das althergebrachte Mehl, sondern eine von diesen Fertigmischungen. Früher ist er ja noch zum Handwerker seines Vertrauens gegangen, doch wo findet man heutzutage noch einen soliden Bäcker? Die panschen mit diesen Backmischungen herum und meine Kinder bekommen eine Allergie. Ich habe nicht mal eine Berufsunfähigkeitsversicherung abschlossen. Wer rechnet denn auch mit so was?" Die Mutter schüttelt verzweifelt den Kopf und die Tränen rinnen über ihre Wangen.

„Ja, wer rechnet denn mit so was?" Henriette wirkt für einen Moment kurz angebunden. Schnell gewinnt sie ihre alte Energie zurück und präsentiert der Mutter die Lösung des Problems. „Dann nehmen wir nicht mehr Mehl, sondern Gips. Ihr müsst nur aufpassen, wenn ihr die Szene spielt, dass es nicht regnet, sonst hat der Wolf ein Problem. Das könnte für ihn eine sehr anstrengende Aufführung werden."

Die sieben Geißlein hören Henriette aufmerksam zu und kichern bei den letzten Ausführungen von Fräulein Pöttchen. Die alte Geiß blickt daraufhin streng in die Runde, was zur sofortigen Stille im Kreis der Kinder führt. Henriette denkt, auch wenn die Alte alleinerziehend ist, ihre Kinder hat sie im Griff. Alle Achtung!

„Wir machen das so, ab morgen spielt ihr mit Gips, heute bleibt es bei der Spielplanänderung. Ich muss weiter. Grüß mir den Wolf. Er soll das nicht persönlich nehmen mit dem Gips. Tschüss."

„Auf Wiedersehen, Tante Pöttchen." Ein vielstimmiges Gekreisch aus sieben Kinderkehlen brandet Henriette nach. Beim Gehen denkt Henriette, eigentlich müssten die Kleinen endlich einmal in die Schule gehen. Darüber werde ich beim nächsten Besuch mit der Mutter reden müssen. Wird nicht leicht, die ist ja wie eine Glucke und lässt ihre Kinder nur bei der Aufführung allein. Ansonsten haben die Kleinen keine Chance, dem strengen Blick der Mutter zu entkommen. Na ja, bei der Biographie. Jeden Tag verliert sie ihre Kleinen und ängstigt sich. Auch irgendwie verständlich. Auf alle Fälle muss Henriette diplomatisch vorgehen. Irgendein Grund, der für den Schulbesuch der Kinder spricht, wird ihr schon einfallen.

Eine Durchsage der Sendeleitung ist in allen Studios zu vernehmen. Die näselnde Stimme sagt:

„Achtung, Achtung! Das Märchen vom tapferen Schneiderlein wird nun, entgegen anderslautenden Meldungen, aufgeführt. Jedoch verzögert sich der Beginn, da die Protagonisten, vor allem das Schneiderlein und die zwei Riesen, zurzeit nicht erreichbar sind."

Henriette denkt, dass die von der Sendeleitung ganz genau wissen, wo das Schneiderlein steckt. Das Märchen aufführen zu wollen, ist der blanke Wahnsinn. Sind denn jetzt alle verrückt geworden? Die Protagonisten sind nicht aufzufinden, so ein Quatsch. Die zwei Riesen sieht man meilenweit in der Ferne, wenn die durch die Landschaft gurken und sie wieder eine Stellungnahme ans Umweltamt wegen der Flurschäden schreiben kann. Jedes Mal hinterlassen die Riesen die Kulturlandschaft in einem völlig verwüsteten Zustand. Das muss sie in jedem Falle verhindern. Sie eilt zum Produzenten, der ziemlich genervt auf dem Stuhl des Regisseurs sitzt. „Wo ist denn Alfred, der Regisseur?", fragt Henriette. „Alfred? Der hat heute frei, der Glückliche. Normalerweise ist sein Märchen ja immer am Donnerstag dran, und weil das mit den Geißlein passiert ist … Ein Chaos, wie es im Buche steht."

„Dann machst du heute und hier alles allein, Wilfried?"

„Ja, sieht so aus, die Show muss weitergehen. Ärgerlich, dass uns gerade jetzt die drei Hauptdarsteller fehlen."

„Wo können die drei Herren denn sein?", versucht Henriette etwas aus Wilfried herauszulocken.

„Gerüchte Henriette, Gerüchte, alles Gerüchte. Ich gehe wegen meiner Frau und wegen meines Herzens nicht in solche Etablissements. Die drei Herren werden in einem einschlägig bekannten Haus, oder, wie man sagt, Nachtclub, unterwegs sein. Na ja, ist nicht ganz die Wahrheit. Die beiden Riesen müssen immer draußen bleiben, während das Schneiderlein einen auf Party macht. Er lebt seine Rolle auf andere Art und Weise aus."

„Das lassen die Riesen sich so einfach gefallen?" Henriette schüttelt vom Unverständnis verfolgt den Kopf.

„Du kennst doch die beiden Riesen. Die Hellsten sind sie nicht, und das gewitzte Schneiderlein schafft es immer wieder, sie rumzukriegen. Er sitzt auf der Schulter eines Riesen und verspricht ihnen die abenteuerlichsten Dinge. Seine Versprechen hält er jedoch nie. Und die Riesen sind nicht nachtragend. Vielleicht vergessen sie schneller als wir? Zu großes Hirn." Wilfried dreht mit dem Zeigefinger an seiner Schläfe.

„Verstehe. Hätte ich dem Schneiderlein nie zugetraut. Er macht immer einen auf soliden Handwerker. Gut, seine Auftritte besitzen immer einen Hauch von Extravaganz. Das ist ein Schlitzohr. Und du weißt nicht zufällig, wo genau sie zurzeit sein könnten?" Eine kleine Pause vergeht. Henriette blickt Wilfried tief in die Augen. „Komm, du hast Informationen.“ Sie knufft den Produzenten am Oberarm. Der schaut auf seine Uhr und sagt: „Sie werden im Blue Moon sein, da trinkt der Schneider immer seinen Curaçao und baggert die Mädchen an. Womöglich probt er gerade seinen nächtlichen Aufritt. Was der Herr Möchtegernkünstler im Blue Moon so alles treibt … keine Ahnung. Übrigens, von mir hast du die Information nicht.“ Wilfried hebt seine Arme in die Höhe.

„Und dass um diese Uhrzeit.“ Henriette schaut auf ihre Uhr. „Danke, Wilfried, du hast mir sehr weitergeholfen.“ Henriette sitzt Minuten später in ihrer geländegängigen Tankette und steuert das Blue Moon an. Von weitem erkennt sie Franz und Erwin. Die Riesen stehen da wie bestellt und nicht abgeholt. Solche Türsteher würde sich mancher Nachtclub wünschen.

Mit quietschenden Reifen hält sie vor Franz und Erwin. „Hallo Männer!“, ruft Henriette. Keine Reaktion von Seiten der Riesen. Die müssen mich wohl nicht gehört haben, denkt Henriette. Womöglich war ich zu leise. „Hallo Männer!“, schreit sie aus voller Kehle. Wieder keine Reaktion. Hätte sie bloß das Megafon mitgenommen. Auch egal. Henriette lässt die Riesen links liegen und geht zur Eingangstür des Blue Moon. Sie will unbedingt das Schneiderlein finden, koste es, was es wolle. Der Mann an der Tür, einer mit zu viel Eiweiß im Körper, dessen Schädel statt von Haaren von jeder Menge unverständlicher Tattoos übersäht ist, verwehrt Henriette den Einlass. Mit einem kräftigen Tritt gegen sein Schienbein und mit Hilfe des Einsatzes ihrer Krokodillederhandtasche gelingt es ihr letztendlich doch, in das Etablissement zu gelangen. Ein klägliches Geschrei dringt an Henriettes Ohren. Sie kann den Schmerz fühlen: „Mama, Hilfe! Mama, die Frau ist böse zu mir.“

Der vierschrötige Türsteher liegt, einem Häufchen Elend gleich, zu ihren Füßen. „Mein lieber Herr, nach der werten Frau Mama würde ich an ihrer Stelle nicht rufen. Was soll denn die Frau Mama von Ihnen denken? Als Türsteher arbeiten und Prügel von einer Frau beziehen. Peinlich! Peinlich! Da hat wohl jemand seine Hausaufgaben nicht gemacht." Sie steigt über den Türsteher hinweg und sagt zu sich, so dass der Mann alles mitanhören kann: „Was für eine Null! Sieht schräg aus der Vogel und ruft nach seiner Mama. Und das in seinem Alter und in seiner Position. Die leidige Sache mit dem Personal. Aber wem sage ich das? Das sehe ich ja an meinen Angestellten. Alle verrückt. Und wer nicht verrückt ist, der arbeitet in Eigentherapie daran."

Das Blue Moon macht seinem Namen alle Ehre. Diffuses blaues Licht hüllt den Raum und alles, was sich darin befindet, in eine gespenstische Atmosphäre ein. Henriette benötigt einige Momente, um ihre Augen an die Lichtverhältnisse zu gewöhnen. Auf der ansehnlichen Bühne sieht sie ihren langjährigen Mitarbeiter, das tapfere Schneiderlein im Scheinwerferlicht stehen. Er probt gerade. Dieses Mal steht Henriette vor einer der härtesten Prüfungen in ihrem langen Berufsleben. Und das will etwas heißen! Wenn sie selbst nicht im Leben bereits alles erlebt hätte, wäre sie wohl hochrot angelaufen. Was sie sieht, nötigt ihr eine Art von Tapferkeit ab, die jedem alten Krieger zur Ehre gereicht hätte. Das Schneiderlein liegt auf völlig verdunkelter Bühne auf einem schwarzen Flügel und nur sein Alabasterleib wird von einem Scheinwerfer erhellt. Nackt! Na ja, fast. Der Wicht trägt Dessous. Genauer gesagt, trägt er schwarze Catsuites, die zum Teil mit pfirsichfarbenem Spitzen-Firlefanz überdeckt sind. Dazu singt das Schneiderlein: „Ich bin die fesche Lola." Fesch sieht anders aus, denkt Henriette Pöttchen. Was für ein Niveau. Zumal das Schneiderlein mit seinem kleinen Bäuchlein und seinen dürren Beinchen eher wie ein sich entwickelnder Buddha aussieht. Oder ist er womöglich in anderen Umständen? Henriette schließt mittlerweile nichts mehr aus. Hier und heute ist alles möglich. Lichte Stellen in seinem Haupthaar verraten die kommende Glatze. Sein Viktor-Emanuel-Bart sticht aus dem spitzen Gesicht hervor. Solche altersbedingten Schwachstellen am Körper des Schneiderleins kannte Henriette bisher nicht. Das alles schreit nach einer Frischzellenkur. Ab morgen sieht sie ihn bereits in der firmeneigenen Folterkammer, so nennen ihre Angestellten das Fitnesscenter, schwitzen. Was aber der ganzen Sache die Krone aufsetzt, ist der goldene Hüfthalter, den er trägt und auf dem in Scharlachrot der altbekannte Spruch „Sieben auf einem Streich" steht. Darin also, denkt Henriette, liegt das Geheimnis für den Erfolg des Kollegen Schneider. Der lässt ihn das lukrative Zubrot zukommen. An dieser Stelle sei bemerkt: Seine zahlreichen weiblichen Zuhörerinnen im Saal bewarfen das Schneiderlein während der Aufführungen mit Unmengen delikater Unterwäsche. Das war zwar üblich in dieser Branche, aber trotzdem ein Skandal! Schließlich ist das Schneiderlein ein Kinderstar. Henriette ringt um Fassung. Was würde passieren, wenn die Presse davon Wind bekäme. All diese Moralapostel würden aus ihren Löchern kriechen, in denen sie stecken und in denen sie auf derartige Skandale warten. Diese ganzen selbsternannten Moralinstitutionen wie seine Heiligkeit, die Märchenstiftung, der Bund herrenloser Gartenzwerge, die aus dem Paradies Vertriebenen e.V., die Tütensuppen-Stiftung, der Karnevalverein, die Eulenpartei, der man vor Jahren die Flügel stutzte, und, und, und … Solcherlei Art von Öffentlichkeit mochte Henriette überhaupt nicht. Was die Frauen bloß an solch einer Type finden? An dem ist nichts dran. Kein Gramm Testosteron. Der

Schneider sieht wirklich aus wie die fesche Lola. Hier muss der Erzähler wieder kommentierend eingreifen und die Aussage richtigstellen. Wie die fesche Lola? Ja, aber nur mit viel, sehr viel Fantasie. Vielleicht erscheinen bei Ihnen andere Bilder im Kopf beim Namen „Fesche Lola". Zumal niemand das Original kennt, geschweige denn je mit ihr sprach.

Henriette wartet geduldig die Probe ab und schleicht anschließend in den Backstage-Bereich. Die Technik spielt tosenden Applaus ein und dazu tönt hysterisches Geschrei junger Frauen aus den Lautsprechern. Das geht minutenlang so. Unser Schneiderlein verbeugt seinen dürren Körper vor dem imaginären Publikum. Fast scheinen daraus Verrenkungen zu werden. Geduld ist gefragt und diese von ihr geforderte Geduld steigert Henriettes Zorn nur noch mehr. Das Schneiderlein stolpert freudetrunken hinter die Bühne. Henriette packt den Fremdgeher am Schlafittchen und schüttelt das Schneiderlein gehörig durch. Über die Folgen berichteten wir bereits bei Hänsel. Zum zweiten Male an diesem Tag meldet das Seismologische Institut ein leichtes Erdbeben der Stärke 2,6. Über Schäden und mögliche Ursachen, so die Wissenschaftler, sei bisher nichts bekannt.

„Komm du mir das nächste Mal in mein Büro. Aus dir mache ich Kleinholz, liebes Schneiderlein. Erinnerst du dich noch an die Elle, die ich dir weggenommen habe. Ich zeige dir mal, wozu man eine Elle benutzen kann. Die lasse ich dann auf deinem Hinterteil tanzen. Dagegen war das Lineal von heute Morgen nur ein laues Lüftchen. Mag sein, dass der Vertag, den wir geschlossen haben, nicht mehr in jedem Detail in deinem kleinen pflaumenmusverkleisterten Gehirn abrufbar ist. Was ich aber weiß, ist, dass du jedes Nebeneinkommen und die dazugehörige Tätigkeit mir anzuzeigen hast. Was sollen die Leute denken? Und vor allem die Kinder? Wenn Fotos von dir im Internet auftauchen … Der Held aus dem Märchen hüpft hier in diesem albernen Kostüm über die Bühne und füllt ganz nebenbei seine private Garderobe mit Unterwäsche auf, während draußen die beiden Deppen stehen und nicht wissen, was sie vor lauter Dummheit machen sollen. Zieh dich um, du wirst gleich spielen."

„Ich bin heute nicht dran!", piepst das Schneiderlein.

„Ob du dran bist oder nicht, dass sage ich dir als deine Agentin. Die Kinder von der alten Geiß sind krank und können nicht auftreten."

„Die und krank, diese Mischpoke simuliert. Dafür sind sie bekannt. Faule Bande. Wenn die Mutter mit ihren Kindern nicht klarkommt, soll sie die zur Adoption freigeben. Ich spiele nicht!" Das Schneiderlein verschränkt seine Arme und mimt den bokkigen, kleinen Jungen.

„Was redest du da für einen Quatsch zusammen, mach endlich, dass du ans Set kommst und nimm die beiden Trottel vor der Tür mit. Die übersieht man ja gern mal. Wir sprechen uns noch, mein liebes Schneiderlein, dann wird dir auch deine Tapferkeit nichts mehr nützen. Warte mal, mein Freundchen, ich komme mit und die zwei Riesen nehme ich mir gleich zur Brust."

Bevor Henriette ihren Plan in die Tat umsetzt, schleift sie den Schneider an die Bar des Blue Moon. Sie trinkt einen eisgekühlten Wodka auf ex. Dem Barkeeper sagt sie, der Schneider würde bezahlen, sie wären seit Jahren sehr gute Freunde. Der Barkeeper schaut ungläubig, denn bisher hatten sich nur Herren, darunter dieser Hans-Peter, vom Schneiderlein aushalten lassen. Ein sehr energischer Blick von Henriette überzeugt ihn jedoch vom Gegenteil. Pflichtbewusst schreibt er den Wodka auf eine sehr, sehr lange Rechnung. In seinen Gedanken überlegt er, wie er dem Schneiderlein das Geld aus den Rippen leiern würde. Zechpreller, davon gibt es genug auf der Welt.

Henriette tritt mit dem Schneiderlein vor die Tür. Sie atmet tief durch. Vor dem Blue Moon stehen die zwei Riesen artig neben der Tür. Der Türsteher lauert in einer Ecke und will seine erlittene Schmach bei Henriette rächen. Von halb rechts hinten holt er gegen Henriette aus. Ein Unterfangen, das er lieber hätte bleiben lassen sollen. Intuitiv, ohne zu schauen, greift sie hinter sich und packt den Unhold am Ohr.

„Nun mein Lieber, wäre es nicht an der Zeit, den Beruf zu wechseln?" Henriette wartet ein paar Sekunden. Da keine Antwort von dem am Ohr Festgehaltenen kommt, dreht Henriette Pöttchen ihr Gesicht zum Türsteher und sagt: „Ich wiederhole mich gern: Gutes Personal zu bekommen, ist heute schwierig. Und ich kann ein Lied davon singen. Schauen Sie sich nur das Schneiderlein an. Ein Jammer! Ich schlage vor, Sie bewerben sich bei der Heilsarmee. Mit ihren nicht vorhandenen Fähigkeiten sind sie bei denen gerade richtig. Weichei!" Henriette lässt vom Türsteher ab, nicht ohne ihn noch einmal ihre Krokodilledertasche auf dem tätowierten Kopf spüren zu lassen. Der Türsteher steht völlig konsterniert da und bricht zusammen. Später im Krankenhaus werden die Ärzte bei dem Mann einen Kollaps und eine leichte Gehirnerschütterung diagnostizieren. Zudem wurden die Ärzte vor ein Rätsel gestellt: Die Tattoos gerieten während der Untersuchung miteinander in Streit. Ein Teil wollte plötzlich nicht mehr, wie sie sich auszudrücken pflegten, „auf dem Eierkopf" wohnen. Sie begannen, vor den Augen der Ärzte, ihre Koffer zu packen und die Glatze zu verlassen. Wo die Tattoos abgeblieben sind, ist bis heute ein Rätsel. Sofort eingeleitete Fahndungsmaßnahmen der Polizei blieben erfolglos. Eine spätere Beschreibung in einem medizinischen Fachblatt mit den entsprechenden Nachweisen und Fotos erregte in der Fachwelt großes Aufsehen. Der Türsteher selbst überlegte, das Krankenhaus zu verklagen. Er nahm später Abstand davon. Ihm kam zu Bewusstsein, dass er dabei der eigentliche Verlierer sein würde. Seinen beruflichen Werdegang, das sei hier am Rande erwähnt, krempelte er vollkommen um. Er züchtet seitdem Rosen der Sorte „Blue Moon".

Mit dem Schneider im Schlepptau geht Henriette auf die Riesen zu. Die haben bisher von all dem, was passiert ist, nichts mitbekommen. Sie ruft nach ihnen und wieder hören die beiden Herren keinen Laut.

„Mein liebes Schneiderlein, wie kann ich mir bei deinen Kollegen Gehör verschaffen?"

„Das sag ich dir nicht." Der Schneider sieht seine Stunde gekommen, Henriette die Schmach von vorhin heimzuzahlen.

„Soll deine Elle auf deinem Rücken tanzen?" Schwupp und wie von Zauberhand hält Henriette plötzlich das Utensil des Schneiders in der Hand. Der Schneider kennt die Wirkung seines Arbeitsgerätes. Wer, wenn nicht er. Schließlich ist seine Elle für den Tod von sieben Insekten verantwortlich.

„Nein, nein, bitte nicht. Henriette, ich mache alles, was du sagst", wimmert das Schneiderlein.

„Brav Schneiderlein, brav. Ich wusste, wir zwei kommen ins Geschäft." Henriette klopft dem Wicht auf die Schulter.

Der Schneider steckt zwei Finger in den Mund und ein lauter Pfiff ertönt. Die Riesen blicken nach unten und sind sehr erstaunt, ihre Chefin an der Seite des Schneiderleins anzutreffen.

„Na, Franzl und Erwinchen, wie war denn der heutige Ausflug?", fragt Henriette ohne von den Riesen wirklich eine Antwort auf ihre Frage zu erwarten.

„Äh, hm, nu, ja …“ schießt es förmlich in einem eloquenten Feuerwerk aus den Kolossen.

„Ihr macht jetzt Folgendes: Gut zuhören!“ Henriette richtet beide Zeigefinger an ihre Ohren. „Ihr nehmt das Schneiderlein und dann ab ans Set. Ihr müsst heute spielen.“

„Spielen? Wir haben heute unseren freien Tag“, antworten die Riesen in akustischer Zeitlupe.

„Wann ihr euren freien Tag habt bestimme ich, verstanden!“ Jetzt fangen die zwei Riesen auch noch an eine eigene Meinung haben zu wollen, denkt Henriette.

„Nö, ich mache nicht mehr mit“, protestiert Erwin.

„Genau“, pflichtet Franz bei.

„Was soll das, meine Herren. Sie haben mit mir einen Vertrag geschlossen. Ich ordne hier an, welche Aufgaben zu erledigen sind, Punkt.“

„Jeder kommandiert uns rum. Überall Zwerge, die bestimmen wollen, was wir tun sollen. Franz und ich, wir fordern einen Riesenbeauftragten.“

„Was wollt ihr? Einen Riesenbeauftragten? Ich glaube ich habe mich verhört. Und welcher Zwerg sollte dies eurer Meinung nach übernehmen?“

Franz und Erwin schauen einander ratlos an. Soweit zu denken, ist für die Riesen eine echte Herausforderung. Derweil kichert das Schneiderlein in seinen Bart.

„Ich“, piepst der Schneider an Henriettes Seite. „Ich könnte das übernehmen.“

„Komm, träum weiter. Das wäre ja ein Fall von Vetternwirtschaft, so gut wie ihr euch kennt.“ Henriette schubst ihren leichtfüßigen Mitarbeiter beiseite. „Das könnte euch so passen, nichts da! Riesenbeauftragter! Das ich nicht lache. Zum Schluss habe ich dann in meinem Unternehmen einen Frauenbeauftragen, einen Zwergenbeauftragten, einen Feenbeauftragten, einen Hexenbeauftragten und so weiter. Und wer, frage ich euch, arbeitet dann? Alle sind beauftragt? Was soll der Blödsinn ... Kommt nicht in die Tüte. Früher gab es so etwas nicht und es wird so etwas auch in Zukunft nicht geben. Zum Schluss habe ich mehr Beauftragte für irgendwas in meiner Agentur als aktiv tätige Mitarbeiter. Ich wusste gar nicht, dass ich ein demokratisches Unternehmen führe, in dem jeder seine Klappe aufmachen und nach seinen Rechten blöken darf? Wo kommen wir denn da hin? Wir spielen Märchen für Kinder und nicht ‚Ich werde benachteiligt, helft mir!' Diese Idee könnt ihr euch aus dem Kopf schlagen. Aber nehmt dabei bitte keine Baumstämme. Das gibt mächtige Beulen. Jungs, setzt euch nach der Vorstellung in die Höhle und denkt mal über die weltverbessernde Rolle von Großwüchsigen nach. An der Sache könnt ihr euch abarbeiten und habt eine Weile zu tun. Ihr nehmt jetzt den Schneider und geht zum Set. Keine Widerrede! Verstanden!" Fräulein Pöttchen schaut ihre drei Mitarbeiter böse an.

Bei den letzten Worten Henriettes blicken die Riesen so dumm drein, dass Fräulein Pöttchen sich genötigt fühlt, ihnen die letzten Ausführungen zu erläutern: „Was ich sagen wollte, legt euch nach der Vorstellung hin und träumt was Schönes. Verstanden?"

„Ja." Die Erleichterung ist den Riesen anzumerken. Freudig erregt, so kann ihr Gemütszustand in diesem Augenblick beschrieben werden, wollen sie in Richtung Set aufbrechen.

„Dann ist ja alles in bester Ordnung. Vergesst nicht, das Schneiderlein mitzunehmen. Macht's gut, Jungs. Ach halt, eins hätte ich beinahe vergessen. Benutzt bitte auf eurem Rückweg die Straßen. Nicht, dass mir das Umweltamt und der Bauernverband wegen der Flurschäden wieder auf die Pelle rücken, ihr wisst schon." Henriette lässt die Riesen stehen und entschwindet.

Das Schneiderlein tritt in selbigen Moment vor und sagt zu den Riesen: „Endlich ist der Blaustrumpf weg."

An den irritierten Gesichtern seiner zwei Kollegen erkennt er, dass er im Moment nicht mit einer Antwort rechnen muss.

Franz setzt das Schneiderlein auf seine linke Schulter und gemeinsam ziehen die drei zum Set, eine Sonderschicht schieben.

Henriette denkt, dass es besser wäre, wieder zum Set zurückzufahren, denn: Vertrauen ist gut, Kontrolle viel besser.

Und an dieser Stelle sollten wir Henriette loben, sie tut gut daran, wieder ans Set zu fahren, denn zwischenzeitlich ist der Gips für den Wolf geliefert worden. Und was machen die sieben Kleinen der Geiß? Die probieren das Calciumsulfat-Dihydrat gleich aus und gipsen dem schlafenden Wolf den Schwanz ein. Fräulein Pöttchen kommt zufällig dazu. Leider um einige Sekunden zu spät, denn der schlafende Kollege Wolf, von seinem Unglück nichtsahnend, ist, wenn Sie so wollen, medizinisch gut versorgt. Wo ist bloß die Ziegenmutter? Henriette denkt seit längerem darüber nach, der alten Geiß eine Haushaltshilfe zur Seite zu stellen. Das kostet zwar viel Geld, sie muss aber zwischen dem Schaden, den die Kleinen anrichten, und den Kosten für eine neue Mitarbeiterin abwägen.

Zuerst fängt Henriette die Verursacher des Gipsattentats ein. Mit Drohgebärden wird sie schnell Herr über die Kinderschar. „Was habt ihr da angerichtet? Euch kann ich keine zwei Minuten allein lassen. Wo ist eure Mutter?"

„Unsere Mutter, mäh, die ist zu Hause, und bestellt bei einem Verkaufskanal, im Fernsehen, mäh", erschallt es im Chor.

„Eure Mutter soll ihrer Aufsichtspflicht nachkommen“, sagt Henriette verärgert.

„Die Mutter schaut um diese Tageszeit immer Verkaufssendungen, mäh. Und dann bestellt sie uns immer so schöne Sachen, mäh.“ Wieder schallt ein Chor von Kinderstimmen ihr entgegen.

Henriette ist genervt. Sie schickt die Kinder zu ihrer Mutter nach Hause. Auf weitere strafende Worte verzichtet Fräulein Pöttchen. Den Erziehungsauftrag will sie der alten Geiß nicht aus den Händen nehmen.

Nun wendet Henriette ihre ganze, ja hier ist der Begriff angebracht, mütterliche Aufmerksamkeit und Fürsorge dem Kollegen Wolf zu. Sie weckt ihn behutsam auf, und als der Wolf aufstehen und seinen Schwanz heben will, fällt er, von der Erdanziehung tatkräftig unterstützt, um. Völlig verwirrt blickt der Wolf seine Chefin an: „Hat die alte Geiß mir wieder Wackersteine in den Magen gelegt? Ich kann mich nicht entsinnen, heute das Märchen aufgeführt zu haben. Oder habe ich etwa verschlafen?“

„Ganz ruhig, lieber Wolf.“ Henriette legt dem Wolf die Hand auf die Schulter. „Du wirst gleich Hilfe bekommen.“ Der Wolf weiß zuerst gar nicht was, um ihn herum geschieht, so verschlafen ist er. Henriette erklärt ihm mühevoll mit unendlich vielen, blumigen Worten die peinliche Sache mit seinem Schwanz. Das ist natürlich zu viel für den armen Isegrim, der im wahren Leben ein echtes Sensibelchen ist. Übrigens sei an dieser Stelle erwähnt, dass es sich bei diesem Wolf nicht um den Kollegen aus dem Märchen Rotkäppchen handelt. Der Wolf der Sieben Geißlein hat Familie, Frau und acht kleine Kinder. In seiner Freizeit strickt er unermüdlich warme Sachen für den Winter. Selbst die alte Geiß ist eine seiner Kundinnen. Das letzte Gefühl, das der Wolf nun spürt, ist sein eingegipster Schwanz. Er fällt mit einen lauten Seufzer in Ohnmacht.

Schneeweißchen und Rosenrot, die gerade von ihrem Auftritt kommen, werden von Henriette an die Stelle des peinlichen Vorfalls beordert. Henriette schildert ihnen die Ereignisse, und nachdem sich die beiden den eingegipsten Schwanz angesehen haben, rennen sie kreischen weg. Fräulein Pöttchen kann nur „Dumme Gänse!“ hinterherbrüllen. Das Geschrei um ihn herum bringt den Wolf wieder zu Bewusstsein. In der ganzen Verwirrung macht Henriette eine folgenschwere Aussage: „Der Schwanz muss ab!“ Bei diesen Worten fällt der Wolf endgültig ins Koma. Henriette ruft mit dem Mobiltelefon den Produzenten an, der sofort einen seiner zahlreichen Assistenten vorbeischickt, der zum Glück ausgebildeter Rettungssanitäter ist.

Der Assistent, ein junger, attraktiver Mann, dem Henriette unablässig auf seinen knackigen Po schielt, sieht den Wolf in seinem Elend liegen und für eine Sekunde, beim Anblick des eingegipsten Schwanzes, wird ihm schwindlig. Schnell findet der junge Assistent seine Contenance wieder. Als pragmatischer Mensch meint er nur: „Solange der Wolf schläft, haben wir die Möglichkeit ihm zu helfen.“ Er verschwindet kurz und erscheint mit einem Gummihammer – besagter Gummihammer wird ihm noch Jahre später schlaflose Nächte bereiten – und mit wenigen, wohl dosierten Schlägen ist der Wolf von seiner weißen Hülle befreit.

Gemeinsam tragen sie Isegrim in Henriettes Tankette. Die Chefin fährt die im Koma liegende Mimose in ihre Wohnung. Der Wolf liegt auf der Rückbank und kommt langsam wieder zu Bewusstsein. Ein fürchterliches Jammern hebt an und sein seidenes Taschentuch kann all die Tränen, die er vergießt, nicht auffangen. „Welch Schmach, die mir diese Kinder zugefügt haben! Diese Blagen von der Alten. Am liebsten würde ich die alle auf einmal verspeisen. Aber Ziege ist nun wirklich nichts für einen Gourmet meines Formats. Selbst die Kinder! Furchtbar, die jedes Mal schlucken zu müssen. Henriette, du glaubst gar nicht, wie zäh die jungen Luder sind!" Der Wolf schüttelt angewidert seinen Körper und wendet den Kopf zur Seite. Er schaut auf die vorbeieilenden Häuser und schweigt. Henriette verabschiedet den Wolf vor seinem Haus und gibt ihm für die nächsten drei Tage frei. Einem gebrochenen Mann nicht unähnlich, so schleicht der Kollege Wolf gebückt und gedemütigt in sein Heim. Ein trauriger Anblick, findet Henriette.

Fräulein Pöttchen leiert unterdessen die Scheibe des Wagens herunter und ruft dem Wolf hinterher: „Ich sage der alten Geiß Bescheid. Die Kinder werden dich besuchen kommen und eine Entschuldigung ist auch fällig."

Der Wolf winkt nur ab und ruft: „Ich kann die Kleinen nicht mehr sehen. Der Ziegengeruch hängt mir zum Halse heraus. Wenn ich wenigsten bei Rotkäppchen mal mitspielen könnte und Frischfleisch bekommen würde, aber mit der alten Großmutter würde es mir wahrscheinlich auch nicht viel besser ergehen. Ich nehme nach jeder Vorstellung Magentropfen. Lange mache ich das nicht mehr mit. Irgendwann kündigt mir die Krankenkasse … ich werde noch zum Veganer."

Henriette beruhigt den Wolf. „Wir werden zu gegebener Zeit über alles reden. Ich rufe dich an. Versprochen. Geh jetzt nach Hause und leg dich hin. Grüß mir die Familie."

Zu Hause fällt der Wolf seiner Frau tränenreich in die Arme. Haarklein erzählt er ihr von seinem Ungemach. Frau Wölfin entbindet ihren Mann von jeglicher Hausarbeit und bettet ihn weich auf die Couch. Mit einem stärkenden Kamillentee umsorgt sie den Vater ihrer Kinder. Dem Isegrim tut dies sichtlich gut.

19
07
16

Verfolgen wir nun wieder den Weg von Meister Lampe. Nach seiner Trennung vom Weihnachtsmann beschließt der Löffelträger den ganz großen Coup. Zufällig trifft er auf seinem Weg aus der Avocado Bar Hans-Peter Pöttchen, der ihn zu einer Spritztour einlädt.

„Na, Lust auf einen kleinen Flug nach Nordafrika?"

„Wieso nach Nordafrika? Was soll ich denn da? Das ist überhaupt nicht mein Revier. Allein wegen der Religion. Die Menschen da kennen kein Ostern." Der Osterhase ist sehr verwundert.

„Mensch, mal einen draufmachen und so. Ich nehme dich auf meinem Teppich mit." Hans-Peter klopft dem Hasen auf die Schulter.

„Wo hast du denn den Teppich her?", fragt Meister Lampe verwundert.

„Ein kleines Arrangement mit dem Zauber vom Gestiefelten Kater."

„Ah, ich verstehe. Abgemacht. Aber du musst mich festhalten. Ich bin nicht schwindelfrei. Gibst du mir dein Ehrenwort?"

„Natürlich, was denkst du?", fragt Hans-Peter. Daraufhin entscheidet der Osterhase spontan, mit Hans-Peter Pöttchen und dessen Teppich nach Nordafrika zu fliegen. Auf dem Flug dorthin erzählt er Hans-Peter von seinen Plänen, einen Sprengstoffgürtel zu bauen. Hans-Peter ist von der Idee sofort begeistert und sagt dem Osterhasen seine volle Unterstützung zu. Unerwartet überkommt den Osterhasen eine gewisse Traurigkeit.

„Weißt du, Hans-Peter, alle machen mich nieder. Deine Schwester, der Weihnachtsmann, selbst dieser Zahnarzt, Doktor Blanchet. Ich will der Welt endlich einmal auf meine Art und Weise zeigen, was in mir steckt. Deine Schwester könnte wenigstens mit ein paar netten Worten ihre Angestellten aufmuntern. Aber nein, sie hackt immer nur auf uns herum."

„Henriette kennt nur ihr Geschäft. Von der kannst du nichts erwarten. Glaube mir, als ihr Bruder weiß ich, wovon ich spreche."

„Hm", ist der einzige Kommentar des Hasen. Wenn selbst der Bruder solche eine Einschätzung abgibt, dann ist wohl nichts zu machen.

Nach ihrer Landung in Nordafrika in einem gewissen Städtchen mit Anfangsbuchstaben ‚C' besuchen die zwei Weltenbummler zuerst einen Basar. Dort kauft der Hase zwanzig Büchsen eines braunen Zuckerwassers, die er sofort austrinkt. An eine Weiterverfolgung seines Planes ist im Augenblick nicht zu denken. Die Flüssigkeit treibt und der Hase sitzt überwiegend auf dem stillen Örtchen. Irgendwann ist es dann soweit, der Osterhase sitzt wieder auf dem Trockenen und bastelt die zwanzig Büchsen zu einem Gürtel zusammen. Er kauft ein rosa Tuch, das er um seine Stirn bindet. In einem speziellen Laden, an dem keine Werbung angebracht ist, erwirbt der Osterhase eine Art Kostüm, über das später noch zu sprechen sein wird. Das eigentliche Problem steht leider noch aus. Woher den Sprengstoff nehmen? Hm, nicht so einfach. Oder doch? Der Hase und Hans-Peter hören sich in dem Wüstenstädtchen um. Bei der Größe seiner Ohren ist das keine große Herausforderung. Und siehe da, der Osterhase gerät an einen Mann, der ihm ein magisches Pulver mit dem Namen Ammonal verkaufen will. Es handelt sich dabei um eine Mischung aus Ammoniumnitrat und Aluminium. Die Wirkung, so der unbekannte Mann, sei enorm. Der Hase ist natürlich sofort Feuer und Flamme, obwohl er die Wirkungsweise dieser Mischung nicht kennt. Kurz und gut, zwei Stunden später sind alle Büchsen gut gefüllt. 2,99 € und das

Geschäft ist perfekt. Über den niedrigen Preis herrscht beim Hasen eitel Freude. Er hat ein echtes Schnäppchen gemacht. Mit geschwollener Brust und einem Dosenhalter um die Hüften stiefelt der Osterhase hinaus in die weite Welt. An seiner Seite ist stets Hans-Peter Pöttchen. Die zwei sind der Meinung, ihren Erfolg gebührend feiern zu müssen. In einer Bar in C. kehren sie ein und trinken ein Glas Milch. Das passt Hans-Peter überhaupt nicht, schließlich ist er ein richtiger Mann, doch der Osterhase besteht auf Milch. Was Hans-Peter und der Osterhase nicht wissen ist, dass sie in der Bar längst beobachtet werden. Rotkäppchen ist ihnen nachgereist. Natürlich wegen Hans-Peter, den sie vernaschen will – am besten in der kommenden Nacht.

Henriette plagen derweil ganz andere Sorgen. Auf der Fahrt in ihr Büro beginnt es plötzlich zu schneien und das ganz außerplanmäßig. Auf dem Kalender steht der 28. Juni. Henriettes Wagen schlingert bedenklich auf der rutschigen Fahrbahn. Sie hat natürlich in dieser Jahreszeit Sommerreifen aufgezogen. Vor Schreck macht Henriette eine Vollbremsung. Sie fährt an den Straßenrand und kramt ihr Telefon aus den unendlichen Tiefen ihrer Tasche hervor. Nach wenigen Sekunden hört sie die Stimme ihrer alten Freundin Frau Holle: „Erika, hier Henriette, sag mal, was soll der Quatsch? Seit wann schneit es im Sommer? Hast du etwa die Pechmarie zur Ausbildung da? Deine Aufführung ist erst Morgen. Und außerdem, du sollst es nur im Märchenwald schneien lassen. Lokal begrenzt. Nicht das wieder einer von den Schmierfinken in der Presse über Wetterkapriolen schreibt. Dann werden abermals alle möglichen Statistiken herausgekramt und irgendwelche Verschwörungstheorien erfunden. Von wegen Klimawandel und so."

„Das weiß ich, Henriette. Warum ich heute Schnee im Angebot habe, hat einen ganz einfachen Grund, der tatsächlich mit dem Klimawandel zusammenhängt. Ich habe einen neuen Wochenplan vom meteorologischen Institut bekommen und den muss ich penibel einhalten. Die vom Institut haben gesagt, dass Klimawandel der letzte Schrei ist, und wenn der so eintritt, wie die Forscher vorausgesagt haben, dann würden sie Fördergelder bekommen." Erika klingt während ihrer Erläuterungen völlig normal. Das verwundert Henriette ein wenig.

„Ich sollte mal zum Arzt fahren. Sind denn jetzt alle verrückt geworden? Die lassen sich ihre eigenen Vorhersagen vergolden? Erika, du hörst mit diesem Unsinn sofort auf! Was interessieren mich die Fördergelder? Du stehst bei mir unter Vertrag und dann machst du das, was ich dir sage. Basta! Wo kommen wir denn da hin. Das ist Bestechung, Einflussnahme und purer Unfug. Du sollst es schneien lassen, damit die Jahresbilanz von den Meteorologen ausgeglichen ist? Ein Skandal ist das! Können die nicht selbst ihr Wetter kreieren? Wenn nichts mehr geht, ist die Hausfrau Erika Holle der letzte Notnagel für die wissenschaftliche Elite dieses Landes."

„Das ist nicht so einfach, meine liebe Henriette. Wenn ich meinen Wochenplan nicht einhalte, dann muss ich tausend Quadratmeter Solarpaneele auf meinem kleinen Häuschen oder wahlweise zweihundert Windräder installieren."

„Waaas …?", schreit Henriette völlig entnervt in das Telefon. „Ich verbiete dir diesen Unsinn. In einer Minute scheint die Sonne. Hast du verstanden?! Gib mir die Telefonnummer von diesen Wetterfröschen. Schnell. Denen werde ich was erzählen." Henriette schreibt flüchtig die Telefonnummer in ihr Notizheft. „Ach übrigens, Erika, ich lade dich für Donnerstag zu unserer Kaffeerunde ein. 15 Uhr. Kommst du?"

„Ja, natürlich Henriette." Erikas Worte klingen freudig erregt.

„Gut, dann bis Donnerstag."

„Bis Donnerstag, Henriette.“

Die Wolken verfliegen und die untergehende Sonne erscheint und blendet Henriette beim Zurücklegen der letzten Meter bis zum Büro. Sie lässt ihrem Ärger auf der Fahrt freien Lauf, bis sie vor ihrem Büro steht. Wenn das seine Heiligkeit gehört hätte? Drei Vaterunser und vier Wochen Buße in Form vom besten französischem Hartkäse, ganz nach dem Geschmack seiner Heiligkeit, würde die Bestrafung umfassen. Noch im Auto sitzend ruft Fräulein Pöttchen im meteorologischen Institut an.

„Mit wem spreche ich da?“ Henriettes Erregung lässt ihre Stimme vibrieren.

„Prof …“

„Mit wem spreche ich da?“, schreit Henriette in den Hörer.

„Das tut nichts zur Sache“, antwortet die unbekannte Stimme hochnäsig.

„Oh doch, und ob das was zur Sache tut! Ihr Vertrag mit einer gewissen Erika Holle ist null und nichtig. Verstanden?“

„Was? Wieso? Was erlauben Sie sich! Impertinente Person!“ voller Entrüstung erklingt die Stimme aus dem Hörer.

„Das tut hier ebenso nichts zur Sache.“ Henriette ist mit einem Male völlig entspannt.

„Wieso? Die Erika Holle ist eine ganz patente Frau …“

„Das interessiert mich nicht. Ihr Experiment ist hiermit beendet. Steigen Sie wieder in ihr Glas hinab, sie Wetterfrosch. Wenn Ihnen das zu gemein ist, kann ich Ihnen ein Original vorbeischicken. Sogar mit Krone.“

„Unerhört! Das lasse ich mir nicht gefallen. Wer spricht da? Ich habe einen gültigen Vertrag mit Erika Holle!“

Henriette verstellt ihre Stimme, sodass sie südländisch klingt und tut so, als spräche sie mit jemand anderem: „Luigi, fahre zu Professore … Lasse aussehen wie Unfall. Steck seine Füße in

Beton oder so … Sei kreativ … Du verstehe … Oder nein, lassen wir den Wetterfrosch vom Winde verwehen. Gurkenglas, das hat Stil. Wecke ihn darin ein, damit die Nachwelt was von ihm hat."

„Wa …wa … was soll das?", hört Henriette die ängstliche Stimme des Professors.

„Wer nicht mit uns ist, ist gegen uns. Und gegen uns gibt es nicht. Verstanden, Professore?"

„Ver … verstanden. Ich habe Frau und Kinder … und die Pension … bitte, bitte nicht …", wimmert der Professor, dem plötzlich klar wird, dass alles, was er sich bisher aufgebaut hat, auf dem Spiel steht.

„Dann ist ja alles bestens. Der Vertag mit Frau Erika Holle ist hiermit aufgelöst. Erika Holle wird in Zukunft in Ruhe gelassen. Ciao, Professore. Ach, und dass mir keine Klagen kommen. Sie stehen unter Beobachtung, Professore. Übrigens, Professore, die Erika ist eine ganz patente Frau. So was macht ein Professor nicht, ältere, alleinstehende Damen für seine ganz privaten Zwecke einsetzen." Henriette drückt auf den Knopf und das Gespräch ist beendet.

Fräulein Pöttchen steigt aus ihrem Fahrzeug und eilt hinauf zum Büro, das sie mit aufgebrochener Tür vorfindet. Mit einem Blick sieht sie sofort, dass das Profiarbeit war. Jemand hat in ihrem Schreibtisch herumgewühlt, aber offenbar nicht gefunden, was er suchte, wenn er überhaupt etwas gesucht hat. Sie lässt ihren ermüdeten Körper in den Schreibtischsessel fallen, holt tief Luft und denkt, nur fünf Minuten, nur fünf Minuten schlafen. Aus diesen fünf Minuten werden fünfzehn, dann weckt ihr Detektiv Frank, der den kleinen Klaus Karli auf dem Arm trägt, sie behutsam auf.

Henriette ist sofort hellwach. Der kleine Zwerg strahlt über das ganze Gesicht. „Mutti!“, ruft er. „Meine Mutti!“ Frank kann ihn kaum länger auf dem Arm halten. Klaus Karli reißt sich los und stürmt auf Henriette Pöttchen zu. Tränen stehen in den Augen des Zwerges. Er fliegt in die Arme seiner Chefin beziehungsweise Mutter, und mit einem Seufzer sinkt er an Henriettes Brust. „Mutti, das will ich nie wieder machen. Ich werde ab jetzt immer das machen, was du sagst. Bist du mir auch nicht böse?“

Die Handaufzucht weckt die innersten und geheimsten Gefühle von Henriette. An eine Bestrafung ihres Jüngsten ist nicht mehr zu denken. Ihm, Klaus Karli, kann sie nicht böse sein.

Frank geht so viel Gefühlsduselei gegen den Strich. Mit einer Geste bedeutet er Henriette, er müsse weiter und den Auftrag in Sachen Rotkäppchen erfüllen. Henriette nickt und Frank entschwindet.

Nach einer Weile mit dem Gnom auf dem Arm ruft Henriette bei den sieben Zwergen an und bittet Klaus Dieter den Kleinen abzuholen. Es dauert keine zehn Minuten und die sechs Brüder stehen im Büro. Helle Freude bricht aus. Minutenlange Umarmungen, Freudentränen und Geschnatter erfüllen das Büro von Henriette Pöttchen mit Unruhe. Sie ruft Salvatore, der die kleinen Geister behutsam aus dem Raum befördert.

Zeit zum Verschnaufen. Ruhe im Büro. Henriette tritt an das Fenster und atmet tief durch. Nach einer Viertelstunde kehrt sie zum Schreibtisch zurück. Sie bearbeitet Post, liest im Internet die neuesten Nachrichten, zum Glück berichten diese nichts über sie oder ihren Bruder Hans-Peter, und gönnt sich einen Teller mit Obst. Vitamine müssen sein. So vergeht der Nachmittag.

Plötzlich fällt Henriette ein, sie sollte Frank anrufen. Vielleicht kann er mir etwas zu den Entwicklungen rund um ihren Bruder mitteilen. Und tatsächlich konnte Frank mit interessanten Neuigkeiten aufwarten.

„Henriette, du glaubst nicht, wo mich meine Ermittlungen hingeführt haben. Ich war gerade aus deinem Büro raus, da lief mir ein Informant über den Weg. Der gab mir einen Tipp, wo Rotkäppchen gerade unterwegs ist. Ich bin natürlich sofort hinterher. Rotkäppchen ist mit einem dieser Billigflüge nach Nordafrika in eine mir durchaus bekannte Stadt geflogen. Und das alles nur, weil Hans-Peter, der ja des Zauberns mächtig ist, mit seinem Teppich und in Begleitung des Osterhasen vorausgeflogen ist. Ob er vor Rotkäppchen geflohen ist oder die beiden sich an jenem Ort verabredet haben, das bleibt bisher im Dunkeln. Ich hatte jedenfalls Mühe, mit dem Billigflieger nach Afrika zu gelangen. In höchster Not konnte ich der Frau am Schalter einen Stehplatz in der Touristenklasse abschwatzen. Dafür muss ich mit ihr nächste Woche Essen gehen. Was man nicht alles für seine Firma tut ... Ach so, ja, weiter im Text. Kurz vor der Landung erwischte mich ein Luftloch. Ich stieß unsanft an das Kabinendach und seitdem trage ich meinen geliebten Schlapphut nicht mehr." Die Stimme von Frank versagt für einen Moment. „Stattdessen trage ich nun einen Verband in Form eines Turbans. Den habe ich mir in Nordafrika drehen lassen. Wenigstens hat er mir geholfen, mich unerkannt unter die einheimische Bevölkerung zu mischen. In einer Bar habe ich Rotkäppchen und Hans-Peter gefunden. Der Osterhase war auch da. Das irritierte mich dann doch. Rotkäppchen ergriff die Initiative und ist auf Hans-Peter los. Dass der Osterhase dabei war, hat sie nicht im Mindesten gestört. Hans-Peter und das Rotkäppchen haben die Köpfe zusammengesteckt und herumgeturtelt wie ein junges

Liebespaar. Die Fotos schicke ich dir bei Gelegenheit rüber. Im Augenblick verfolge ich die zwei Verliebten und den Hasen auf ihrem Weg zum Flughafen.

Übrigens kannst du mir sagen, warum der Osterhase ein schwarzglänzendes Kostüm trägt mit einem rosa Stirnband und einem Gürtel aus Cola-Dosen?"

„Nein, ich dachte, du bist der Detektiv", gibt Henriette zurück.

„Ach du lieber Schreck …"

„Was ist Frank?"

„Ich muss zurück zur Bar. Meine Zigaretten … Meine Zigaretten … Ohne die bin ich kein Mensch. Henriette ich melde mich …" Plötzlich bricht das Gespräch ab. Henriette ist genervt.

Frank eilt zur Bar. Auf dem Tresen liegt seine Schachtel mit den Zigaretten. Er greift nach der Schachtel. Das Tier mit dem Höcker grinst Frank frech an. Frank steckt die Schachtel in seinen Trenchcoat, dabei beißt das Tier zu. „Au", schreit der Meisterdetektiv und eilt zum Flughafen. Natürlich ist der Flug mit Rotkäppchen, Hans-Peter und dem Osterhasen bereits in der Luft. Aber die Zigaretten waren ihm in diesem Moment wichtiger, denn ohne Dampf keine Leistung. Zu seinem Glück geht in derselben Stunde eine Sondermaschine zurück nach Europa. Diesmal bekommt Zippo sogar einen Sitzplatz. Trotzdem bereut Frank schnell seine Entscheidung, gerade dieses Flugzeug genommen zu haben. Kurz nach dem Start wackelt die Stewardess mit dem Saftwagen den Gang entlang. Als sie bei Frank angelangt ist und ihm eine Frage stellt, ihm zärtlich ihre Aufmerksamkeit schenkt und ihm dabei ihr Gesicht zuwendet, erschrickt Frank und fällt für den Rest des Fluges ins Wachkoma. Schuld am Zusammenbruch des Detektivs war das Aussehen der jungen Frau. Wie Frank nach der Landung recherchiert, kam die Billigfluglinie aus dem Kaukasus. Die Stewardess trug einen ausgewachsenen Schnauzbart, Marke Josef Wissariono witsch. Ganz zu schweigen von den behaarten Beinen in den dünnen Strumpfhosen. Der Anblick erinnerte ihn an alte Männer. Ansonsten, bei nicht näherem Hinsehen, sahen die Mädels, vor allem von hinten, ganz adrett aus. Die Schönheit hatte ihm sogar kurz vor seiner Bewusstlosigkeit noch zugezwinkert. Aus dieser erwacht er erst, als im Flugzeug nach der Landung die Türen geöffnet werden und der Druckausgleich für Erleichterung bei allen Passagieren sorgt. Noch in vielen Jahren werden Frank Albträume plagen. In seinen Fantasien kommt stets eine Frau vor, die auf den Namen Aayusha hört und mit einer Bassstimme zu ihm sagt: „Wollen Sie noch ein Glas Tomatensaft?" Spätestens an dieser Stelle schreckt der Meisterdetektiv üblicherweise schweißgebadet hoch. Sein Gesicht ist von Schmerz und Angst verzerrt. Nie wieder würde er fliegen. Das traumatische Erlebnis wirkte zu sehr nach. Aber was heißt das, er würde nie wieder fliegen? Wenn seine Chefin ihn in die weite Welt hinausschickt, um zu ermitteln, dann wird ihm wohl nichts Anderes übrigbleiben, als mit dem Flieger an den Ort der Ermittlungen zu reisen.

Hans-Peter und Rotkäppchen, die der Heimat entgegenfliegen, sitzen engumschlungen in ihren Sitzen. Wie zwei Äffchen klammern sie sich aneinander. Das geht eine Weile gut, bis es Hans-Peter mit dem liebestollen Rotkäppchen zu viel wird. Er überlegt, wie er das schmusende Ungeheuer loswerden kann. Dabei kommt ihm die Müdigkeit von Rotkäppchen zu Hilfe. Während sie schläft, flüchtet Hans-Peter mit dem fliegenden Teppich zum Hinterausgang der Maschine, den Osterhasen im Schlepptau. Gemeinsam fliegen sie der Heimat entgegen. Und wie der Zufall es will, landet Hans-Peter in den Armen der

nächsten liebestollen Schauspielerin: Aschenputtel. Deren Stiefmutter und Halbschwester sind gerade auf Einkaufstour, was Aschenputtel die Gelegenheit gibt, ein wenig Freizeit zu haben. Dieses unerwartete Angebot, das sozusagen vom Himmel fällt, lässt sie nicht an sich vorübergehen. Hans-Peter Pöttchen kommt kaum zum Nachdenken. Zu diesem Zeitpunkt ist der junge Mann ein wenig verwirrt und sein Aufenthaltsort ist ihm persönlich unbekannt. Hans-Peter vermutet, dass er in der Nähe des Märchenwaldes gelandet ist. Aschenputtel schnappt Hans-Peter, schleppt ihn nach Hause und zwingt ihn sanft auf ihr Kanapee. Halb zog sie ihn, halb sank er hin. An dieser Stelle überlassen wir die zwei Liebenden ihren Dummheiten und ziehen uns zurück.

Eins sei an dieser Stelle erwähnt: Der Osterhase verlässt den liebestollen Hans-Peter und eilt zu seiner Chefin. Schließlich hat er eine Mission zu erfüllen.

Im Büro von Henriette Pöttchen herrschte in den vergangenen Stunden ein wenig Ruhe. Seine Heiligkeit im Saal nebenan arbeitet fleißig an seinen selbst gesetzten Aufgaben und rückt weiteren Käsesorten zu Leibe. Das Telefon klingelt. Fräulein Pöttchen hebt den Hörer ab und Aschenputtel ist dran.

„Aschenputtel hier, ich will mich beschweren." Bevor Henriette Luft holen kann legt das Puttel los.

„Ich mache die Drecksarbeit nicht mehr für die feinen Herrschaften! Die können ihren Saustall selbst aufräumen. Den ganzen Tag liegen die am Pool und mich schauen sie nicht mal mit dem A … an. Und das für 8,50 € die Stunde." Das Wort mit dem A … sprach unser liebes Puttel bewusst nicht aus. Sie kennt ihre Chefin. „Dabei bin ich viel schöner als die Tochter meiner Stiefmutter."

„Das weiß ich! Und, wo ist das Problem?“ Am anderen Ende der Leitung ist plötzlich Ruhe, Henriette kann förmlich hören, wie das Gehirn von Aschenputtel arbeitet. Es hört sich an wie ein Computer, der hochgefahren wird. „Schließlich bekommst du den Prinzen und deine Stiefschwester geht leer aus.“

„Den Prinzen? Sind wir Frauen nun emanzipiert oder nicht? Ich will mir meinen Prinzen selbst aussuchen. Mit dem Prinzen ist kein Staat zu machen. Ich habe mit der Prinzessin vom Froschkönig gesprochen und sie hat die gleichen Probleme. Wir haben eine Selbsthilfegruppe gegründet: The Pink Princess. Hier arbeiten wir unsere traumatischen Erlebnisse mit den Prinzgemahlen auf.“

„Was hast du gegen deinen Prinzen? Dein Partner sieht für sein Alter ganz gut aus. Ich weiß nicht, was du willst. Für die Gage bekomme ich keinen Besseren.“

„Dann zahle einfach mehr!“, provoziert Aschenputtel, die an ihr eigenes Gehalt bei Henriette Pöttchen denkt.

„Das wirst du mir gerade vorschreiben, was ich zu zahlen habe! Jetzt mal was Anderes. Habt ihr auf eurem Hof Geflügel?“

„Äh, ja, wieso?“, stammelt Aschenputtel, ganz durcheinander vom abrupten Themenwechsel.

„Ich brauche einen Hahn. Die Sache eilt.“

„Warum denn das?“, fragt Aschenputtel neugierig.

„Bei den Stadtmusikanten ist der Hahn durch einen tragischen Unglücksfall aus dem Leben … Er flattert mittlerweile auf Wolke sieben.“

„Ach, wie, das muss ja schlimm sein für seine Kollegen!“ Aschenputtel spielt die Betroffene.

„War es, meine Liebe, war es. Kein schöner Anblick. So einen Tod wünsche ich nicht einmal meinen ärgsten Feinden. Also habt ihr ein taugliches Exemplar? Er muss nur singen können.

Eine gute Figur soll der Hahn nicht abgeben. Ganz im Gegenteil." Die Spannung ist bei Henriette förmlich zu greifen. Was würde das Puttel antworten?

„Ja, bestimmt haben wir einen Hahn bei uns auf dem Hof. Ich werde ein Exemplar entwenden müssen."

„Wie, entwenden müssen?"

„Na klauen ... Schließlich gehört der Hahn meiner Stiefmutter."

„Sag jetzt nicht, ich, deine Chefin, würde dich zu einer Straftat anstiften." Henriette schüttelt mit dem Kopf.

„Wieso Straftat? Der Hahn bleibt Teil der Familie", erwidert Aschenputtel.

„Genauso sehe ich das auch. Kann ich mich auf dich verlassen?" Für einen Moment liegt Spannung in der Luft.

„Natürlich, Chefin. Was denkst du denn." Aschenputtel fühlt sich in ihrer Ehre gekränkt.

„Gut, wäre das auch erledigt ... Ach halt, ich habe mir die Sache anderes überlegt. Du besorgst den Hahn und ich melde mich vorsichtshalber wegen des Federtiers bei deiner Stiefmutter." Auf einen weiteren Anruf von einer ihrer Mittarbeiterinnen, der in hysterisches Geschrei ausartet, darauf konnte Henriette heute gerne verzichten.

Henriette Pöttchen stutzt mit einem Male am Telefon. „Sag mal Aschenputtel, habe ich da eben richtig gehört?"

„Was?", fragt das junge Ding hörbar irritiert.

„Ich höre im Hintergrund die Stimme meines Bruders Hans-Peter. Ist Hans-Peter bei dir?" Die Frage erübrigt sich eigentlich.

„Dein Bruder, du meinst den Hans-Peter, nein der ist nicht hier." Aus den Worten von Aschenputtel ist die Unsicherheit deutlich herauszuhören.

„Eine gute Lügnerin warst du noch nie, mein liebes Kind." Mit scharfen Worten befiehlt sie Aschenputtel, das Telefon ihrem Bruder zu reichen. Ohne Hans-Peter anzusprechen, kommt Henriette gleich auf den Punkt. „In zehn Minuten bist du bei mir, hast du verstanden … Und widersprich nicht." Sie vernimmt ein kleinlautes „Ja" und legt auf.

Fräulein Pöttchen wartet auf ihren Bruder Hans-Peter, leider vergeblich. Dafür dringt Lärm von der Straße her an ihr Ohr. Fräulein Pöttchen klingelt nach Salvatore. Wie gewohnt steht er nur Bruchteile einer Sekunde später neben ihr.

„Salvatore, was ist da draußen los?", will sie wissen.

„Fräulein Pöttchen, seine Heiligkeit wird soeben abtransportiert." Ein zufriedenes Lächeln umspielt die Lippen von Salvatore.

„Nicht möglich? Abtransportiert sagen Sie? Das muss ich sehen." Henriette springt auf und eilt zum Fenster ihres Büros, gefolgt von Salvatore Salvataggio. Was sie sieht, ist erschreckend.

„Salvatore, ist denn seiner Inkontinenz etwas Schlimmes widerfahren?"

„Nein, Fräulein Pöttchen, ich kann Sie beruhigen. Seine Inkontinenz IV. beendete vor wenigen Minuten die Nahrungsaufnahme und bat darum, nach Hause gefahren zu werden. Leider ist das nicht so einfach wie gedacht. Sie sehen ja den Kran und den Tieflader. Seine Heiligkeit wird in den nächsten Minuten aus dem Fenster des großen Saales mit dem Krahn auf den bereitstehenden und dafür vorbereiteten Tieflader verfrachtet und in sein Zuhause abtransportiert. Sie wissen ja, Schwertransporte finden stets in der Nacht statt."

„Aha." Henriette kann nur staunen und verfolgt die vorbereitenden Arbeiten. Ein Meer von orangen und blauen Warnleuchten erhellt die Straße vor ihrem Haus. Dann plötzlich beginnt das Verladen. Aus den Fenstern des großen Saales schwebt seine Heiligkeit mit Hilfe des Schwerlasthebezeuges auf den Tieflader. Dabei bemerkt die heilige Tischdecke, dass Henriette am Fenster steht und winkt ihr zu: „Fräulein Pöttchen, Fräulein Pöttchen, was für ein Nachmittag! Ich bin begeistert. Famos! Ein Freudenfest für meinen Gaumen. Diesen Tag werde ich nie vergessen." Dabei wischt sich Inkontinenz IV. mit einer Serviette den fettigen Mund ab und strahlt über das ganze Gesicht. In der anderen Hand hält er ein Glas, in dem ein Rest Rotwein auf den Verzehr wartet. Henriette lächelt zurück und winkt der Heiligkeit zu. Zu Salvatore sagt Fräulein Pöttchen leise: „Seine Inkontinenz hat wohl die gesamte Lebensmittelproduktion dieses Jahrs in seinem Körper verschwinden lassen?"

„Fräulein Pöttchen, Sie sind eine gute Beobachterin. So ist es. Ich habe mehrere Dutzend Male das Büfett komplett neu auffüllen müssen."

„Was macht die ominöse Nichte? Kommt sie als nächste herabgeschwebt?"

„Die Nichte ist auf dem Weg in die Residenz Palais Hohenstein. Sie bereitet die Ankunft seiner Heiligkeit vor." Im gleichen Moment landet seine Scheinheiligkeit sanft auf dem Tieflader. Das Aufstöhnen des Fahrzeuges ist deutlich zu vernehmen. Seine Inkontinenz IV. schaut ein letztes Mal zu Fräulein Pöttchen hinauf.

„Liebes Fräulein Pöttchen, ich bin untröstlich und ich hoffe Sie nehmen es mir nicht für übel, dass ich einen Rest auf dem Büfett zurücklasse. Eine Bitte möchte ich an Sie richten, Fräulein Pöttchen. Können Sie all die Köstlichkeiten des Büfetts einpakken und an meinen Amtssitz, Palais Hohenstein, liefern lassen?"

„Oh, eure Heiligkeit, Sie beschämen mich. Natürlich werde ich alles so veranlassen, wie Sie wünschen und das Büfett Ihnen umgehend zukommen lassen. So haben Sie ein kleines Betthupferl für die Nacht. Wir wollen ja, dass es Ihnen an nichts fehlt und Sie glücklich sind."

Das fröhliche und zufriedene Lächeln im Gesicht seiner Inkompetenz will nicht enden. Soeben wird ihm ein goldenes Brokatkissen unter den Kopf geschoben. Mit der Serviette in der Hand, mit der er Henriette einen letzten Gruß sendet, beginnt der Schwertransporter seine gefahrvolle Reise. Henriette sagt zu Salvatore: „Bringen Sie bitte das restliche Büfett in das Palais Hohenstein."

„Jawohl, Fräulein Pöttchen." Salvatore eilt umgehend in den großen Saal und beginnt mit dem Abtransport der Köstlichkeiten. Ein vollbeladener Sattelzug mit einer Ladekapazität von vierzig Tonnen, versehen mit einem Kühlaggregat, schafft die Reste des Büfetts in den Amtssitz seiner Heiligkeit. Bei Eintreffen der Ware herrscht freudig erregte Stimmung im Palais Hohenstein. Seine Inkontinenz IV. kommt erst in den frühen Morgenstunden zur Ruhe, als auch das letztes Törtchen, das letzte Hühnerbein und der letzte Aperitif ihrer Bestimmung zugeführt worden sind.

Henriette geht vom Fenster wieder an ihren Schreibtisch zurück. Zur gleichen Zeit betritt der schleimige Frosch das Büro. Ein kurzer Ausrutscher auf der eigenen Schleimspur und Henriette ahnt, wer ihr nächster Besucher sein würde. Mit dem Frosch, denkt sie, scheint etwas nicht in Ordnung zu sein. Was war seit heute Morgen mit dem Frosch passiert? Über sein Zusammentreffen mit dem Nikolaus und Hans im Glück berichteten wir. Nach dem Verlassen der Avocado Bar zog er weiter durch die Stadt und trank an jeder Bar, die auf seinem Weg lag, ausschließlich Cocktails unbestimmter Herkunft, jedoch in grasgrüner Farbe. Das führte im Laufe des Tages zu einer hohen

Konzentration von Alkohol in den wechselwarmen Blutgefäßen des Amphibiums. Der Frosch riecht entsetzlich nach Alkohol, schwankt hin und her und stößt ständig auf. Seine Krone trägt er, den linken Arm hindurchgesteckt, leger hin und her schaukelnd. Hick, Hick, Hick, so geht das am laufenden Band. Er lallt Henriette die Ohren voll.

„Die Welt ist ja so grausam … und keiner hat mich lieb. Die Prinzessin will mich nicht … niemand will mich! Warum muss ich die Kröte schlucken und diesen hässlichen Frosch spielen? Ich fühle mich soooo unendlich elend in dieser schleimigen Froschhülle." Der Frosch holt eine Flasche Hochprozentigen hervor, die er hinter seinem Rücken bisher versteckt hält und nimmt einen kräftigen Schluck, um gleich drauf aufzustoßen „Hick.".

Henriette ist es leid mit diesem Angestellten. Wütend packt sie den Frosch an der Halskrause und will ihn gegen die Wand werfen. Im letzten Moment hält sie inne, denn ein besoffener Frosch ist leichter zu handhaben als ein besoffener Prinz. Sie will ihn in ihre Handtasche stecken, aber auch davor schreckt sie zurück, denkt an den Froschschleim und an die Gefahr, dass der Frosch in ihrer Handtasche erbricht. Eklig. Zuzutrauen ist dem grünen Schleimbeutel alles. Außerdem ist ihr vor Jahren ein Missgeschick passiert. Damals nahm sie die sieben Zwerge in ihrer Handtasche mit. Zu allem Übel vergaß sie die kleinen Herren in dem weiträumigen Gepäckstück. Erst nach zwei Wochen hörte Henriette diffuse Geräusche, die aufgrund der Größe und des dadurch erzeugten Halls in der Tasche verstärkt an ihr Ohr drangen. Nach, wie gesagt zwei Wochen, erblickten die Zwerge vollkommen dehydriert und traumatisiert das Tageslicht. Ihre Odyssee begann damit, dass sie bequem auf der Taschentücherbox landeten und einschliefen. Als sie am kommenden Morgen aufwachten, sah die Welt nicht mehr so rosig aus. Neben ihnen vibrierte das Mobiltelefon von Henriette Pöttchen. Der Vibrationsalarm schüttelte die Zwerge mächtig durch und sie fielen in Ohnmacht. Als die sieben Zwerge wieder aufwachten, war es Klaus Karli, dem Jüngsten, gelungen eine blaue Schachtel zu öffnen. Wohlduftende Gerüche umschmeichelten seine Nase und er versank in der weißen Creme wie in einem Moor. Nur mit Mühe gelang den Zwergenbrüdern die Rettung des Jüngsten. Die Taschentücherbox diente ihnen dazu, sich von der klebrigen Creme zu befreien. Auf ihrem Weg in die Freiheit stolperten sie über eine Nagelfeile, die Klaus Detlef fast das Leben gekostet hätte. Als nächstes gelang es Klaus Egon eine Packung mit Erfrischungstüchern ausfindig zu machen. An deren Feuchtigkeit ergötzen sich die Zwerge und fanden anschließend eine Packung mit Keksen, die ihnen das Leben rettete. Der Neugier von Klaus Karli ist es zu schulden, dass die Zwerge auf einem roten Lippenstift der Reihe nach ausrutschten. Das war vielleicht eine Schweinerei. Auf ihrem Weg nach oben ans Licht stolperten sie über eine Zahnbürste, Stifte, Notizzettel, Kalender, jede Menge Tablettenpackungen, Heftpflaster, Schlüsselanhänger, Chips für Einkaufswagen und einige Sachen, die den Zwergen vollkommen unbekannt waren. Hier hätte eine professionelle Bergsteigerausrüstung als lohnendes Hilfsmittel gute Dienste geleistet.

Dieses Erlebnis in den Weiten der Handtasche von Fräulein Pöttchen tragen ihr die Zwerge heute noch nach, obwohl sie das nie offen gegenüber Henriette zum Ausdruck bringen würden. Ihre Chefin schickte sie daraufhin zu einer psychosomatischen Kur. Nun überlege ich, Ihnen auch diese Geschichte zu erzählen. Nicht schön, was damals passierte. Zumal Henriette ihre sieben Sprösslinge während des Kuraufenthaltes wegen einer misslichen Affäre vorzeitig abholen musste. Die Kurleitung drohte mit Anzeige und Polizei, obwohl die sowieso schon vor Ort war. Was war geschehen: Standesgemäß reisten die sieben kleinen Herren mit dem Zug nach Bad Kräuterberg und mieteten ein Zimmer im teuersten Hotel des Ortes. Henriette, so klang es den Herren im Ohr, wollte alles bezahlen. Der ältere graumelierte Herr an der Rezeption benötigte einige Minuten, bis er das „Guten Tag“ aus sieben Kehlen zuordnen konnte. Zu sehen war zunächst nichts. Erst ein mutiges Vorbeugen über den Tresen der Rezeption ermöglichte es dem Mann, der Hotelgäste gewahr zu werden.

Kurz entschlossen, die Herren waren klein und zu siebt, steckte er sie in die Kaiser-Suite. Schließlich passten sie alle samt in das Doppelbett, in dem vor vielen Jahrzehnten der Kaiser höchstpersönlich geschlafen hatte. Allein die Bettwäsche war seit den Tagen des Besuches seiner Majestät gewechselt worden.

Die ersten Tage der Kur plätscherten so dahin. Keinerlei Auffälligkeiten. Die sieben Herren stellten sich dem Kurarzt vor und besuchten die für sie vorgesehenen Anwendungen. Alles hätte so schön werden können.

Am verflixten siebten Tag ihres Aufenthaltes passierte das Unglück. Eine folgenschwere Begegnung, die allen Beteiligten in steter Erinnerung bleiben wird. Zur gleichen Zeit wie die Zwerge kurte der Ministerpräsident des Landes in diesem Ort. Das Sicherheitsaufgebot in dem kleinen Tausendseelendorf war gewaltig. Im Nachhinein ermittelte die Presse die genauen Zahlen, die den Skandal noch viel peinlicher erscheinen ließen. Das Aufgebot umfasste 24.000 Sicherheitsbeamte, 5.000 Pferde, darunter sollen auch eine ganze Menge Esel gewesen sein, 400 Hubschrauber, 150 Wasserwerfer, 50 gepanzerte Fahrzeuge und unzählige Einsatzfahrzeuge, die für die Sicherheit eben jenes Ministerpräsidenten zuständig waren. Nicht ganz. Die Frau des Ministerpräsidenten war natürlich ebenso vor Ort. Böse Stimmen munkelten, das Sicherheitsaufgebot galt seiner Ehefrau. Der wilden Carmen, wie sie im Volksmund genannt wird. Offiziell rechneten die ‚Umfeldleute' nicht mit den subversiv-anarchischen Aktivitäten der sieben kleinen, ganz harmlos daherkommenden, Zwerge. Verdeckte Ermittler bescheinigten den Zipfelmützenträgern eine weiße Weste. Das stimmte bis zu diesem Zeitpunkt.

Am Morgen saß besagter Ministerpräsident beim Frühstück mit seiner Gattin, eben jener wilden Carmen, dic die gierigen Blicke aller Männer auf ihren drallen oder besser gesagt gut austarierten Körper zog. Gemeinsam dinierte das Paar im großen Speisesaal und genoss den herrlichem Blick auf die sie umgebende Landschaft. Plötzlich, weil die Herren Zwerge ja so klein sind, sah man nichts Anderes von ihnen, defilierten sieben rote, spitze Zipfel am Tisch der beiden Honoratioren vorbei. Auf den ersten Blick entstand der Eindruck, die Zipfel wären roter Spitzpaprika. Das erregte unsere wilde Carmen ungemein. Ihr Busen bebte da bereits verdächtig! Die Frau Ministerpräsidentin widerstand natürlich nicht der Versuchung und „pflückte" eine dieser vermeintlichen Paprika. Sie hielt die rote Zipfelmütze in der Hand und ein Wehklagen von Klaus Dieter brandete an ihr Trommelfell. Als sie bemerkte, was sie da in der Hand hielt, entfuhr Carmen ein schriller Ton. Die Mütze von Klaus Dieter fiel zu Boden. 200 der besagten Umfeldleute umkreisten das Paar. Ein Tumult entstand, da Klaus Dieter und auch alle anderen Zwerge es als Affront gegen ihre Person ansahen, wenn ihnen jemand an die Mütze ging. Erst jetzt tauchten die sieben

Zwerge im Blickfeld der Ehegatten auf: „Nein, schau mal, Alfons, was sind das für süße kleine Männchen. Ach, solche möchte ich für zu Hause haben. Die sind ja so putzig. Die wären was für meinen Garten oder für unsere Schrankwand im Wohnzimmer."

Ehe die Zwerge begriffen, was mit ihnen geschah, saßen sie alle auf dem kuschligen Schoß der Ministerpräsidentengattin. Schnell kamen sie zu der Einsicht, dass ein Fluchtversuch aus der Umklammerung der wilden Carmen zwecklos war. Die Szene beäugten 200 Umfeldleute, und der Herr Ministerpräsident verdrehte die Augen. Schließlich kannte er seine holde Gattin und ihren ausgefallenen Geschmack bei Männern, obwohl diese sieben Gnome keine echte Konkurrenz darstellten. Für Eifersucht bestand somit wirklich kein Grund.

„Schatz, was willst du mit diesen, nicht einmal ausgewachsenen Männchen anfangen? In den Garten oder die Schrankwand stellen? Ich bitte dich."

Beim Wort „Männchen" setzten die Zwerge ein Gesicht der vollkommenen Entrüstung auf. Nur Klaus Karli fing bitterlich an zu weinen. Das rührte wiederum das Herz der Gattin. Die Frau des Ministerpräsidenten, die selbst nie Kinder hatte, entwickelte Muttergefühle und küsste die armen Geschöpfe ab und flüsterte ihnen zu, sie sollten am Abend, um 22 Uhr, in ihr Hotelzimmer kommen. Dazu müssen Sie wissen, dass das Ehepaar aufgrund akustischer Signale des Ehegatten seit Jahren getrennt schlief.

Mit diesen, erneut traumatisierenden Erlebnissen, entließ die Gattin des Ministerpräsidenten die sieben Herren und warf ihnen einen lüsternen Blick nach. Das irritierte Klaus Karli völlig. Ihrem Gatten war das egal. Nach so vielen Ehejahren kannten beide die Marotten des anderen Teils der Zugewinngemeinschaft. In diesem Falle von Zugewinn zu sprechen, ist eher eine sehr optimistische Auslegung des Begriffes. Aber lassen wir das und dringen nicht weiter in das Privatleben des Ehepaares ein.

Der Abend stürmte mit aller Macht heran. Die sieben Zwerge rüsteten einander für ihren langen Weg ins Gemach von Carmen. Mit einiger List gelang ihnen das Kunststück, ohne von den Umfeldleuten gesehen zu werden, ihr Ziel der Verheißung zu erreichen. Die Frau Ministerpräsidentin erwartete die geballte Männerriege in einem schwarzen Negligé mit viel Tinnef daran. Mehrere Kübel mit gekühltem Schaumwein standen in der Suite bereit. Das Bett, auf dem die, und hier müssen wir einmal, und nur dieses eine Mal, auf die Äußerlichkeiten von Carmen eingehen, Wuchtbrumme lag, war ausgefüllt mit roten Rosenblättern. Der Duft, den die Rosen versprühten, durchzog das ganze Zimmer und benebelte sofort den Verstand der Zwerge, als diese das Zimmer betraten. In letzter Sekunde gelang es Klaus Egon, Klaus Karli, dem Kleinsten, eine Augenbinde zu verpassen und ihn in den großen Sessel zu setzen. Sicher war sicher, man bedenke den Jugendschutz. Man weiß ja nie. Die restlichen sechs Zwerge verschwanden in Carmens Bett. Was soll ich Ihnen jetzt dazu sagen? Na, Sie können sich denken, was passierte … Ein Zwerg nach dem anderen tauchte in Carmens Dekolleté unter. Ein Déjà-vu, das an den Vorfall mit Henriettes Handtasche erinnerte. Und die Frau Ministerin lachte unentwegt, weil die kleinen Herren natürlich in den Weiten ihres Körpers ein prickelndes Gefühl erzeugten. So will ich die Vorgänge jener Nacht weitschweifig umschreiben, ohne ins Detail zu gehen, die überlasse ich ihrer Fantasie. Das Spiel ging die ganze Nacht so weiter. Nur Klaus Karli saß allein mit verbundenen Augen auf dem Sessel und konnte die fremden Geräusche nicht zuordnen. Zuerst lauschte er noch interessiert. Dann kam die Angst und zum Schluss weinte er bitterlich, während seine sechs Brüder, unter Lebensgefahr, Schwerstarbeit leisteten. Irgendwann, als der Morgen graute, und dem Morgen selbst graute es bei dem Blick durchs Fenster in die Suite der Frau Ministerpräsidentin, denn das alles mit ansehen zu müssen, das wünschte niemand seinem ärgsten Feind, passierte es dann. Der kleine Klaus Karli saß, unter Mühen, die Augen verbunden, auf dem Sessel. Er veranstaltete einen Heidenlärm, sodass die obligatorischen 200 Umfeldleute zur Stelle waren und den Zwerg in der Suite der Frau Ministerpräsidentin festnahmen. Welch ein Skandal! Nachdem sie Klaus Karli die Augenbinde entfernt hatten, berichtete der siebte Zwerg von den akustischen Vorgängen im Zimmer der Ministerpräsidentengattin. Niemand konnte die Darstellung des Zwerges richtig deuten. Der Einsatz der Umfeldleute endete übrigens kurz vor dem Bettzipfel der Gemahlin und das Bild, das sich ihnen dabei bot, war sehr differenziert zu betrachten. Carmen lang in ihrem Blütenbett und schlummerte den Schlaf der Gerechten. Von den sechs Zwergen, von denen Klaus Karli berichtete, war weder etwas zu sehen, noch etwas zu hören. Den Kleinsten der Zwerge übergaben die Sicherheitsleute vorübergehend dem Kindergarten, der zur Kureinrichtung gehörte. Das empörte den kleinen Zwerg natürlich sehr. Als der benachrichtigte Ehegatte eintraf, gab es ein Donnerwetter und der Einsatzleiter wurde in den Streifendienst versetzt. Zum Schluss blieb der Gatte allein im Zimmer. Die Umfeldleute und die Spezialeinheit zogen sich zurück. Seine Carmen lag wie ein Unschuldsengel im Bett. Zärtlich schaute Alfons die geliebte Ehefrau an, wie sie da, einer Madonna gleich, in den weichen Kissen lag. Er setzte ein mildes Lächeln auf, dann drehte der Ehemann sich um und wollte den Raum verlassen. Doch was war das? Alfons hörte ein Niesen. Es war aber nicht das Niesen seiner Ehegattin. Dem Niesen folgte ein kurzes Räuspern, Stöhnen und Auflachen. Und das alles, obwohl die Gattin schlummerte. Vorsichtig ging er zum Bett und hob die Bettdecke an. Äußerlich schien die Szene unverdächtig. Behutsam deckte er seine Carmen wieder zu. Ein zweites Mal war er im Begriff zum Gehen, da klangen plötzlich zwei Gläser. Unser Alfons blickte erneut zu seiner schlummernden Frau, jedoch war der Schauplatz so friedlich wie eben. Er ging zur Tür und drehte sich ein drittes Mal zur Gattin um. Prophylaktisch, wie er meinte. Und da, ja er sah richtig, eine rote Zipfelmütze ragte aus dem Dekolleté heraus. Jetzt endlich erwischte er seine Carmen in flagranti. Wie eine Furie stürmte er auf das Bett seiner Frau zu. Nach wenigen Sekunden hielt er sechs kleine Zwerge in der Hand, die er aus den Weiten seiner Frau bzw. ihres Nachtgewandes mehr oder weniger befreite. Der Skandal war endgültig perfekt. Die Presse berichtete tagelang ausführlich über die Ereignisse im Bett der Gattin des Ministerpräsidenten. Das Wort „Nymphomanin“ drehte seine Runden, und plötzlich umschwärmten Männer einer gewissen Art die Frau Ministerpräsidentin. Stimmen wurden laut, der Herr Ministerpräsident solle zurücktreten. Alfons verschwand eine Weile von der Bildfläche, schwieg geduldig und saß die Sache einfach aus. Über einen Rücktritt dachte er nicht nach, schließlich, das war seine Meinung, betraf ihn das Fehlverhalten seiner Frau nicht. Eine Ehe kettete ihn seiner Meinung nach weder moralisch, noch rechtlich an seine Frau. Die Ehe stellte eher eine Formalie dar, um dem Wähler eine heile Familie zu präsentieren.

Henriette erhielt einen persönlichen Anruf der Staatskanzlei mit der Bitte, die sieben Todsünden aus dem Kurheim abzuholen. Die gesamten Einsatzkräfte, selbst die Pferde, erhielten einen strengen Verweis, weil sie es zugelassen hatten, dass die sieben Zwerge unbemerkt in das Zimmer von Carmen eindringen konnten. Carmen hingegen startete ihr Leben neu. Die Internet Community feierte sie. Einige ihrer Fans sandten Carmen kleine Aufmerksamkeiten. Und die Bedeutung der Aussage „Sieben auf einen Streich", die der Schneider für sein Märchen beanspruchte, erhielt plötzlich eine ganz andere Bedeutung.

So endete der Ausflug der sieben kleinen Herren. Henriette fiel die Aufgabe zu, bestimmten Leuten im Umfeld des Ministerpräsidenten eine Menge zu erklären. Tagelang durchsuchte der Geheimdienst Henriettes Büro und ihre Computer wurden mit auf das Revier genommen. Trotz des Einsatzes neuester Technik gelang es den Herren in Schlapphut und Trenchcoat nicht, auf die Festplatten von Henriette zuzugreifen. Während der Untersuchung der Geräte entstand ein ohrenbetäubendes Pfeifkonzert aus den kleinen Überdruckventilen. Schließlich fühlten die Computer sich in ihrer Privatsphäre gestört. Wer hat es schon gern, wenn man ihm sozusagen in den Eingeweiden herumwühlt. Einige Computer lachten unaufhörlich, weil die „Untersuchung" sie kitzelte. Die Spitzentechniker aus der Sparte „Wir waschen Ihre dreckige Wäsche, auch wenn uns das nichts angeht!" gaben bald entnervt auf.

Für die sieben Zwerge hingegen endete der Ausflug glimpflich. Ab sofort, so bestimmte Henriette, durften sie ihr Heim nur noch mit einer Bergsteigerausrüstung, die wäre sowohl im Fall Carmen und als auch beim Abenteuer Handtasche notwendig gewesen, verlassen. Außerdem stellte ihre Chefin einen Antrag, die Zwerge beim Washingtoner Artenschutzabkommen auf die Liste der bedrohten Arten zu setzen. Meines Wissens erfolgte dies auch prompt nach heimlicher Intervention von Carmen. Ein wenig, so schien es, plagte sie das schlechte Gewissen gegenüber den sieben Herren. Schneewittchen hingegen verstimmte der Gedanke an das Fremdgehen ihrer sieben Schutzbefohlenen. Sie selbst sah in ihrem Wirken und ihrer Rolle eine Art Ersatzmutter für die kleinen Herren. Besagter Skandal zeigte deutlich, die sieben Zwerge allein zu lassen, führt ins Chaos. Deswegen sprach sie zwei Wochen weder mit Henriette noch mit den Zwergen ein Wort. Oder anders ausgedrückt: Schneewittchen war stinksauer.

Aber kommen wir zurück zu unserem betrunkenen, grünen und stets nörgelnden Schleimbeutel. Henriette steckt besagten Frosch in die unterste Schublade ihres Schreibtisches. Eine Art Arrest. Das letzte Mittel für Henriette Pöttchen, mit ihren Angestellten fertig zu werden. In dieser Schublade haben etliche berühmte Märchenfiguren ganze Nächte verbracht, meistens um auszunüchtern. Ja, ja, die Künstler und der Alkohol. Ein Kapitel für sich, das ganze Bücherregale füllt. Henriette denkt, dem Frosch werde ich morgen die Locke bügeln. Aber jetzt habe ich dazu keine Zeit und in seinem Zustand ist er ohnehin nicht mehr aufnahmefähig. Sie horcht auf: Ruhe! Nicht ganz, von Zeit zu Zeit hört sie ein Hicksen und das Gemurmel des Frosches. Henriette hatte gehofft, in der dunklen Schublade würde der grüne Gnom sofort einschlafen. Den Frosch jedoch quälten andere Sorgen so mächtig, dass an Schlaf nicht zu denken war. Große düstere Bilder verfolgten ihn. Tiefe Schluchten, in die er hineinzufallen droht. Junge Frauen in reich verzierten Gewändern, die ihm seine goldene Kugel mit dubiosen Versprechen abjagen wollten. Eine schnell näherkommende Hand, die ihn packen wollte. Den Frosch überkommt eine Panikattacke nach der anderen. Henriette greift in der Zwischenzeit nach einem großen Zettel und schreibt mit giftgrünem Stift „Frosch" darauf. Den armen Kerl darf sie morgen früh nicht vergessen zu befreien. Na, Hauptsache er bricht ihr nicht in den Schreibtisch. Wie konnte er nur so viel Alkohol trinken? Die Probleme des Frosches scheinen tiefliegender zu sein, denkt Henriette.

Das Telefon klingelt. Henriette denkt, sehr ungewöhnlich um diese Zeit. Sie hebt den Hörer ab und eine leise Stimme ist zu vernehmen: „Büro seiner Heiligkeit Inkontinenz IV., Schwester Denunziata. Ich rufe im Auftrag des Heiligen Vaters an. Er möchte Ihnen, Fräulein Pöttchen, von ganzem Herzen für den wunderschönen Nachmittag danken. Unser Vater wird für ihre Verdienste ein paar Vaterunser an seinen Chef richten und ihre Rolle am heutigen Nachmittag besonders würdigen. Seine Heiligkeit hofft auf ein baldiges Wiedersehen mit Ihnen." Ein Schluchzen dringt aus der Ohrmuschel.

„Das freut mich, liebe Schwester Denunziata. Richten Sie ihrer Heiligkeit aus, die Freude auf ein Wiedersehen liegt auch ganz auf meiner Seite."

„Oh, das klingt aus ihrem Munde wie ein Segen. Ich wünschen Ihnen, Fräulein Pöttchen, einen schönen Abend."

„Auf Wiedersehen, Schwester Denunziata." Auch das noch, denkt Henriette, seine Heiligkeit soll mich endlich zufriedenlassen, wenigstens für die nächsten zweihundert Jahre.

Henriette sitzt in ihrem Büro, draußen rutscht die Sonne gerade hinter dem Horizont weg. Sie wartet weiter auf ihren Bruder, der nicht kommen will. Hans-Peter Pöttchen, unser jugendlicher Schwerenöter, lässt seine Schwester warten. Ein fataler Irrtum und Fall von Größenwahn. Eine Henriette Pöttchen sollte nicht einmal der eigene Bruder warten lassen. Zumal dies auch äußerst unhöflich ist. Henriette überbrückt die Zeit und widmet ihre Aufmerksamkeit der restlichen Post, zu der sie bisher, aufgrund der ganzen Aufregung, nicht gekommen ist. Dabei verliert sie den Bruder schnell aus ihrem Gedanken. Beim

Öffnen eines der Briefe fällt ihr der Brieföffner vor Schreck aus der Hand. Ihr Oberkörper schnellt zurück an die Rückenlehne des Bürostuhles, auf dem sie sitzt. Ein kleiner Wicht, davon gibt es in ihrem Mitarbeiterstamm, wie sie zurecht der Meinung ist, eindeutig zu viele, stößt die Tür auf und ruft: „Allah'u'abha! Gott der Allherrliche! Alles ist machbar! Ich bin dein neuer Nachbar!" Henriettes erste spontane Reaktion war: „Du mich auch." Sie erkennt auf einen Blick, auch trotz der Verkleidung, den Osterhasen, der einen Sprengstoffgürtelimitat trägt, welches aus Cola-Dosen besteht, die eben nicht mit Ammonal, sondern mit Backpulver und Mehl gefüllt sind. Das aber wissen weder Henriette noch der Osterhase zu diesem Zeitpunkt. Und an dieser Stelle kommen wir auf die Kleidung des Hobbyattentäters zu sprechen. Es ist dem Erzähler besonders peinlich, davon berichten zu müssen. Denn zu seinem Auftritt trägt der Osterhase schwarze Kleidung und ein rosa Stirnband. Alles aus Latex. Zu diesem Auftritt bedarf es jetzt einer näheren Erläuterung: Der Osterhase hat eine Vorliebe für Latex, mit dem er und seine Frau … gut, die Details wollen wir uns an dieser Stelle ersparen. Sie können mit einer gehörigen Portion Fantasie ein Bild vor ihrem geistigen Auge entstehen lassen, müssen Sie aber nicht. Ich helfe Ihnen dabei: Ein kleiner Hase, lange Beine, kurzer Oberkörper, kleines Bäuchlein, Stummelschwanz und das Ganze in Latex verpackt – schön ist was Anderes! Henriette muss diesen Anblick ertragen. Ihre Arbeit besteht nicht nur aus Sonnenschein. Oft sind es die kleinen Dinge des Lebens, die ihr den Tag vermiesen. Henriette bekommt plötzlich einen Lachanfall, bei dem der kleine Eiermaler sie irritiert anschaut, weil er nicht weiß, warum Henriette anfängt zu lachen. Der Osterhase ist quasi eine Karikatur seiner selbst. Nur sagen darf sie das dem Sensibelchen nicht. Nach dem Betreten des Büros tanzt Meister

Lampe, einem Schamanen nicht unähnlich, um Henriettes Schreibtisch herum. Dabei hält er zwei Drähte in der Hand Henriette sammelt ihre Gedanken nach dem ersten Schrecken und fasst einen klaren Gedanken. Sie denkt, ruhig bleiben, bloß keine Panik. Was der Osterhase in die Hand nimmt, geht meist schief. Dementsprechend ist auch das Gefahrenpotenzial einzustufen, das von ihm ausgeht. Henriette ist nach diesen Überlegungen wieder ganz die Ruhe selbst und richtet sich an den Osterhasen: „Weißt du eigentlich, wie spät es ist? Halb zehn! Abends! Ich sitze allein in meinem Büro, meine Angestellten haben Feierabend, und du erschrickst mich derart, dass ich fast einen Herzinfarkt bekommen hätte. Was soll dieser Aufzug? Wenn ich dich daran erinnern darf, du bist der Osterhase und kein Attentäter. Der Karneval ist seit einigen Monaten vorbei, oder wenn du so willst, er kommt erst in einigen Monaten wieder. Hast du nichts Anderes zu tun, als mich zu erschrecken?“

Der Osterhase kommt nicht dazu, auf die Vorwürfe und Fragen seiner Chefin zu reagieren, da das Telefon klingelt. Henriette hält den Mümmelmann mit einer Geste hin und greift zum Hörer. Sie hat keine Chance. Bevor sie ihren Namen nennt, hört sie die nervige Stimme von Testosteronimus Thudichum. Der säuselt ihr etwas ins Ohr von Verabredung heute Abend, und wo sie denn im Moment wäre. Er säße seit einer halben Stunde in der besagten Avocado Bar.

„Wo bin ich wohl, mein Lieber, wenn du mich im Büro anrufst? Richtig, genau da!“ Ruhe am anderen Ende der Leitung. Die Erklärung von Fräulein Pöttchen, wo sie gerade sei, leuchtet sogar unserem jugendlich wirkenden Heißsporn ein. Nach einer kleinen Pause kommt die Antwort:

„Äh, ja … Und sehen wir uns gleich?“ In der Stimme von Testosteronimus schwingen eine gewisse Erwartung und Freude mit.

„Nein. Bestimmt nicht. Ist im Augenblick sehr ungünstig.“ Henriette schaut auf den Osterhasen. „Ich habe soeben ein Personalgespräch mit einem meiner ältesten Mitarbeiter. Die Stimmung im Büro ist hochexplosiv. Ich mache dir einen Vorschlag, ich kann dir ja ein paar liebestolle Prinzessinnen vorbeischikken. Davon habe ich genug auf Lager. Wenn du die kennengelernt hast, glaube mir, ist das Thema Frauen ein für alle Mal für dich erledigt. Da gebe ich dir Brief und Siegel drauf. Und jetzt Gute Nacht.“

„Äh …“ Bekommt Henriette zur Antwort auf ihren Vorschlag.

„Ja? Ist noch was?“

„Äh … Prinzessinnen? Vorbeischicken? Wie viele denn?“ Der junge Haudrauf kann sein Glück nicht fassen. Prinzessinnen, der Hochadel Europas, schöne junge Frauen in seidenen Gewändern … Seine Fantasie schlägt Purzelbäume und langsam entwickelt sein Gehirn ein Gefahrenpotenzial, das ihm, dem aufstrebenden Jungunternehmer, gefährlich werden könnte.

„Ein halbes Dutzend für den Anfang. Nur Dornröschen ist im Moment unabkömmlich. Sie schläft“, sagt Henriette lakonisch.

„Dornröschen schläft …“, sagt Testosteronimus nachdenklich. So als müsse er die Absage und das Angebot von Henriette erst einmal verarbeiten. „Gut, dann schicke mir die Prinzessinnen vorbei.“

„Abgemacht.“ Henriette denkt, einen Teufel werde ich tun, ich bin doch keine Partnervermittlung. Die Männer sind alle gleichgestrickt. Na ja, bei dem Vornamen ist das auch kein Wunder, das er so tickt.

Henriette legt den Hörer auf und widmet ihre Aufmerksamkeit unserem kleinen Freund mit den langen Ohren. Während Henriette mit Herrn Thudichum telefonierte, sprang der Hase in Manier eines asiatischen Kampfsportlers im Büro umher. Der Osterhase passt nun die Gelegenheit ab, dass Henriette wieder frei ist, und fährt mit dem Gespräch fort:

„Und wenn ich dich erinnern darf, liebe Henriette, was soll ich das ganze Jahr machen? Ostern ist nur an einem Wochenende im Jahr."

„Das ist nicht mein Problem. Die ganzen Jahre war das für dich kein Thema und plötzlich … Such dir ein Hobby. Du hast Frau und Kinder. Das müsste reichen, um ausgelastet zu sein. Dein Stirnband hat übrigens die falsche Farbe. Damit kannst du in der Mädchenabteilung jedes gut sortierten Spielzeugladens auftreten, aber nicht mit deinem Terroristen-Outfit. Das Stirnband ist im Original grün."

„Das sagst du so leicht. Woher soll ich denn eine echte Terroristenbekleidung nehmen? Denkst du etwa, die gibt es in der Modeboutique gleich um die Ecke? Du hast ja keine Familie, nur deinen doofen Bruder. Dir sind meine Probleme egal!" Die Ohren des kleinen Kerls hängen schlaff an ihm herunter. Henriette weiß, an dieser Stelle kommt die Psychonummer. „Nimm deinen Gürtel und das alberne Band ab und komm zu mir."

Willig folgt der Osterhase den Anweisungen seiner Chefin. Der kleine Mann, dessen Hasenherz aufgeregt pocht, sitzt auf ihrem Schoß und kuschelt liebevoll mit seiner Chefin. Allein das Latex stört, da es bei jeder Bewegung quietschende Geräusche macht. Im Raum herrscht Stille. Nur ab und zu ist ein Hicksen aus dem Inneren von Henriettes Schreibtisches zu hören. Kurz bevor der langohrige Freund an ihrer Brust einschläft, sagt sie leise zum ihm, er solle jetzt zu seiner Frau und den Kindern nach Hause fahren, da sie sich bestimmt schon um ihn sorgen würden. Diesen Rat befolgend zieht der Osterhase ab, den „Sprengstoffgürtel“ schleift er hinter sich her und verliert dabei einen Teil der „hochexplosiven“ Ladung. Seine Ohren und Schultern hängen schlaff herunter und das Stirnband lugt aus der Hosentasche hervor. Was für ein trauriger Anblick! Was für ein Glück, dass die Kinder den Osterhasen nicht in diesem Aufzug sehen. Ostern wäre ein für alle Mal Geschichte. Kein Wunder, dass so etwas dabei herumkommt, wenn der Osterhase den ganzen Tag mit seinem Freund dem Weihnachtsmann in einer Bar herumhängt. Den alten Rauschebart muss ich mir gleich morgen zur Brust nehmen. Henriette schreibt den Gedanken auf ihren Notizzettel, der fast auf beiden Seiten voll ist. Langsam wachsen ihr die Marotten der Angestellten über den Kopf. Ihr Bruder könnte eine Hilfe sein. Hans-Peter hat jedoch kein Gespür für solche Geschäfte. Seine Interessen, wenn überhaupt davon die Rede sein kann, liegen beim weiblichen Geschlecht. Im Grunde genommen ist er wie ein kleiner Junge. Total verspielt. Wo steckt Hans-Peter eigentlich? Ach, ist jetzt auch egal … Henriette steht auf, leckt ihren Zeigefinger an und steckt ihn in das weiße Pulver, das der Osterhase zurückgelassen hat. Im Mund spürt sie ein leichtes Brennen. Backpulver vermischt mit Mehl. Für eine Mehlstaubexplosion hätte das eventuell gereicht – von wegen Ammonal! Henriette klingelt nach Salvatore.

„Entschuldigen Sie, Salvatore, ich weiß, Sie haben Feierabend. Können Sie bitte das Pulver auf dem Fußboden beseitigen.“

Salvatore nickt und beseitigt das Pulver auf dem Fußboden. Fräulein Pöttchen sitzt in ihrem Bürostuhl und denkt: Nein, was für ein Tag. Sie stiert auf den Tisch vor sich und schüttelt den Kopf. Meine Künstler sind alle vollkommen durchgeknallt. Gerade deswegen aber liebt sie diese divenhaften Geschöpfe. Halt, ihr fällt plötzlich der Einbruch wieder ein, den sie beinahe vergessen hätte.

„Salvatore, im Büro ist eingebrochen worden."

Salvatore, der gerade die letzten Spuren vom ‚Sprengstoff' beseitigt, erschrickt fürchterlich. „Aber Fräulein Pöttchen, wie kann das sein. Ich war den ganzen Tag im Haus und habe nichts bemerkt." Salvatore schlackern die Knie.

„Macht nichts, Salvatore. Das soll kein Vorwurf sein. Hier war ein Meisterdieb am Werk. Und im Grunde genommen wäre es traurig, wenn Sie ihn erwischt hätten." Henriette lächelt ihren Diener entspannt an.

„Salvatore, das mit dem Einbruch kläre ich. Machen Sie sich da mal keine Sorgen. Die Sache ist in ein paar Minuten erledigt."

Ein Lächeln der Erleichterung umspielt nun Salvatores Mund. Dezent und auf leisen Sohlen verlässt er den Raum.

Henriette greift entschlossen zum Telefonhörer und ruft eben jenen Meisterdieb, von dem sie Salvatore soeben erzählt hat, an und staucht ihn zusammen.

„Einfach dilettantisch deine Arbeit, mein Lieber. Der Einbruch in meinem Büro. Ein Laie wäre professioneller vorgegangen."

„Wie? Was soll das, Henriette? Wie kommst du darauf, dass ich das war? Nur weil ich der Meisterdieb bin?"

„Dein Fehler, mein Meisterdieb", sie lacht, lacht ihn aus, „dein Fehler war, dass du nichts hast mitgehen lassen. Ein ehrlicher Dieb stielt wenigstens etwas."

„Ärgerlich …", schimpft der Meisterdieb. Er könnte in diesem Moment seine Zähne vor Wut in die Tischplatte rammen.

„Ich bin die Meisterin ... in allem ... bedenke das." Henriette kostet ihren Triumpf aus.

„Ja", entgegnet ihr der Meisterdieb kleinlaut.

„Sag mir wenigstens, welches Motiv du hattest."

„Hm, ich wollte üben. Schließlich kann ich ja kein Kaufhaus überfallen. Soll ich mich etwa strafbar machen? Wie soll ich sonst meine Fingerfertigkeit behalten? Übung macht den Meister."

„Ist ein nachvollziehbares Argument, eine dümmere Ausrede habe ich trotz alledem lange nicht mehr gehört. Bei der eigenen Chefin einzusteigen? Mit dem Grund der beruflichen Weiterbildung. Schämst du dich nicht? Auf der Welt kenne ich einige lohnende Objekte, an denen du deine Künste ausprobieren kannst."

„Ach ja, und welche wären das?", fragt der Meisterdieb, der plötzlich von Neugier getrieben wird.

„Banken", sagt Henriette lakonisch.

„Banken?", fragt der Meisterdieb ungläubig.

„Ja, Banken. Die haben entsprechende Sicherheitseinrichtungen, da musst du deinen Grips anstrengen. Geld haben sie reichlich vorrätig und niemanden interessiert es, wenn die Banken einen Verlust einfahren, geschweige denn ein paar Scheine fehlen. So viel Geld kannst du gar nicht wegtragen, dass es den Banken auffallen würde."

„Und das stimmt?", fragt der Meisterdieb ungläubig nach.

„Probieren geht über Studieren. Bei deinen Fähigkeiten."

„Gut, dann entwickle ich einen Plan."

„Mach das, mein Lieber, mach das. Meinen Segen hast du. Ich wünsche dir einen schönen Abend. Übrigens, die Kosten für den Einbruchschaden ersetzt du mir."

„In Ordnung. Kommt nicht wieder vor. Bis bald", verabschiedet sich der Meisterdieb und legt zerknirscht auf.

Henriette denkt: So einer trägt den Namen des größten Vorzeigeillusionisten der Welt. Manchmal sind sie wie kleine Kinder. Der Meisterdieb ist seit Jahren im Geschäft, in den einfachen Dingen des Lebens handelt er jedoch ohne Sinn und Verstand.

Für die Bearbeitung der restlichen Post bleibt Fräulein Pöttchen weder Zeit, noch hat sie Lust dazu. Sie will einfach nur nach Hause. Nach Hause gehen? Sie hat den weitesten Arbeitsweg der Welt. Eine Etage über dem Büro liegt ihre Wohnung. Dorthin aber kann sie noch nicht gehen, nicht in ihr geliebtes Bett steigen und einschlummern. Davor eine heiße Dusche nehmen. Oh, ja! Den Ärger und Stress des Tages abwaschen und alles vergessen. Ihr Bruder hält sie im eigenen Büro gefangen und er ist bereits zwei Stunden überfällig. Henriette legt vorsorglich die Elle auf den Schreibtisch.

Und tatsächlich, wie aus heiterem Himmel steht Hans-Peter plötzlich vor ihr. Vollkommen unschuldig schlendert er ins Büro seiner Schwester, als sei nichts passiert. Ohne Aufforderung nimmt er im Sessel vor dem Schreibtisch der Schwester Platz. Direkt, wie Henriette ist, kommt sie gleich auf das zu sprechen, was sie stört.

„Hans-Peter", Henriette nimmt die Elle in die Hand, „wir sollten intensiv über deine Frauengeschichten reden. So geht das nicht weiter. Hinter meinem Unternehmen steht der Name Pöttchen. Und ich will nicht, dass dieser Name von dir in den Dreck gezogen wird. Die Presse wartet nur darauf, über uns und mein Geschäft zu berichten. Hier", Henriette wirft dem Bruder ein Papiertaschentuch hinüber, „wisch dir den Lippenstift von Mund und Wange."

Hans-Peter rutscht auf dem Stuhl hin und her. Sein Gesicht verschwindet für kurze Zeit hinter dem weißen Papier. Er kennt seine Schwester. Sie zu reizen endete für ihn jedes Mal in einem Desaster.

„Hast du mir was zu erzählen, Bruderherz?"

„Nein, nicht, dass ich wüsste." Hans-Peter spielt die Unschuld vom Lande. Eine seiner Paraderollen.

„Dann sage ich dir mal, was ich weiß. Ich weiß, du warst heute in C. In eben jenem C. in Nordafrika. Mit dem Osterhasen. Darüber wird zu sprechen sein. Außerdem weiß ich, dass Rotkäppchen hinter dir her ist und versucht hat, dich zu angeln. Du verkehrst währenddessen jedoch lieber mit Aschenputtel. Was findest du eigentlich an der Trine? Die wäscht sich nicht einmal regelmäßig, meckert den ganzen Tag rum, obwohl sie der Star in ihrem Märchen ist." Henriette verzieht das Gesicht und hofft, keine Ekelpusteln zu bekommen. Hans-Peter schweigt, was Henriette wütend werden lässt.

„Sprich!" Die Elle saust mit lautem Knall auf die Tischplatte.

Hans-Peter fasst plötzlich Mut. Er geht unerschrocken zum Gegenangriff über. Hat er noch etwas zu verlieren?

„Was geht dich mein Privatleben an … Hat dich mein Leben denn je interessiert, Schwesterherz?"

Henriette fällt daraufhin Hans-Peter ins Wort. „Schwesterherz? Lass diese Scherze. Darf ich dich daran erinnern: Du bist noch keine achtzehn Jahre alt und ich habe damals deinen, unseren Eltern, versprochen, auf dich achtzugeben und mich um dich zu kümmern." Die Elle saust ein zweites Mal auf die Tischplatte.

„Ja, ja, ja. Immer die gleiche Leier", nörgelt Hans-Peter genervt.

„Hör auf, dich über mich lustig zu machen.“ Henriette hebt drohend die Elle und Hans-Peter, der seine Schwester kennt, zieht automatisch den Kopf ein.

„Wer ist deine feste Freundin und mit wem hast du noch alles geschlafen? Raus mit der Sprache!“

„Sag ich nicht.“ Er streckt seiner Schwester die Zunge heraus und im gleichen Moment saust die Elle auf seinen Kopf hernieder. Hans-Peter heult hysterisch auf und flennt wie ein kleines Kind.

Da tritt unerwartet Detektiv Frank Zippo ins Büro. „Ich störe wohl?“ Der Privatdetektiv ist völlig verwirrt, hier und jetzt den heulenden Hans-Peter Pöttchen anzutreffen.

„Nein, überhaupt nicht. Gut, dass du kommst. Ich brauche einen Zeugen, wenn ich meinen Bruder Hans-Peter umbringe, das glaubt mir ja sonst keiner.“

„Chefin, Sie werden sich doch nicht an diesem jungen Leben versündigen …“, entgegnet Frank entsetzt. So angespannt kennt er Henriette Pöttchen nicht.

Frank versucht die Situation zu entschärfen: „Da komme ich ja gerade richtig. Ich habe meine Recherchen zu Hans-Peter Pöttchen erfolgreich abgeschlossen.“ Von oben herab schaut Frank Zippo auf das Häufchen Elend, das zugleich sein Zielobjekt ist, und am Schreibtisch seiner Chefin sitzt. Wegen dieses Grünschnabels ist er um die halbe Welt gereist. Was er sich als angesehener Detektiv alles bieten lassen muss! Ein Skandal! Früher war er mit echten Fällen betraut. Heute reist er liebestollen Teenagern und Gartenzwergen hinterher. Das ist alles so demütigend! Ein Gedanke beschleicht ihn: Soll er seinen Beruf an den Nagel hängen? Henriette unterbricht Franks Gedanken.

„Lieber Frank, dann berichte über deine Recherchen!“, fordert die Auftraggeberin.

„Soll ich vor ihm …?“ Frank zeigt auf Hans-Peter und wirkt ein wenig unsicher.

„Wir haben keine Geheimnisse! Das bleibt alles in der Familie.“ Sie summt dabei die Titelmelodie aus dem Film „Der Pate“.

„Gut.“ Frank zieht ein Papier mit etlichen Eselsohren, das Flecken unbestimmter Herkunft und Löcher hat, aus seinem Trenchcoat. Das macht einen ziemlich wichtigen Eindruck auf die im Zimmer anwesenden Personen.

„Ihr Bruder, Fräulein Pöttchen, konnte mich zwar abschütteln, was er jedoch nicht wusste, ist, dass ich überall meine Informanten habe, und so konnte ich die einzelnen Teile des Puzzles schnell zusammentragen.“

„Komm auf den Punkt, Frank! Die Details können wir uns sparen.“ Henriette klopft nervös mit der Elle auf den Tisch. Frank ist tief beleidigt. Wenigstens die Chefin könnte seine aufopferungsvolle Arbeit wertschätzen. Der Detektiv bewahrt die Fassung und berichtet tapfer von seinen Ermittlungen.

„Ihr Bruder hat nichts mit Mädchen im Sinn, der ist viel zu verspielt für sein Alter.“ Bei den letzten Worten spürt Herr Zippo die bösen Blicke von Hans-Peter. Der hätte ihn am liebsten in der Luft zerrissen.

„Nach C. ist Hans-Peter zusammen mit seinem Freund, dem Osterhasen geflogen. Den kleinen Hasen gabelte er in der Nähe der Avocado Bar auf. Mit einem orientalischen Teppich unbekannter Herkunft überwanden sie schnell die Distanz. Die beiden wollten eine sogenannte ‚Sause‘ machen. Was sie dabei nicht bedachten oder wussten, ist, dass in C. der Genuss von Alkohol verboten ist. Was machten die beiden also? Sie benebelten ihr Gehirn mit Weihrauch, Milch und Honig. Dabei ist dann wohl auch der Plan beim Osterhasen gereift, sich einen Sprengstoffgürtel zu basteln …"

Henriette unterbricht Frank in seinen Ausführungen: „Diesen genialen Einfall konnte ich bereits bewundern."

„Darf ich mit meinem Bericht fortfahren?" Zippo wirkt genervt. Für den Lohn, den er von der Pöttchen bekommt, muss er sich auch noch ins Wort fallen lassen.

„Aber bitte, bitte, mein Lieber. Wir warten gespannt auf deine Ausführungen."

„Rotkäppchen folgte ihrem Bruder, was dieser nicht mitbekam, wohl wegen des Weihrauchs und seiner Naivität." Hans-Peter schaut Zippo böse an. Eine Frechheit von diesem Detektiv, ihn, Hans-Peter, als naiv zu bezeichnen. Wer hat denn Henriettes Meisterdetektiv in C. abgehangen …?

„Warum dieses Rotkäppchen ihrem Bruder gefolgt ist, entzieht sich meiner Kenntnis. Zu vermuten ist, dass dieses Rotkäppchen an einer angeborenen Hormonstörung leidet. Bei Aschenputtel ist Hans-Peter auf seinem Rückflug notgelandet. Wie ich bei der Fluglinie in Erfahrung bringen konnte, stieg Hans-Peter während des Fluges, mit dem Osterhasen und dem besagten Teppich aus. Der Grund für die Notlandung steht übrigens im Vorraum. Dieser orientalische Teppich hat ein Loch, mindere Qualität aus Fernost, obwohl dies angeblich das Original sein soll. Heute sind Original und Fälschung kaum noch zu unterscheiden, weil alles beim gleichen Hersteller produziert wird. Das Loch ist auch die Ursache dafür, dass der Osterhase auf halber Strecke den Flug unterbrach. Nicht ganz freiwillig. Er fiel durch das Loch und landete sehr unsanft." Frank zeigt mit dem Finger auf seinen Kopf. „Seitdem ist der Osterhase der festen Meinung, er sei ein Terrorist und läuft mit einen selbstgebauten Sprengstoffgürtel herum, der mit Backpulver und Mehl gefüllt ist. Ein Gutachten lege ich meinem Bericht bei. Hans-Peter landete anschließend in den Armen dieses ebenfalls hormongesteuerten Aschenputtels, und der Osterhase irrte eine Weile in der Welt herum. Sein Ziel war, Sie zu besuchen. Ein Mitarbeiter der Hilfsorganisation vom ‚Unbekannter Stern e.V.' fand den Wicht im dichten Unterholz und umsorgte ihn fürsorglich."

„Danke", unterbricht ihn Henriette, „den Zustand des Osterhasen konnte ich selbst in Augenschein nehmen. Fahren Sie fort, Frank."

„Der Osterhase, das sei der Vollständigkeit halber erwähnt, landete anschließend in der Sakristei einer katholischen Pfarrkirche, wo er versuchte den Schrank mit dem Weihrauch aufzubrechen, was ihm jedoch misslang, da ihn der Pfarrer erwischte. Als Hochwürden lüstern die Soutane hob, flüchtete der Osterhase panisch. Die Handlungsweise von Hochwürden lässt sich am ehesten mit der Bekleidung des Hasen erklären. Der arme Mann muss von diesem Anblick vollkommen verwirrt gewesen sein. Leider verlor ich an diesem Punkt die Spur des Hasen, da ich mich weiter um Hans-Peter gekümmert habe."

„Danke, Frank, auf weitere Details in Sachen Osterhase verzichte ich gern", sagt Henriette Pöttchen. Derweil sitzt ihr Bruder Hans-Peter die ganze Zeit mit gesenktem Kopf da und schweigt. Für ihn sind die Ermittlungen von Frank mehr als demütigend. Was hat er denn getan? Er ist mal kurz mit dem Osterhasen nach Nordafrika geflogen. Dass ihm das Rotkäppchen folgte, dafür konnte er nichts. Und die Notlandung bei Aschenputtel war reiner Zufall.

Henriette fasst einen Beschluss. „Hans-Peter, du gehst sofort nach Hause und denk daran, Herr Zippo hat ein Auge auf dich.

Vier Wochen Stubenarrest. Und keine Frauenbesuche. Ich will, dass du als Jungfrau in die Ehe gehst."

Das ist zu viel für Hans-Peter. Eine Herabwürdigung sondergleichen. Und das von der eigenen Schwester. Wenn die wüsste … Jungfrau und so …

„Ja, Henriette." Sagt Hans-Peter eingeschüchtert. Widerstand ist in diesem Moment zwecklos. Was in Wirklichkeit im Kopf von Hans-Peter vor sich geht, weiß zu diesem Zeitpunkt niemand. Selbst seine so schlaue Schwester nicht. Der letzte Triumpf des Bruders, der ihm geblieben ist. Hans-Peter schleicht mit hängendem Kopf und Schultern aus dem Büro.

Fräulein Pöttchen bespricht mit Herrn Zippo das weitere Vorgehen und die Bezahlung für die geleisteten Dienste. Mit langem Gesicht, nachdem er den Gehaltscheck in der Hand hält, verlässt Frank das Büro. Für ihn steht fest, er wird kündigen. Wenn nicht heute, dann morgen. Außerdem ist er in einem Alter, indem andere seit Jahren ihre Pension verprassen. Dann fällt ihm ein, seine Chefin zu ärgern. Aufgrund des Schecks hat sie das verdient. An der Bürotür hält er inne.

„Was ich dir vergessen habe zu erzählen, der Hahn, der erst vor Kurzem so tragisch verschieden ist, der sah doch stets und ständig zerzaust aus. Und weißt du, warum?" Frank lächelt triumphierend.

„Nein. Was ist mit dem Hahn?" Henriette kennt den Grund nicht, ging all die Jahre davon aus, das läge am fortgeschrittenen Alter des Tieres.

„Der Vogel arbeitete in einem zweiten Beschäftigungsverhältnis. Beim Hahnrupfen. Daher sein derangiertes Aussehen."

Henriette schweigt und schaut den Detektiv mit großen Augen an. Der versteht und genießt mit bescheidener Genugtuung. Mit einer leisen Verbeugung verlässt Frank das Büro.

Und Henriette? Sie ist wieder allein. Das mit dem Hahn ist jetzt auch egal. Nun scheint alles abgearbeitet. Gut, ein paar Briefsendungen sind übriggeblieben. Morgen ist ein neuer Tag. Sie schaut zur Uhr. 23:15 Uhr. Henriette ruft dem Hamster zu: „Kannst aufhören, Adolf. Lass gut sein für heute." Sofort stellen die Zeiger ihre Vorwärtsbewegung ein.

Henriette sinkt erschöpft in ihren Stuhl, nicht ahnend, dass Rotkäppchen vor wenigen Minuten vor ihrem Büro aufgetaucht war, um Hans-Peter aufzulauern und ihn auf eine Flasche Schaumwein in die Avocado Bar einzuladen. Hans-Peter sieht das rote Käppchen und in diesem Moment sieht er im wahrsten Sinne des Wortes rot. Seine Augen fixieren das neue, leuchtend rote Käppchen. Und trottlig wie er nun einmal ist, folgt er der Femme fatale, ohne dabei einen Gedanken an die Motive des Mädchens zu verschwenden. Warum er Rotkäppchen wirklich hinterherläuft, ist selbst Hans-Peter ein Rätsel. Er folgt seinem Bauchgefühl.

Währenddessen packt Henriette im Büro ihre Sachen ein. Feierabend! Jetzt ist Schluss! Sie will niemanden mehr sehen und hören. Jedoch weit gefehlt. Der Tag war längst noch nicht zu Ende. Bis Mitternacht waren es noch 45 Minuten, die vielleicht entscheidend sein können. Die Tür des Büros springt auf, nicht das erste Mal am heutigen Tag. Rauch weht in den Raum und mit tiefer Stimme, der Schnitter kämpft mit seinen Stimmproblemen, spricht Gevatter Tod: „Ich bin gekommen, um dich zu holen."

Davon unbeeindruckt packt Henriette weiter ihre Sachen zusammen. „Sehr witzig, mein Lieber. Deine Scherze waren auch schon mal besser. Hast einen ziemlich langen Bart. Aber woher bekommt man heute noch jemanden, der Niveau hat? Wenn selbst der Tod einen gewissen Bildungsstand vermissen lässt, scheint es schlecht um uns bestellt zu sein."

Missmutig geht der Tod zum Stuhl, nimmt Platz und sagt mit seinem Falsettstimmchen: „Langer Tag was, Chefin?"

„Es reicht, reicht wirklich. Dieser Tag gibt mir den Rest. Wenn das so weitergeht, muss ich zur Kur. Aber wer soll dann den Laden führen? Mein Bruder ist ein Totalausfall. Ich muss mich um alles selber kümmern. Ich will einfach nach Hause. Jetzt und gleich."

„Verstehe ich. So geht es mir jeden Tag. Leider sind in einem Einmannunternehmen keine Pausen vorgesehen. Vierundzwanzig Stunden Dauerdienst und das Jahr für Jahr, mein ganzes Leben lang." Bei seinem letzten Satz muss der Tod über die eigene Formulierung lachen. „Ich und ein Leben lang. Ja, ich habe lebenslänglich. Hihihi."

„Ich würde an deiner Stelle nicht unbedingt das Wort Leben in den Mund nehmen, mein lieber Schnitter."

„Hast ja recht. Aber was soll ich machen? Ich verrichte die wohl undankbarste Arbeit auf diesem Planeten. Einer muss sie ja tun … Ach, lassen wir das. Das Thema frustriert mich." Der Tod springt auf, legt seine Hand um die Hüfte von Henriette und wird sehr persönlich. „Vergessen, wir hatten um Mitternacht eine Verabredung in der Avocado Bar?"

Fräulein Pöttchen erblasst, löst ihren Körper vom Tod, stürzt zum Schreibtisch, schlägt den Terminkalender auf und richtig, den Termin hatte sie völlig vergessen. Heute Morgen auf dem Friedhof hatten sie sich verabredet. Kein Wunder, dass sie das bei dem Stress vergessen hat. Was Sie an diesem Tag alles erlebt hat! Diesem Testosteronimus gab sie einen Korb. Dem Tod und seiner Einladung ist sie hingegen nicht entkommen. Von wegen Feierabend. In dieser Begleitung! Was sollen bloß die Leute denken? Aber darüber nachzudenken, ist wohl mittlerweile nebensächlich.

Gemeinsam fahren sie in Henriettes Tankette in die Avocado Bar. Was wird Henriette in diesem Etablissement erwarten?

Auf dem Weg dorthin spricht Henriette den Tod nochmals wegen der Geschichte mit dem Teufel an.

„Alles kein Problem, Henriette. Der Teufel und ich, wir sind wieder beste Freunde."

„Ihr habt die Geschichte mit der Steuerhinterziehung geklärt?", fragt Henriette ungläubig nach.

„Natürlich, Chefin, wie das unter alten Freunden üblich ist." Der Tod blüht förmlich auf.

„Wie habt ihr denn die Sache geklärt?" Henriette ist neugierig.

„Wir haben das Ding gedreht, liebe Henriette", piepst der Tod. Der Teufel und ich trafen uns heute zufällig bei der Beerdigung des gefiederten Kollegen von den Bremer Stadtmusikanten. Übrigens, du warst gar nicht da."

„Ich? Über die Beerdigungsfeier für meinen Mitarbeiter bin ich nicht informiert worden. Seine Schauspielkollegen gehen mir seit Kurzem aus dem Weg, was mich überhaupt nicht wundert." Henriette denkt, mit den dreien werde ich ein Hühnchen rupfen. Sie schmunzelt über ihre eigenen Gedanken. Hühner rupfen? Das ist eine unglückliche Formulierung in diesem Zusammenhang.

Der Tod erzählt derweil weiter: „Zuerst gingen wir uns aus dem Weg. Letztendlich führte uns der Zufall wieder zusammen. Wir saßen während der Trauerfeier nebeneinander. Zuerst schwiegen wir beharrlich, aber nach wenigen Minuten lagen wir uns weinend in den Armen. Wir verziehen uns gegenseitig und schworen ewige Treue.“ Das Quietschen der Bremsen unterbricht die Rede des Todes.

In der Avocado Bar angekommen sondiert Henriette sofort die Lage. Sie kennt die Kundschaft. Jede Menge prominenter Schauspieler, die hier den Arbeitstag ausklingen lassen, sind anwesend. Henriette grüßte nach allen Seiten, mal in freudige, mal in angespannte Gesichter blickend. Sie denkt: Das kann ja heiter werden. Wäre ich bloß daheim geblieben. Fräulein Pöttchen bereut ihre Entscheidung, dem Tod gefolgt zu sein. Gemeinsam bestellen Henriette und ihr Begleiter einen feurigen Roten und eine Pizza Speziale, eine Pizza mit sehr scharfer Salami und viel Peperoni. Der Tod meint, mit Sodbrennen und Magendrücken hätte er keine Probleme. Derartige Schwachstellen wären seinem Körper unbekannt. Und die Knochen hielten die Schärfe allemal aus.

Blicken wir uns derweil um und schauen mal, was in der Avocado Bar zu dieser späten Stunde los ist. Der Nikolaus sitzt in einer Ecke und überlegt, wo er den Froschkönig das letzte Mal gesehen hat. Da er ziemlich unsicher ist, kramt er eine ganze Weile in seinem Sack herum, in dem außer ein paar leerer, klappernder Flaschen nichts Aufregendes zu finden ist. Es plagt ihn ein wenig das schlechte Gewissen. Schließlich war der Froschkönig gegen Mittag hier in der Bar ziemlich angetrunken. Irgendwie fühlt er eine Verantwortung, der er nicht gerecht geworden ist. Er murmelt dabei die ganze Zeit in seinen Bart.

Am Nachbartisch von Henriette sitzen die Räuber, die lautstark auf den Tod des Hahnes anstoßen, der hätte sie seit Langem genervt. Das Wort Schwarzarbeiter fällt und Henriette denkt, da ist also was dran an der Geschichte, die ihr Frank vorhin erzählte. Die Scherze über den Tod des Hahnes bringen

Gevatter Tod böse Blicke von Fräulein Pöttchen ein. Darauf muss er reagieren.

„Chefin, das war ein klassischer Betriebsunfall. Der Hahn legte es förmlich drauf an. Was sollte ich machen? Ich weiß, dass ich ein Glaubwürdigkeitsproblem habe. Vom Tod des Hahnes habe ich erst aus der Presse erfahren. Mich um alles persönlich zu kümmern ist unmöglich. Solche Dinge haben wir inzwischen automatisiert. Irgendwann geht die Meldung ein und mein Zentralcomputer verarbeitet diese statistisch. Er entscheidet dann, was geschehen soll. Wenn ich mich um jeden Todeskandidaten persönlich kümmern müsste, nicht auszudenken, der Stress. Ein Tag hat nur 24 Stunden. Belassen wir die Sache bei dieser Erklärung, Chefin. Ein bedauerlicher Betriebsunfall, der mit, ich will es mal so formulieren, unglücklichen Umständen zusammengetroffen ist."

„Gevatter, dies will ich dir in diesem einen Fall durchgehen lassen. Das nächste Mal informierst du mich vorher und dann entscheide ich, was mit einem meiner Mitarbeiter passiert."

„Ja, Henriette. Ich melde mich vorher in deinem Büro. Im Moment steht niemand aus deinem Mitarbeiterteam auf meiner Liste." Der Tod denkt, in der Rolle des reumütigen Angestellten kann er die missliche Angelegenheit am schnellsten vom Tisch bekommen.

„Das will ich dir auch geraten haben." Henriette blickt böse und fängt dann an zu lachen. Eine gewisse Erleichterung ist dem Tod unter seiner Kapuze anzusehen. Zum Glück serviert der Kellner die bestellte Pizza und den Wein. Fräulein Pöttchen spürt ihren Hunger und denkt: Iss Henriette, Hunger verdirbt die Stimmung.

Mit einem Male, während Henriette die Schärfe der Peperoni spürt, horcht sie auf. Die Stimme und das Lied kannte sich doch! Richtig, der liebestolle Kater sitzt an einem Tisch in der Nähe der Bar. Er singt sein Amor, Amor, sitzt wieder ein wenig schief auf dem Stuhl, der imposante Schwanz ragt wie eine Antenne in die Höhe. Sein Objekt der Begierde ist diesmal Dornröschen, die nach Drehschluss ihren Schlaf beendet hat und frisch und munter wirkt. Sie schmachtet der liebestolle Kater an. Ihr Blick folgt der Bewegung des Schwanzes. Irgendwie scheint der tanzende Schwanz sie in eine Art Trance zu versetzen. Das junge Ding verbreitet trotz seiner Frische mittlerweile einen somnambulen Eindruck. Henriette hat leider die Drehpläne für die Märchen nicht dabei. Die liegen im Büro. So wie es jedoch aussieht, scheint sie heute erst erwacht zu sein. Das wiederum kann der Erzähler bestätigen. Der Kater derweil nutzt jede Gelegenheit, bei Frauen zu landen. Unglaublich, denkt Henriette. Sie muss die Katze irgendwie an die kurze Leine legen. Dieser haarige Kleinstadt-Casanova. Es reicht ja wohl, dass die Mutter von Hänsel und Gretel von ihm ein Kind erwartet. Zum Schluss rennen hier Dutzende kleine Mischkater herum. Womöglich noch ein Fall für die Wassertonne. Sie sieht schon die Tierschützer mit Plakaten vor ihrem Büro demonstrieren.

Am Nachbartisch des Katers feiern die sieben Zwerge, die Klaus Karli in ihrer Mitte begrüßen und dem die Erleichterung darüber anzusehen ist, dass er wieder in seiner gewohnten Umgebung sein darf. An dieser Stelle sei noch erwähnt, Klaus Karli zeigt jedem seiner Brüder die linke Wange. Auf dieser ist der Abdruck eines Mundes aus rotem Lippenstift abgebildet. Klaus Karli behauptet, eine der Tänzerinnen aus dem Moulin Rouge wäre die Verursacherin. Ihr Name sei Ninette. Dabei verdreht Klaus Karli die Augen. Die Brüder hören gebannt zu. Alle Zipfelmützen stehen senkrecht im Raum und die Ohren sind gespitzt. Klaus Karli muss jede Menge Fragen beantworten. Dabei wächst er über seine eigene Fantasie hinaus. Ein wenig Angeberei ist natürlich mit im Spiel. Weiß Klaus Karli eigentlich, worüber er spricht? Jedenfalls, für diesen Abend ist unser Klaus Karli der Größte unter den Zwergen.

Henriette ist soeben mit dem Verzehr der Pizza fertig, da betritt Testosteronimus Thudichum die Avocado Bar, links und rechts ein junges, hübsches Ding im Arm. Sieh an, denkt Henriette. Dieser Thudichum macht seinem Namen alle Ehre. Wo er wohl die zwei Schönheiten aufgegabelt hat? Zu ihrem Mitarbeiterteam gehören die nicht. Dabei ist Testosteronimus derart beschäftigt, dass er von der Anwesenheit Henriettes in diesem Augenblick nichts mitbekommt. Hier sei kurz bemerkt, nachdem Testosteronimus Henriette telefonisch aus der Avocado Bar an den gemeinsamen Abend erinnerte und er von ihr eine Absage erhielt, verließ er die Bar. Auf die Versprechungen von Henriette wollte er nicht vertrauen. Lange währte seine Suche nach dem weiblichen Geschlecht nicht. In gewohnter Vertretermanier sprach er im nahegelegenen Einkaufszentrum zwei Mädels an. Die betreuten einen Stand und verkauften irgendein Produkt. Das interessierte Thudichum in dem Moment überhaupt nicht. Sein Augenmerk war auf die Länge der Miniröcke gerichtet, die die beiden trugen. Ein Fehler, wie sich in wenigen Stunden herausstellen wird. Testosteronimus faselte etwas von Film und Karriere, und auf der Stelle gewann er die Zuneigung der vermeintlichen Nachwuchshoffnungen.

Aber zurück zu Fräulein Pöttchen. Henriette will dem Tod dabei helfen, die Sache zwischen ihm und dem Teufel ins Reine zu bringen.

„Du, sag mal, was ist denn nun aus der Geschichte zwischen euch, also dir und dem Teufel geworden?“

„Ach, weiß du“, druckst der Tod herum, „die Sache war ja beim Finanzamt aktenkundig. Und einen Beamten kannst du schlecht von der Bearbeitung eines Falles abbringen. Die nehmen ja nicht mal Geld. Früher wussten die Beamten kleine Geschenke zu würdigen. Hat alles kein Niveau mehr. Liebenswürdigkeiten werden heute nicht mehr geachtet.“

Henriette unterbricht den Tod ungeduldig. „Was war der Plan, Schnitter?“

„Der Teufel und ich waren uns sofort einig.“

„Wie einig?“ Henriettes Gesichtsausdruck überzieht ein Hauch von Ungläubigkeit.

„Wir sind sofort nach der Trauerfeier für den Hahn aufgebrochen und haben das Problem aus der Welt geschafft.“

„Aus der Welt geschafft. Sieh mal an. Kannst du endlich konkret werden? Oder muss ich dir die Wörter einzeln aus der Nase ziehen?“ Eine kurze Pause entsteht. „Also, wie habt ihr das angestellt?“ Henriette pocht mit dem Zeigefinger auf den Tisch und nimmt einen kräftigen Schluck von dem Roten. Die Nachwehen der Pizza sind gewaltig. Ihr Mund scheint zu verbrennen.

„Der Zufall wollte es, dass eben jener Beamte am heutigen Tag sein 45-jähriges Dienstjubiläum feierte. Wir sind den guten Mann besuchen gegangen und haben einen großen Strauß Schnittblumen mitgenommen.“ Beim Namen Schnittblumen lächelt der Tod ein klein wenig. „Wir haben das ehrlich gemeint Henriette, das musst du mir glauben. Als wir das Zimmer betraten, war die Party gerade voll im Gange. Vollkommenes Gedränge. Menschen über Menschen. Uns nahm niemand wahr, geschweige denn ernst. Na ja, der Teufel roch diesmal streng nach Schwefel. Jedenfalls mehr als sonst und ich hatte vergessen meine Sense zu Hause zu lassen. Das war wohl ein wenig zu viel für den Jubilar. Als er uns sah, in seinem Zimmer hing ein Kruzifix, sehr unangenehme Sache für mich und den Teufel, da traf ihn der Schlag. Zu viel Glaube birgt ein gewisses Risiko im Allgemeinen und bei mir und dem Teufel im Besonderen.“ Der Tod kicherte.

„Ja, und in eurem Fall ganz besonders …“, wiederholt ihn Henriette.

„Na, jedenfalls im anschließenden allgemeinen Chaos im Finanzamt gelang uns der Coup, die Akte zu entwenden.“

„Toll, meine Herren, das habt ihr ja fein hinbekommen. So kann ich Probleme natürlich auch aus der Welt schaffen.“ Fräulein Pöttchen schüttelt den Kopf und wieder wechselt eine beachtliche Menge roten Weines aus dem Glas in ihren Körper.

„Henriette, du musst mir glauben, das war nie und nimmer unsere Absicht.“ Der Schnitter hebt seine knochige Hand und schwört. Henriette bleibt nur, mit ihrem Kopf zu schütteln. Was soll sie machen? Der Tod ist halt der Tod. Alles andere würde bedeuten, er springe über seinen eigenen Schatten oder er reflektiere die Welt aus einer fünften oder sechsten Dimension. Aber so hell ist er nun auch wieder nicht. Schließlich ist das Geschäftsmodell, das ihn trägt, sehr einseitig. Von Erfolg kann dabei keine Rede sein. Jedenfalls nicht im klassischen Sinne.

Henriette bemerkt während ihres anregenden Gesprächs mit dem Tod nicht, dass das Rotkäppchen und ihr Bruder Hans-Peter eng umschlungen in der hintersten Ecke des Lokals miteinander turteln. Rotkäppchen rückt Hans-Peter dabei so nahe auf den Leib, dass dessen Brille beschlägt und er seine nähere Umgebung nur noch durch tasten, hören und riechen wahrnehmen kann. Diffuser Lärm dringt an Hans-Peters Ohr, der in seiner Vorstellung kein Bild ergibt. Nachdem Rotkäppchen Hans-Peter vor Henriettes Büro abgefangen hatte, sind die beiden Verliebten schnurstracks in die Avocado Bar geeilt. Dabei war Rotkäppchen die treibende Kraft. Ihr Plan war, mit Hans-Peter einen ausgelassenen Abend zu verbringen und ihn dann zu verführen. Als Rotkäppchen jedoch nach einer Weile intensiven Herumturtelns mitbekommt, dass Hans-Peters große Schwester ein paar Tische von ihnen entfernt sitzt, ist der Spaß plötzlich vorbei. Sie bekommt Panik und Hans-Peter Pöttchen fragt verwirrt nach ihrem Problem. Nachdem sie ihn eingeweiht hat, wird Hans-Peter auf seinem Stuhl immer kleiner und am liebsten wäre er ganz im Boden versunken. Rotkäppchen sagt: „Wir müssen einen kühlen Kopf bewahren. Ich denke, wir können deine Schwester austricksen."

„So, wie willst du das denn machen?", fragt Hans-Peter ungläubig.

„Lass mich nur machen, Hans-Peter. Wir verhalten uns erst einmal ganz still und beobachten deine Schwester." Lange muss Rotkäppchen nicht warten. Der Zufall will es und ein Geistesblitz durchfährt sie. Als Gevatter Tod auf Toilette geht, zündet die Idee. Der rettende Einfall! Rotkäppchen, die Henriette stets im Auge behält und einen leichten Schwips bei ihrer Chefin wahrnimmt, folgt dem Schnitter unauffällig, löscht in der Herrentoilette das Licht, zieht den Tod an sich heran, küsst ihn, und noch bevor Freund Hein begreift, was mit ihm passiert, hat Rotkäppchen ihm die schwarze Kutte entwendet, ihn in eine Toilettenkabine gestoßen und mit seiner Sense von außen die Tür verriegelt. Gevatter Tod ist von diesem Kuss, seinem ersten übrigens, derart von der Rolle, dass er in Ohnmacht fällt. Hier sei angemerkt, dass der Tod während seiner Ohnmacht einen wilden Traum durchlebt. Noch nie hatte er im Schlaf geträumt. Das im Traum Erlebte zu verarbeiten, wird ihn manche unruhige Stunde seines weiteren Lebens kosten. Dabei, das sei hier angemerkt, ist die Formulierung „Leben" etwas gewagt. Was er träumte, wollen wir aus Pietätsgründen nicht näher erläutern. Gruselig wäre eine harmlose Umschreibung. Andere würden sagen enttäuschend, vom Tod hätten sie mehr erwartet.

Rotkäppchen verlässt mit der Kutte des Todes unbemerkt die Herrentoilette, nicht ohne zuvor mit ihrem Lippenstift „Defekt“ an die Tür zu schreiben und schleicht zu Hans-Peter, der kurz davor ist, sich vor Angst in die Hose zu machen.

„Zieh das an, los! Und dann gehst du zu deiner Schwester und spielst den Gevatter Tod“, zischt sie Hans-Peter an.

„Aber ich kann nicht … Meine Schwester wird merken, dass ich ihr Bruder bin.“

„Entweder Tod oder Anschiss von der Schwester. Uns hilft allein die Offensive, hast du mich verstanden?“ Die Augen des Rotkäppchens funkeln böse. Sie ist sauer auf die Pöttchen, die gerade dabei ist, ihr den Abend zu verderben.

Letztendlich zieht das Argument bei Hans-Peter, die Angst vor dem lieben Schwesterlein und vor allem vor der Schneiderelle siegt. Hans-Peter schlendert zum Tisch seiner Schwester, so als sei nichts passiert, und muss zu seinem Erstaunen feststellen, dass Henriette etwas zu viel Wein getrunken hat. Bestimmt aus Frust über ihn. Notgedrungen ergreift Hans-Peter die Initiative und unterbreitet der Schwester den Vorschlag, sie nach Hause zu bringen. Das Angebot findet Henriette ganz toll. Fräulein Pöttchen steht spontan auf und beginnt unter der Kapuze des vermeintlichen Todes, besser gesagt in Hans-Peters Locken, herumzuwühlen. „Gevatter, du hast ja gar keinen kahlen Schädel! Mit dir wollte ich schon immer mal … Du bist ja gar kein Klappergerüst, wie ich immer dachte …“, lallt sie ihren Bruder an. Weiter kommt sie nicht, da sie den Rest des Satzes auf der Stelle vergisst. Hans-Peter übernimmt die Rechnung und schleppt seine Schwester ab. An der Bar steht der Weihnachtsmann, ganz allein, in der Hand sein Glas Milch. Henriette grüßt ihn und lallt etwas von Milchvergiftung. Der Weihnachtsmann schaut seine Chefin irritiert an.

Beim Hinausgehen blickt Hans-Peter zu Rotkäppchen, ohne dass Henriette etwas davon mitbekommt. Rotkäppchen gibt ihm ein Zeichen, dass sie den beiden unauffällig folgen würde.

An der Eingangstür laufen sie fast Schneewittchen in die Arme. Diese schreitet resolut in die Avocado Bar und sucht ihre Männer. Am Tisch der sieben Zwerge angekommen klatscht sie in ihre Hände: „So, Schluss für heute, meine Herren. Morgen heißt es wieder zeitig aufstehen. Wir haben einen langen Heimweg vor uns. Die sieben Berge müssen überwunden werden."

„Och nö, lass uns den Spaß. Wir wollen mit Klaus Karli feiern", sagt Klaus Dieter.

„Nein, wenn ich sage, ihr kommt mit nach Hause, dann meine ich das ernst." Schneewittchen schnappt sich Klaus Karli und nimmt ihn auf den Arm.

„Ich gehe an die Bar und bezahle die Rechnung. Ihr kommt dann nach."

Widerwillig folgen die Herren mit den Zipfelmützen, die nun schlaff nach unten hängen, Schneewittchen. Sie maulen herum, immer würden Frauen sie herumkommandieren und klein halten. Kurzerhand packt Schneewittchen die kleinen Quälgeister und setzt sie in ein Körbchen. Von der Avocado Bar aus ruft sie ein Taxi und fährt mit ihnen nach Hause. Bereits auf dem Weg dorthin schlafen die kleinen Männer ein.

Der Weihnachtsmann steht am Tresen und schaut kopfschüttelnd dem Schauspiel zu. Dabei greift er nach seinem Glas Milch, ohne hinzuschauen, was er da gerade tut und so wirft er das Glas um. Der Barkeeper schüttelt seinerseits den Kopf: „Ich glaube, lieber Weihnachtsmann, wir haben für heute genug Milch getrunken."

„Hm", brummt der Rauschebart. Warum muss er auch stets und ständig diesen jungen Dingern hinterherschauen? Trotz der Aufforderung nach Hause zu gehen, bleibt der Weihnachtsmann wie angewurzelt stehen. Er kann sich im Moment nicht entscheiden, was er machen soll.

In der Nähe des Restaurants steht derweil Aschenputtel, die in einem dunklen Hauseingang auf „ihren Hans-Peter" wartet. Mit bösen Blicken verfolgt sie das Treiben Hans-Peters als Gevatter Tod verkleidet mit seiner Schwester und ihrer Konkurrentin, dem Rotkäppchen. Heimlich fotografiert sie die Szenerie. Die Fotos wird sie Henriette unterjubeln, womit Rotkäppchen geliefert wäre. Der werde ich heimleuchten, denkt sie. „Die dumme Kuh", murmelt sie leise vor sich hin.

Hans-Peter verfrachtet seine Schwester in Rotkäppchens Wagen, die bereits herbeieilt und in Henriettes Tankette steigt. Gemeinsam fahren sie zu Hans-Peters Schwester nach Hause, wo noch in einem Fenster Licht brennt. Deutlich ist die Gestalt von Salvatore zu sehen, der auf seine Chefin wartet. An Schlaf ist für den Diener erst zu denken, wenn auch seine Chefin ruht.

Hans-Peter winkt Salvatore, er möge herunterkommen. Wenige Augenblicke später übergibt Hans-Peter dem Diener seine lallende Schwester. Salvatore rümpft angewidert die Nase, denn Alkohol kann er überhaupt nicht leiden.

Schweigend trägt er Henriette Pöttchen auf ihr Zimmer. Dabei beginnt Henriette Amor, Amor zu singen und in Salvatores Haaren Löckchen zu drehen. Der Diener denkt: Das kann ja heiter werden.

Im Schlafzimmer angekommen, legt er Fräulein Pöttchen auf ihr Bett und deckt sie behutsam zu. Sie schläft sofort tief und fest ein. Salvatore geht ans Fenster und beobachtet die Ereignisse, die vor dem Haus geschehen.

Im selben Moment überlegt Hans-Peter Pöttchen, vor dem Haus stehend, wie er seiner Schwester das heute Erlebte bei passender Gelegenheit aufs Butterbrot schmieren könnte. Welchen Sinn hätte das jedoch? Seine Schwester würde sich eh an nichts erinnern und alles abstreiten. Ein Schuss reißt Hans-Peter aus den Gedanken und er geht blitzschnell in Deckung. Der Schuss kommt vom Jäger, der in der Straße, in der sich die Bar befindet, sein altes Gewehr ausprobiert, was zu einer weiteren Eskalation an diesem Abend, oder sollen wir nicht lieber sagen, in dieser Nacht, führt. Die vier Räuber, die zur gleichen Zeit aus der Avocado Bar treten, interpretieren den Schuss als Angriff. Sie eröffnen das Feuer. Ein kurzes Feuergefecht entwickelt sich, doch nach wenigen Minuten herrscht wieder Stille. Vor lauter Pulverdampf, die Herren schießen mit Schwarzpulver, ist nichts mehr zu erkennen. Missmutig trollen sich die Räuber in eine Seitengasse und gehen nach Hause, den Jäger nehmen sie in ihre Mitte und das Missverständnis kann aufgeklärt werden.

Henriette liegt zur gleichen Zeit im Bett und beginnt im Schlaf zu sprechen. „Heute war ein Tag. Schnitter, wo bist du? Welch lockig Haar auf deinem Schopf. Du überraschst mich stets auf Neue. Und wie du duftest. Mit dir bin ich noch lange nicht fertig … Hast mir all die Jahre verheimlicht, was für ein schmuckes Kerlchen du bist." Fräulein Pöttchen kämpft im Schlaf, wirft ihre Arme hoch und nieder. Dann sinkt sie schweißgebadet zusammen und fällt in einen tiefen, segensreichen Schlaf, der von seiner Heiligkeit Inkontinenz IV. im Traum begleitet wird.

Für Hans-Peter ist die Nacht noch lange nicht zu Ende. Keine Sekunde steht er allein vor dem Haus seiner Schwester, da fährt bereits Rotkäppchen in ihrem roten Sportwagen vor, der farblich perfekt auf ihre Kopfbedeckung abgestimmt ist. Auf der Rückbank steht das uns allen bekannte Körbchen mit Kuchen und es enthält dieses Mal zudem eine Flasche Schampus. Von welcher Marke dieser Schampus ist, können Sie sich denken, denn Rotkäppchen hält die Mehrheit der Aktien dieses Schaumweinproduzenten. Hans-Peter steigt ein und Rotkäppchen will gerade den Wagen starten, als sie ganz in ihrer Nähe einen Schuss vernehmen. Der Jäger, dieser alte Waldschrat, lässt seine Büchse nach Mitternacht ein zweites Mal losdonnern. Rotkäppchen fällt in Ohnmacht und Hans-Peter Pöttchen ist ganz benommen. Aschenputtels Stunde war damit endlich gekommen!

Sie steigt in den Wagen und verfrachtet Rotkäppchen auf die Rückbank. An der nächsten Bushaltstelle setzt sie das bewusstlose Rotkäppchen aus. Aschenputtel lenkt den Sportflitzer in rasantem Tempo die Straßen entlang. Ihr Ziel ist der Hof der verhassten Schwiegermutter, die heute mit der Stiefschwester in einem Wellnesshotel der körperlichen Erholung frönt. Bis hierhin verläuft die Fahrt problemlos, doch das Haus steht am Waldrand und als die gut ausgebaute Straße endet, entscheidet eine über der Erde liegenden Wurzel über das Schicksal des tiefgelegten Sportwagens. Gemeinsam beschließen Hans-Peter und Aschenputtel zu Fuß bis zum Haus zu laufen. Hans-Peter ist ein wenig mulmig zumute. Nur mit Aschenputtel allein im Wald. So manch gruselige Geschichte passiert in solchen Nächten. Die zwei Liebenden indes kommen nicht weit. Mit einem Male ist Aschenputtel verschwunden und Hans-Peter steht mutterseelenallein im dunklen Wald. Vorsichtig flüsternd, dann weinerlich, ruft Hans-Peter:

„Aschenputtel, liebstes Aschenputtel, wo bist du?" Ihm antwortet ein Käuzchen und eine Fledermaus umschwirrt seinen

Kopf. Hans-Peter duckt sich automatisch und ist kurz davor, in einen hysterischen Weinkrampf auszubrechen, als Aschenputtel seine Hand nimmt. Bevor ihm der Schreck in die Glieder fahren kann, haucht sie ihm ins Ohr: „Mein geliebter Hans-Peter, jetzt bist du mein.“ In der anderen Hand hält sie Rotkäppchens Körbchen. Sie steuert zusammen mit Hans-Peter zielgerichtet auf das Haus der bösen Stiefmutter zu. In Aschenputtel springen die Gefühle im Kreis und machen Überschläge. Endlich hat sie ihren Hans-Peter wieder ganz für sich allein. Aschenputtel, die ihren Sieg fühlt, verspürt plötzlich starken Schwindel und fällt in Ohnmacht. Hans-Peter, der nun vollkommen verwirrt ist und nicht begreift, was passiert, wird von der Prinzessin aus dem Märchen „Der Froschkönig“ abgefangen. Mit einer gehörigen Dosis Chloroform legt die Prinzessin das Aschenputtel am Waldrand auf einem Bett aus Moos schlafen. Hans-Peter steht die Verwunderung ins Gesicht geschrieben. Mittlerweile ist ihm egal, welche Frau ihn in dieser Nacht ins Bett bringen wird. Er will nur noch schlafen. Schlafen, einfach schlafen. Im Minutentakt wechseln die Frauen an seiner Seite.

„Mein geliebter Hans-Peter“, säuselt die Prinzessin in sein Ohr, „seit Jahren warte ich auf diesen Moment, dich endlich in meinem Armen zu halten. Wir werden eine rauschende Nacht verbringen. Und wie du riechst …“ Sie streicht Hans-Peter mit der linken Hand durch sein Haar. Ihre Augen himmeln den jungen Mann mit der kreisrunden Brille und dem verträumten Blick regelrecht an. In der rechten Hand hält die Prinzessin, wie könnte es anders sein, Rotkäppchens Korb. Alles wird gut! Sie sind nur noch wenige Meter vom Haus der Stiefmutter Aschenputtels entfernt. Der Wohnungsschlüssel wandert von der Hand des Aschenputtels in die der Prinzessin.

Aber auch die letzte der Hans-Peter bestürmenden jungen Frauen soll in dieser Nacht nicht zum Zug kommen. Der weitsichtige und seiner Chefin stets treu ergebene Salvatore, der Hans-Peter gefolgt war, fängt die Prinzessin und Hans-Peter an den Stufen vor dem Haus ab. Den Froschkönig, den er vorsorglich eingesteckt hat, schmeißt er an die Wand. In einen Prinzen verwandelt und mit alkoholisiertem Atem steuert dieser auf die Prinzessin zu. Die glaubt, in einem Horrorfilm gelandet zu sein. Salvatore nutzt den kurzen Moment des Chaos und schnappt sich Hans-Peter, den er zurück ins Haus seiner Schwester bringt. Ohne viel Federlesen verschwindet Hans-Peter im Bett des Gästezimmers. Sehr zu seinem Ärger.

Der Froschkönig und die Prinzessin geraten indessen aneinander. Ein riesiges Tohuwabohu entsteht mitten in der Nacht im Wald. Zum Glück streiten die zwei Schauspielkollegen in einer einsamen Gegend. Niemand erfährt vom dem Streit und niemand fühlt sich durch den Schallkegel belästigt, den die Prinzessin und der Prinz mit ihrem Gezeter verursachen. Nach sage und schreibe einer Stunde sind der Froschkönig und die Prinzessin mit ihren Kräften am Ende. Sie fallen einander in die Arme und spüren plötzlich etwas zwischen sich, das sie nie für möglich gehalten hätten. Den Rest der Nacht verbringen sie auf den Stufen vor dem Haus der Stiefmutter des Aschenputtels, trinken den Schaumwein, essen Kuchen und schütten einander ihre Herzen aus. Am Ende der Nacht wird ein Heiratsantrag des Prinzen stehen, den die Prinzessin nicht ablehnt. Ein klassisches Happy End.

In der Avocado Bar sind die Lichter mittlerweile erloschen. Der Barkeeper überlegt auf seinem Weg zu Frau und Kind, ob er nicht endlich kündigen sollte. Der Text seiner Kündigung schwirrt ihm seit Tagen im Kopf herum.

Testosteronimus Thudichums junge Begleiterinnen, die ihm einen schönen Abend versprochen hatten, waren längst über alle Berge und er sitzt nun an der Bushaltestelle neben dem schlummernden Rotkäppchen mit einem Stück Papier in den Händen. Leider weiß er nicht, wie er zu diesem Schriftstück gekommen ist. Eins ist sicher, das Papier trägt seine Unterschrift. Ein Vertrag. Mit diesem Vertrag ist er neuer Besitzer einer Firma für Import und Export in New York. Was Testosteronimus, unser Starverkäufer, nicht weiß, ist, dass die Firma hochverschuldet ist und kurz vor der Pleite steht. Die amerikanische Polizei ermittelt seit Wochen wegen Insolvenzverschleppung. Zu seiner Ehrenrettung müssen wir hier anfügen, dass die Frauen Testosteronimus übel mitgespielt haben. Die weibliche Begleitung setzte den jungen Heißsporn mit einem präparierten Cocktail außer Gefecht. Die Frauen hatten ein Opfer gesucht und fanden es in der Person unseres jugendlichen Ungestümes. Hätte er im Einkaufszentrum nur genauer hingeschaut, welche Art von Produkten die Damen am Stand vertrieben und hätte er bloß ausnahmsweise das Kleingedruckte gelesen und den Firmennamen recherchiert, so säße er nicht verzweifelt in dieser einsamen Nacht neben Rotkäppchen, die von seinem Schluchzen wach wird. Nach einem kurzen Moment der Orientierung, wirft sie Testosteronimus die Arme um den Hals und küsst ihn. In dieser Position verharrend, warten die beiden auf den ersten Bus, der im Morgengrauen die Haltestelle anfahren wird. Später wird unser Thudichum die besagte Firma aus der Insolvenz retten und ein reicher Mann werden. Rotkäppchen wird ihn heiraten und sie werden eine Familie gründen.

Dem Gestiefelten Kater spielte das Schicksal in dieser Nacht übel mit. Liebestoll verließ er in Dornröschens Begleitung die Bar. Nun wäre zu vermuten, Dornröschen hätte ihn gestochen, aber nein, der Kater stolperte über seinen Schwanz und zog sich eine mittelschwere Fraktur des linken Knies zu. Gemeinsam mit seinem Dornröschen verbringt er die Nacht in der Notaufnahme, wo die junge Frau einen Mitarbeiter des Organisationskomitees des Ostdeutschen Rosengartens aus Forst kennenlernt. Der Mann unterbreitet Dornröschen ein Angebot, das sie nicht abschlagen kann. Sie soll in der kommenden Saison Rosenkönigin werden. Fachlich ist sie zu einhundert Prozent geeignet.

Der Nikolaus, der bis zum Schluss seinen Freund, den Frosch, im großen Sack suchte, schlendert niedergeschlagen in Begleitung seines Bruders, des Weihnachtsmanns, nach Hause. Das ist natürlich nicht ganz korrekt. Der Weihnachtsmann fährt mit dem Rentierschlitten nach Lappland und sein Bruder begleitet ihn, da er schließlich bei ihm wohnt. Sie sind ganz allein – kein Frosch, kein Osterhase. Niemand will sie mehr liebhaben, so scheint es zumindest. Zwei einsame alte Männer. Erst zu Nikolaus und zu Weihnachten würden die Kinder der Welt ihnen wieder in die Arme fallen und mit leuchtenden Augen ihre Geschenke entgegennehmen. Der Weihnachtsmann steckt seine rechte Hand in die Manteltasche, weil er ein wenig friert, und siehe da, was ertastet er da? Die Rentiersalbe. Welch ein Geschenk des Himmels, denkt unser Weihnachtsmann. Sobald er zu Hause ist, würde er ein warmes Bad nehmen und seine Gelenke mit der Salbe einschmieren. Die Welt erscheint dem Weihnachtsmann augenblicklich in all den bunten Farben, die das Weihnachtsfest kennt. Sein Bruder sitzt neben ihm und nuschelt weiterhin unverständliche Worte in seinen Bart. Ab und zu hört der Weihnachtsmann das Wort Frosch heraus.

Salvatore, nachdem er Henriette ins Bett gebracht und ihren Bruder Hans-Peter vor den liebestollen Schauspielerinnen gerettet hatte, legt sich in seiner Kammer nieder, daran denkend, in den Morgenstunden wieder in diesen schrecklichen Keller eintauchen zu müssen. Ein Schauer läuft ihm über den Rücken. Mittlerweile ist es still geworden in dieser Nacht. Der Schlaf liegt über dem Land und lässt die Menschen ihre Sorgen und Nöte vergessen.

Allein Hans-Peter schleicht aus dem Haus der Schwester und steht nun ganz allein am Rande des Märchenwaldes. Was er hier sucht, weiß er selbst nicht. Seine Intuition führte ihn an diesen Ort zurück. Sucht er Rotkäppchen oder Aschenputtel? Es knackt im Unterholz. Hans-Peter ist irritiert. Aus dem Dunkel kommt ihm ein Mädchen entgegen, das ein Kind auf dem Arm trägt. Ein Lichtschein umfängt beide.

„Hans-Peter!", ruft ihm die vertraute Stimme sehnsuchtsvoll zu.

„Malwine!", schallt es verwundert durch den Wald.

Die zwei jungen Menschen stürmen aufeinander zu. Das Kind sagt „Papa" und rührt Hans-Peter zu Tränen. Die kleine Familie liegt sich minutenlang in den Armen. Da bleibt, glauben Sie mir das bitte, kein Auge trocken. Gemeinsam fahren sie nach Hause, nach Wien. Dort erwartet sie Professor Horch. Der Schwiegervater hat längst seinen Frieden mit Hans-Peter geschlossen. Sein Haustier, der Drache, den Hans-Peter einst zur Strecke gebracht hatte, steht ausgestopft im Flur der weiträumigen Wohnung. Hans-Peter kehrt zurück zur Schauspielschule, wo er seine Ausbildung beendet und schließlich ein gefeierter Star am Wiener Schauspielhimmel wird. Malwine trägt dafür Sorge, dass es mittlerweile sechs kleine Hans-Peter auf dieser Welt gibt.

Damit sind wir nun am Ende unserer Geschichte angekommen. Wir verlassen Henriette Pöttchen, ihren Bruder Hans-Peter, Salvatore und all die anderen Protagonisten dieser Erzählung, die wir freundlicherweise einen Tag begleiten durften. Mit diesen Aufzeichnungen konnten Sie vielleicht ein Gefühl dafür bekommen, wie schön und bunt das Leben sein kann Und natürlich hält es immer eine Überraschung bereit.

Ihr Erzähler beendet die Geschichte mit den Ihnen bekannten Worten: Und wenn sie nicht gestorben sind, dann organisieren sie das Chaos noch heute.

30
07
16